KB060013

이 중
작 가
초 롱

이 중
작 가
초 롱

이미상 소설

문학동네

차례

하긴   007

그친구   043

이중 작가 초롱   071

여자가 지하철 할 때   109

티나지 않는 밤   153

살인자들의 무덤   181

무릎을 붙이고 걸어라   215

모래 고모와 목경과 무경의 모험   273

해설 | 전승민(문학평론가) 혁명의 투시도 313

작가의 말 349

하긴

나는 분명히 반대했다. 왕손의 이름을 개똥이라고 짓는 데는 이유가 있다. 이름이 거하면 인생이 이름에 잡아먹힌다. 그런데도 아내는 순우리말 이름을 고집했다. 1988년 자주민보 대신 '한겨레신문'이라는 제호를 지지했던 것처럼. 첫딸의 이름은 김보미나래. 웬만한 인생 살아서는 이름값 하기 힘든 이름이었다.

　말이 느렸기에 어렴풋이 짐작하고는 있었지만 심각하게 여기게 된 건 딸이 초등학교에 입학할 무렵이었다. 나는 주말마다 딸에게 역사를 가르칠 생각이었다. 서로의 발이 닿을 만큼 작은 소반에 앉아 대한민국의 현대사를 전수하는 것, 그것이 내가 꿈꿔온 부녀상像이었다. 고개를 푹 숙이고 함께 책을 내려다보는 상상을 하곤 했다. 책에 얼굴 그림자가 드리우고 부녀는 가마가 닿을 듯 가깝다.

'꿇다'는 아쉽지만 어쩔 수 없다. 꿇다는 욕심이다. '기슭'도 양보한다. 그럼 '접시'는? 접시도 넘어가자. 그럼 '노랑'은? 노랑은 안 되는데……

딸은 역사는커녕 한글 받침도 금방 익히지 못했다. 받침이 쉬운 단어를 읽는 데 육 개월이 걸렸고 초등학교 3학년 때까지 받아쓰기에서 받침을 노상 틀렸다. 당신은 'ㅔ'와 'ㅐ'를 합친 모음을 아는가. 나는 그 모음을 아는 부모와 모르는 부모가 있다고 생각한다. 딸은 지금껏 'ㅔ'도 아니고 'ㅐ'도 아닌 모음을 쓴다. 눈치를 살펴 냄'새'로 쓸지 냄'세'로 쓸지 간보기 위해.

초등학교 고학년이 되자 노래를 흥얼거리기 시작했다. "무슨 노래야?" 물어도 딸은 웃기만 했다. 자작곡은 늘어만 갔고 나는 혹시 딸애가 작곡 영재가 아닐까, 그건 공부 머리랑은 또다른 거니까, 기대를 품었다. 노래의 의미를 깨닫기까지는 그리 오랜 시간이 걸리지 않았다. 지금도 그때를 생각하면 아뜩하다. 나는 딸을 키우면서 무시로 아뜩함을 겪는다.

사진 기억력이 있진 않지만, 나는 '암기를 위한 노래'를 만들어본 적이 없다. 아내에게 물으니 아내도 그런 적이 없다고 했다. 약간 얼굴을 붉히기는 했지만. 어찌되었든 우리는 그런 종자가 아니다. 그런 종자. 절기를 외우기 위해 멜로디를 붙이는 종자, 연표를 외우기 위해 사건의 앞 자만을 따 괴상한 이야기를 만들어내는 종

10

자, 스펠링이 긴 영단어를 외우기 위해 단어에 섹슈얼한 비유를 포개는 종자, 그래야만 겨우, 외울 것들을 외울 수 있는 종자, 한마디로 머리가 나쁜 종자.

아내는 조용한 ADHD의 가능성에 대해 말했다.

"여자애들은 수업시간에 돌아다니질 않아서 병인 줄도 모르고 넘어가는 경우가 많대. 깜찍한 얼굴로 수업시간에 딴생각만 하는 거지."

우리는 식탁에 앉아 마루에서 텔레비전을 보고 있는 딸을 걱정스레 바라보았다. 딸은 너무 천진해 보였다. 더 어린 애들이나 보고 웃을 만화에 여전히 웃었다.

아동발달센터의 결론은 이랬다.

"어머님, 아버님. 나래는 멍때려서 선생님의 설명을 놓치는 게 아네요. 설명을 못 알아들어서 멍때리는 거예요. 둘은 완전히 다른 거예요. 하나는 치료가 되고 하나는 치료가 안 되니까요. 지능검사 한번 받아보시겠어요?"

센터를 나오면서 아내는 분통을 터뜨렸다.

"왜 남의 애 이름을 함부로 축약해?"

그러곤 참았던 눈물을 터뜨리며 말했다.

"형, 우리 어떡해?"

사실 징후는 곳곳에 있었다. 딸은 산수 문제를 풀 때마다 노골적으로 하품했다. 벌써 사춘기가 왔나, 기대했으나 아니었다. 슬픈

제스처. 문제를 못 푸는 것이 둔탁한 이해력 때문이 아니라 맹렬한 피로 탓이라고 자신을 속이기 위한 가짜 하품. 그러나 나는 경험상 안다. 풀 수 있는 문제는 풀 수 있고, 풀 수 없는 문제는 풀 수 없다. 그건 애정 결핍, 게으른 성정, 유년기의 상처 따위와는 아무런 상관이 없다. 아내가 의심스럽기는 했다. 아내와 나는 같은 대학원을 나왔다. 그러나 대학은 달랐다. 내가 무슨 말 하는지 알 거다.

"석형네 딸은 조기졸업하고 카이스트 갈 예정이라던데……"

언젠가 내가 운을 떼자 아내가 한숨을 쉬었다. 나는 조심스레 덧붙였다.

"지능은 유전 아닌가?"

아내와 나는 공장에서 처음 만났다. 소위 말하는 '학출'이었다. 같은 공장에서 일했던 석형은 '여공'과 결혼했다. 여공의 딸이 카이스트에 가다니…… 차마 이 말은 뱉지 않았는데 어떻게 알았는지 아내가 경멸하는 얼굴을 하고는 나가버렸다.

*

샘에게

샘!

어제 이 할아버지랑 놀이터에서 재미나게 놀았지요? 태어나 처음으로 모래알을 쥐어보곤 푸푸 침을 흘리며 웃던 우리 샘. 그 웃음을 보는데 할아버지 마음이 환해졌어요. 드디어 내게도 봄이 왔구나, 알았어요. 이 할아버지가 푸르른 청년이었을 때, 마음에 봄을 담는 건 죄였답니다. 언제나 겨울, 나를 용서 못한 날이 매일이었어요. 동갑내기 학생이 죽어가던 시간에 목마레코드에서 음반이나 고르고 있던 어느 볕 좋은 봄날이 이 할아버지가 아는 유일한 봄이었어요. 샘, 나에게 진짜 봄을 가르쳐주어 고마워요.

곱슬머리, 검은 피부, 두툼한 입술.
나의 사랑하는 손자, 샘.

*

이 년 전, 보미나래의 고등학교 2학년 겨울방학이 막 시작될 무렵이었다. 학원을 운영하는 친구 문을 오목교의 이자카야에서 만났다. 딸의 진학 상담을 위해서였다. 메뉴판에 '시가'라고 적힌 다금바리회와 데운 사케를 시켰다.
"나래는 명분 쪽으로 가야겠네."
딸에 대해 얼마 얘기하지도 않았는데 문이 금세 진단을 내렸다.
"명분?"

"몰라? 대가리파, 노력파, 명분파?"

대가리와 노력에 대해서는 아예 감이 없진 않았는데 명분은 감 감했다. 딸의 성적은 듣고 난 뒤 표정 수습이 필요할 만큼 부진했다. 노력을 안 하는 것도 아니어서 '안 해서 그렇지 하기만 하면 곧 잘 할 텐데' 하는 정신 승리마저 못하게 했다. 원천봉쇄의 부진함이었다. 조용하고, 꾸준하고, 종종 뜨개질감을 들고 종점에서부터 종점까지 버스를 타는 것 외엔 별다른 일탈도 않는 착한 딸. 그렇게 반항의 맛마저 없는.

"초롱은 셋 중 뭔데?"

문은 '알면서 뭘 물어, 상처받고 싶어 그래?' 하는 투로 말했다.

"셋 다 아니지. 우리 초롱인 레블rebel파지. 말을 마라. 고거 때문에 내 속이 숯덩이다."

문의 딸인 초롱과 보미나래는 동갑이었다. 마누라들이 임신했을 때, 문과 나는 백민투, 조민중, 이애국 같은 이름은 짓지 말자고 했다. 최악도 감당하는 아비가 되자고 했다. 자식이 보수 우익의 젊은 기수가 되건 서울역에서 기타 치며 포교 활동을 하는 종교인이 되건 내 구미에 맞게 조련해 키우지 않겠다는 급진적인 양육관이었다.

우리의 딸들은 판이하게 컸다. 초롱은 중학교를 중퇴하고 삭발하고 사르트르 따위를 읽다가 최연소로 등단해 검정고시를 거쳐 국공립 예술대학에 들어갔다. 언제나 문은 시글프게 말했다.

"우리 딸은 중학교 중퇴자야."

결코 자신의 딸이 신문에 날 만큼 유명하다고 말하지 않았다. 반전의 낙차를 벌리려는 개수작. 그것도 모르고 '문의 딸이 초졸? 중이 제 머리 못 깎는다더니, 우리 애가 낫네' 하는 사람은 훗날 창자가 잘린 양 격심한 배신감을 느끼게 된다. 내가 그랬듯이.

"그나저나 나래는 왜 그렇게 공부를 못해?"

문이 알이 꽉 찬 시샤모 배를 공격적으로 헤집으며 물었다.

"제수씨가 고지식해서 선행 안 시켰나? 체험 학습 시킨답시고 주말에 애들 고구마만 캐게 했다가 후회한 애들, 나 여럿 봤다. 그게 또 다 중금속이에요."

아내와 나는 주말마다 딸에게 공부를 가르쳤다. 대외적으로는 사교육을 지양한다고 했으나, 내가 언론 고시에 떨어지고 아내가 번듯한 외국계 인권단체에 들어가지 못했다면 어차피 우리도 학원 선생을 했을 터였다. 안 봐도 비디오였다. 칠판 왼쪽에는 세계사, 오른쪽에는 한국사 연표를 죽죽 내려 교차시켜가며 내 인생이 어떻게 역사적, 구조적으로 망했는지 애먼 애들한테 선포하며 살았겠지. 문이 그랬다. 대표 강사 시절 문의 닉네임은 '티처 빨간줄'이었다. 줄 쳐준 예상 문제가 수능에 빈번히 나와서이기도 했고, 이력에 빨간줄이 있어 입사 길이 막혀 사교육시장에 유폐되었다는 문 자신의 자조 섞인 농담에서 비롯된 것이기도 했다.

"학원을 안 보내긴 했지. 내년이면 고3인데 아주 죽을 맛이다.

인 서울은커녕……"

"제수씬 잘 지내지?"

본격적으로 용건을 시작하려는데 문이 안부로 치고 들어왔다. '시가'라고 적힌 이름 모를 회 한 접시를 더 시키며.

"보미나래 엄마? 자알 지내지."

자알. 아주 자알.

문은 자연스럽게 아내를 제수씨라고 불렀다. 부탁을 위계로 치환해내는 문의 감각은 원체 탁월했다. 문은 다른 사람의 부탁을 약자 원숭이의 굴복 행위 보듯 본다. 틀린 것도 아니다. 자식의 일 앞에서 부모란 다 그렇게 되는 것이다. 엉덩이도 까고, 털 속의 통통한 이도 잡고, 자존심도 뭣도 없이.

"너 말이 아주 묘하다. 잘이 아니라 자알?"

"말 마. 여자들은 다 왜 그러냐?"

"뭐 문제 있어?"

"딱히 그런 건 아니고."

"제수, 요즘 뭐하고 사는데?"

"일 다니고 애 키우고 그러지. 별거 없어."

"아니 그거 말고. 명상? 뜨개질? 필라테스? 아님, 상담?"

"아마 다 하지 싶은데."

사실 나는 아내가 뭘 하고 사는지 전혀 몰랐다.

문이 식어빠진 사케를 원샷했다. 그리고 찡그린 얼굴로 조린 문어를 집으려다 말고 짜증을 벌컥 내며 말했다.

"지들이 언제부터 외주 줬다고."

"응?"

"넌 당하고도 모르냐? 등신 새끼."

말을 멈춘 채 계속 술을 들이켜던 문은 결국 완전히 뻗어 나무로 된 사케 잔을 베고 누워버렸다.

"지들이 언제부터 정신을 외주 줬다고…… 지들이…… 언제부터…… 날 뭐로 보고. 개같은 년들."

취한 문의 겨드랑이에 손을 껴 일으켜세우려는데 갑자기 문이 벌떡 일어나 외쳤다.

"딸! 딸들이 우리의 희망이다!"

택시를 잡으려는데 문이 자꾸 엉겨왔다. 페니스가 허벅지에서 물렁대는데 슬펐다. 하지만 자식의 일 앞에서 아비는 이렇게 되는 것이다. 택시를 잡아주고 기사에게 잘 부탁드린다며 삼만원을 건네게 되는 것이다. 택시가 왔고 나는 문이 문에 머리를 박지 않도록 조심하며 밀어넣었다. 문을 막 닫으려는데 문이 말했다.

"암만해도."

"뭐?"

나는 도로 위에 떨어진 문의 벗겨진 신발을 주워 발에 꿰어 신기느라 낑낑대고 있었다. 땀에 푹 젖은 양말이 축축하고 뜨끈뜨끈

했다.

"난 그건 못 해."

겨우 신긴 신발이 또 떨어졌다.

"자식새끼 멍청한 거, 그건 못 해."

"그게 하고 못 하고의 문제냐……"

나는 신발을 택시 안으로 던져 넣었다.

"다른 집도 아니고."

문의 몸이 뒤로 더 젖혀졌다. 문이 웃으며 말했다.

"우리 자식이잖아."

*

나의 영원한 동지이자 연인, 규에게

규.

우리가 우리 자신을 어떻게 사랑할 수 있니. 무슨 지력으로 사랑할 수 있니. 나를 보는 너의 눈을 경유해 나를 보고 나를 사랑할 수 있을 뿐이잖니. 그러므로 네가 나를 제대로 봐주지 않는다면, 네 눈이 나를 초점화하지 않는다면, 네 눈이 동태 눈깔이면 나는 나를 무어로 상상하고, 내가 무어로 존재할 수 있겠니. 네 시선, 기대, 실망 속에서 나는 더 좋은 사람이 돼.

아니 그러려고 노력해. 네 바라봄이 없다면 나는 아무것도 아니야. 살 수조차 없어. 지금 나는 생존에 대해 말하고 있어. 네 눈이라는 내 생존의 조건에 대해.

*

「하긴 하는 남자」는 토요일마다 격주로 연재된다. 서신 형식의 칼럼으로 나는 벌써 여럿에게 공개편지를 썼다. 아내에게도 썼다. 제일 나았다고 자평하는 원고다. 기사가 나온 날, 나는 기사 크기대로 신문을 접어 식탁 위에 올려두었다. 아내는 아무런 말도 없었다. 그저 신문 위에 물이 뚝뚝 떨어지는 수영 가방을 잔인하게 올려놓았을 뿐이었다.

나도 아내에게 찬탄을 받던 때가 있었다. '하긴 하는 남자'도 그녀의 말에서 따온 것이다. 오래전, 우리가 막 사귀기 시작했을 무렵에 아내에게 내가 왜 좋으냐고 묻자 그녀가 말했다.

"개중 형이 하긴 하는 남자라서."

나는 그 말이 좋았다. 하긴 하는 남자는 당위를 내세우는 남자와 무책임한 남자 사이에 있는 남자다. 하기로 했으면 해야만 하는 고지식한 남자도 아니고, 한다고 해놓고선 안 하는 불성실한 남자도 아닌, 약간 힘을 뺀 채 나른하게 완수하는 하긴 하는 남자.

아내는 늘 자신만의 특별한 시선으로 나를 봐주었다. 그랬던 아내인데 언제부터 변한 걸까. 왜 잊어버린 걸까. 남자들이 실은 약하다는 것, 목숨을 여자에게 완전히 의지하고 있다는 것, 여자가 던지는 시선, 대상화의 프레임 속에서만 살 수 있다는 것을 어쩌자고 잊은 걸까. 내가 잠시 바람을 피웠던 것도 결국에는 존재의 근거가 채워지지 않아서였다. 고작 젖과 좆과 질의 문제가 아닌 것이다. 이제 아내는 정말 둔하다. 어쩜 그렇게 둔할까.

한번은 이런 일도 있었다. 나는 책에 절대 밑줄도 안 긋고 개의 귀도 안 만드는 사람이다. 그걸 수십 년간 봐놓고도 언제부턴가 아내는 내 책에 낙서를 한다. '잔치'에 빨간 줄을 굵게 긋고 '옹립식'이라고 쓰는 식이다. 곰 같은 둔함은 동지 부인 얻었을 때 받게 되는 천형이라던데, 정말 맞는 말이다.

더이상 마누라들은 우리를 봐주지 않는다. 정신, 자아, 때론 몸까지 모두 아웃소싱한다. 우리는 주인 자격을 잃었다. 딸만이 우리의 희망이다. 결국 문의 말은 이렇게 요약될 수 있었다. 딸들은 사랑하든 혐오하든 우리를 본다. 볼 수밖에 없다. 자식이자 주식―나는 딸의 100퍼센트 주주다―으로서의 운명이다. 하지만 나는 후일담이나 꾀죄죄하게 늘어놓으며 추앙받고 싶진 않다. 처절하게 부정되고 가열하게 척결되고 싶다.

나는 매일 초롱의 SNS에 들어가본다. 며칠 전, 초롱은 이렇게 썼다. '이름 튀어봐야 뭐가 좋아? 몰카 영상 뜨면 찾기 쉽기나 하지. 자식 이름으로 운동하는 것들은 싹 다 죽어야 돼.' 자기 언어를 가진 자식을 둔다는 건 어떤 기분일까? 아무리 뒤져봐도 보미나래의 SNS는 발견되지 않았다.

한밤, 나는 초롱의 글을 읽으며 상상한다. 나를 육박하듯 빠르고 거칠게 공격해오는 내 딸 초롱이. 코너에 몰린 나는 기분좋게 당혹한다. 내가 키운 거한테 내가 먹힌다니. 나는 카이스트에 갈 석형의 딸은 하나도 아쉽지 않다. 초롱이 나의 이상이다. 그런 애들이 있다. 새벽까지 술 먹다 동기 한 놈 집에 쳐들어가 만나게 되는 애들. 아빠 친구한테 인사해야지, 가 채 끝나기도 전에 방문을 쾅 닫으며 인사도 없이 들어가는 애들. 아비와 아비의 친구와 아비의 세대를 쌩까며 쾅 하고 후두부를 가격하는 문소리를 내곤 '쿨'하게 사라지는 애들. 쾅쾅. 뺨을 갈기듯 문은 내 앞에서 쾅쾅 닫히고 나는 가만히 부러워진다. 멋지지 않은가? 우리가 우리 부모에게 가하고 싶었으나 하지 못했던 것을 우리에게 가하는 새끼를 길러낸다는 것이.

그날, 문이 택시에 쑤셔박히면서 말했다.

"너, 세상천지 제일 무서운 게 뭔지 아냐? 자식새끼 눈깔이다. 초롱은 날 아주 죽일 듯이 노려본다."

나는 문이 미치게 부러웠다. 나도 정正이 되고 싶었다. 부정당함으로써 아래 세대를 고양하는 발판으로서의 정, 그런 내 짝으로서의 딸, 내 딸의 자격, 나의 딸감.

그러나 나의 딸은……

보미나래는 언제나 내 입술을 뚫어지게 본다. 문답 사이로 긴 침묵이 흐른다. 막막함으로 귀결되는 그 묵묵함이 나를 미치게 한다. 결국 나는 소리치고야 만다. "나래! 모르면 모른다고 말을 해. 아빠는 네가 몰라서 화가 난 게 아니야. 입장을 밝히지 않아서 화가 난 거야. 모른다가 네 입장이라면, 그것도 괜찮아. 하지만 아무 말도 하지 않는 건 다른 거야. 그건 정말 나쁜 거야. 알겠니?" 시간이 한참 지나서야 보미나래는 입을 연다. 혀로 입술 한번 핥고, 침 한번 삼키고, 쿵쿵 소리 한번 내고, 다문 내 입술을 애타게 바라보며 "어……" 소리는 거기서 끊긴다.

*

미국 버지니아주에 있는 에코 공동체는 1960년대에 히피들이 세운 곳이다. 입소를 원하는 사람은 전 재산을 공동체에 내어놓아야 한다. 그러고는 모두가 공평하게 아침 아홉시부터 저녁 여섯시까지 해먹 작업장에서 일하고, 거기서 만든 해먹이 공동체의 주수입원이 된다. 사람들은 무산의 상태에서 시작해 공동으로 일하며 함께 살아간다. 일을 마치면 호수에서 맨몸으로 수영하거나, 해먹에 누워 책을 읽거나, 숲속에 있는 원추형 천막에 기어들어가 서로의 엉덩이를 좇으며 늑대 하울링 소릴 낸다. '인간의 야생성 회복을 위한 프로그램'이란다. 당연히 인터넷 사용과 텔레비전 시청은 금지다.

나와 보미나래는 손목에 끈 팔찌를 찬 남자를 따라 걸었다. 우거진 숲길을 지나자 멀리 붉은 벽돌로 된 건물이 보였다. 도미토리 어쩌고 하는 걸 보니 애가 지낼 숙소인 것 같았다. 금발의 여자가 방에 딸린 작은 발코니에서 난간 사이로 다리를 늘어뜨린 채 천천히 흔들며 책을 읽고 있었다. 끈 팔찌를 찬 서양 놈이 또 한번 뭐라고 말했지만 알아듣지 못했다. 보미나래는 한국에서 가져온 템퍼 베개를 꼭 안은 채 바닥만 내려다보고 있었다.

이거였구나. 그제야 감이 왔다. 인간들이 자식을 미 명문대, 아니 명문대는 됐고, 미국 대학에 보내는 이유. 머릿속에 딸과 미국 대학의 캠퍼스를 고즈넉이 산책하는 장면이 펼쳐졌다. 뒷짐지고 남자의 뒤를 따라 걷고 있긴 했지만 왠지 위축되었다. 우리 세대는 리딩은 되는데 스피킹이 안 되니까. 딸은 그런 위축 따윈 느끼지 않으리라.

"This is me! 아빠, 여기가 내 기숙사야!"

그런 전수라면 얼마나 근사할까. 나에게는 다양한 삶의 형식이 주어지지 않았다. 그랬기에 딸에게만은 더 큰 세상을, 삶을 넘겨주고 싶었다. 내가 바란 건 크고 넓은 세상을 자유로이 걷는 딸을 멀리서나마 지켜보는 것뿐이었다. 그러나 내 옆에 서서 베개를 안고 있는 딸은 진저리나게 덤덤했다. 딸은 수학과 영어를 못하듯 불안해하지도 못하는 것이다. 석형의 딸은 눈썹이 없고 머리도 반절이 민둥산이다. 딸의 카이스트 진학으로 한턱내는 자리에서 석형은 가슴을 뜯으며 울었다. 아침마다 애 책상 위에 머리카락이 한 움큼씩 놓여 있다고 했다. 누군가 위로했다. 요즘 공부 좀 한다는 애치고 프로작이랑 렉사프로 안 먹는 애가 어디 있어?

그때, 갑자기 뺨에 차가운 물방울이 튀었다. 뒤돌아보는 순간, 물에 쫄딱 젖은 나체의 백인이 긴 좆을 덜렁대며 성큼성큼 뛰는 모습이 육박해왔다. 나는 순간적으로 딸을 보호하듯 끌어당겼다. 긴 좆은 우리를 지나쳐 갔다. 엉덩이 밑으로 귀두 끝이 나타났다 사라졌다. 그는 나무에 달린 깡통에서 무언가를 꺼내더니 다시 덜렁덜렁, 성큼성큼 사라졌다. 미국인들은 엘리베이터에서 생판 모르는 사람한테도 하이, 하이 한다던데…… 긴 좆은 우리에게 아무 관심이 없었다. 우리가 있는 줄도 모르는 것 같았다.

나체의 미국인에게

남자 하인 앞에서 옷을 스스럼없이 벗었다던 여귀족 같은 당신의 뿌리깊은 차별의식은 안녕하신가요?

속으로 편지를 쓰자 화가 가라앉았다. 편지는 일종의 복수 명상이다.

어느새 긴 좆이 뭔가를 꺼내고 간 깡통 달린 나무에 도착했다. 키가 닿지 않아 딸의 트렁크를 딛고 올라서야 했다. 깡통 속에 손을 집어넣자 톱니처럼 뾰족뾰족한 감촉이 느껴졌다. 뭉텅이로 꺼내보니 콘돔이었다. 삼 일 뒤에 딸을 공동체에 두고 나오면서 섹스에 대해 충고할까 하다가 그만두었다.

우리가 버지니아에 가게 된 건 문 때문이었다. 오목교에서의 술자리가 소득 없이 끝나고 얼마 뒤 문에게서 만나자는 연락이 왔다. 문이 자리에 앉자마자 말했다.

"쇼부는 대학원에서 보자. 인문사회 계열에서 교수 하고 있는 선배들이 들여보내줄 거야. 어차피 거기 다 정원 미달이야. 최종학력은 그렇게 석사로 업그레이드하면 되고, 문제는 학부인데…… 그것도 어느 정도는 돼야 말이지. 무슨 거리 좀 있냐?"

"거리?"

"밑져야 본전이니 한번 해보자고. 입학사정관제로 가보자. 그러려면 포트폴리오가 필요한데 수상 경력 같은 건 없을 테고, 우리 나래, 봉사활동은 좀 했나?"

"애가 워낙 내성적이라 한 게 없는데……"

"정신 차려."

문이 내 뺨을 살짝 쳤다.

"스토리텔링의 와꾸가 짜여야 경기권 사회학과라도 넣어보지. 솔직한 말로다가 성적은 좆같지만 학교엔 들여보내달란 건데 명분이라도 이쁘게 만들어야 하지 않겠냐? 인생을 날로 먹으려고 그래. 내가 작품 하나 보여주지."

문이 내 쪽으로 입시 성공 수기집을 밀며 사진 하나를 손톱으로 톡톡 쳤다. 부녀가 활짝 웃고 있는 사진이었다. 아버지는 경찰 제복, 딸은 교복을 입고 있었다. 'J대 심리학과에 입학한 내신 4.4등급 A양.' 수기에 따르면 A양은 고위 경찰 간부 아버지를 둔 고등학생이었다. 그녀는 집에서 하루도 마음 편할 날이 없었다고 했다. 아버지의 분노 조절 장애 때문이었다. 그녀는 자신과 같은 부모를 둔 청소년들에게 도움을 주고자 연합 동아리를 만들었다. 분노 조절 장애가 있는 부모를 둔 자녀들의 자조 모임 '활화산의 아이들'이 그것이었다. A양은 '활화산의 아이들'로 보건복지부 아이디어상을 받고 이듬해에 전공 적합성을 인정받아 당당히 J대 심리학과에 입학했다.

"학원에 들어오자마자 딱 알아봤지."

"누굴?"

"그 경찰 아부지."

"누군데?"

"남영동에서 보고 처음 본 거였는데도 딱 알겠더라고. 늦둥이란다. 그 인간, 제 딸 대학 한번 보내보겠다고…… 아이고, 아비가

26

뭔지.”

문은 그를 남영동 대공분실에서 만났다. 문은 경찰에 의한 고문 피해자였다. 예전에 문과 함께 친구의 결혼식에 갔을 때의 일이다. 우리는 결혼식에 늦어 번잡한 엘리베이터를 포기하고 계단으로 가야 했다. 예식장 중앙에 커다란 나선계단이 소용돌이치고 있었다. “내가 할 수 있을까?” 문이 중얼거렸다. “아니, 난 못해.” 혼잣말하듯 읊조린 문이 뒤돌아 나갔다. 뒤따라간 나에게 문이 말했다. “김수근 개새끼 때문에 친구 놈 결혼식도 못 가네. 그것들이요, 뭐 하나는 꼭 영구적으로 남겨놓는다니까.”

남영동 대공분실은 1976년 당시 내무부 장관이던 김치열이 발주하고 건축가 김수근이 설계했다. 대공분실에 끌려간 사람들은 눈에 안대를 쓰고 오층 조사실까지 좁은 나선형 계단을 올랐다. 훗날 그들은 조사실의 층수를 다 다르게 증언했다. 일부러 계단참을 없앤 그 계단은 올라가는 사람으로 하여금 자신이 어디에 있는지 알 수 없게 했고 아주 오랫동안 끝없이 굽이치는 계단을 오르는 악몽을 꾸게 했다.

문은 국가보안법 위반으로 칠 년 형을 살았고 원하던 삶을 살지 못했다. 그는 안보라는 국가 명분의 희생자였다. 그리고 이제 명분을 통해 부활했다. 내신 5등급을 서울 소재 대학에 보내 억을 벌었다. 잠재 역량, 전공 적합성, 발전 가능성, 이유는 많았다. 그는 술값을 쏘며 말했다.

"'억대 연봉' 할 때 상상하는 액수가 니들 위치고 니들 수준이
야. 직장 다니는 것들은 상상의 지평이 좁아터져서 도통 십억을 못
넘겨."

나는 문의 얼굴과 사진 속 경찰 제복을 입은 남자의 얼굴을 번
갈아 보며 실실 웃었다.

이런 결론이라니.

"없어?"

문이 수기집을 덮으며 물었다.

"응."

"하나도?"

"하나도. 어떡하지?"

이런 화해라니.

"어떡하긴. 없으면 하나 만들어야지."

대의명분이 대입명분으로 수렴되다니.

보미나래는 고등학교를 자퇴하고 P대안학교에 들어갔다. 비인
가 학교라 입학이 수월했고 다행히 목표로 삼은 대학에서 P대안
학교를 대안학교 출신자 전형에 포함시켰다. 보미나래는 포트폴
리오를 위해 일 년을 휴학하고 미국의 에코 공동체에서 지내기로
했다. 공동체에서의 생활을 다큐멘터리로 찍어 청소년영화제에
출품해 수상한 뒤 경기권역 대학의 사회학과에 지원해보기로 했

다. 딸이 미국에 있는 동안 나는 시민미디어센터에서 영상 연출을 배울 예정이었다. 혹시 아나? 우리 부녀가 야마가타 국제 다큐멘터리 영화제에 초청될지. 그런 생각을 했지만, 아니다. 그럴 일은 없을 것이었다. 연출에 내 이름은 빠져 있을 테니.

버지니아로 낙점되었다. 이왕이면 뉴욕으로 보내려 했는데 거기 공동체는 한국인들이 어학연수를 목적으로 들어가는 일이 많았던 터라 한국인은 금지라고 했다. 한 해 동안 딸은 해먹을 만들게 되었다. 영어를 못해도 되는 단순노동이라 다행이었다. 나는 딸에게 귀국할 때 해먹을 하나 사다달라고 부탁했다. 서재에 매달아놓을 생각이었다. 해먹에 누워 소설을 읽는 것도 괜찮을 것 같다. 그때면 나도 나 자신을 속일 수 있을지 모른다. 딸이 공부를 못한 건 그저 다른 북소리를 듣고 있었기 때문이라고. 저능의 명분으로 얻은 미국도, 히피도, 에코도, 공동체도 나는 모두 마음에 들었다.

헤어지면서 문이 물었다.

"근데 정확히 몇인데?"

"뭐가."

"아이큐 말이야. 도대체 몇 나왔길래 이래?"

나는 고민했다. 잠재 지능을 말할까? 지능검사를 했던 평가자는 인심 쓰듯 넉넉히 적어주었다. 서비스로 자두 두 알 더 챙겨주듯이…… "아동의 잠재된 지적 능력은 현재 발휘되는 수준을 상회할 것으로 추정되며……" 잠재가 대세긴 했다. 하지만 잠재란 원래 그런 것 아닌가? 영원히 떠오르지 않음. 그러므로 의미 없음. 나는 날것의 아이큐를 말해주었다. 딱한 눈으로 볼 줄 알았던 문이 나를 꺼림칙하게 쳐다보았다.

*

귀국한 보미나래는 P대안학교에 고등학교 3학년 과정으로 들어 갔다. 그러나 외국에서 살다 와 그런가 헛바람만 잔뜩 들어 학교도 잘 가지 않고, 공동체에서 가져온 낡고 펑퍼짐한 히피풍 원피스를 입고 새벽까지 밖을 쏘다녔다(그때는 그런 줄 알았다). 결과적으로 영화제에 출품할 다큐멘터리는 나 혼자 만들고 있었다. 편집은 난항이었다. 공동체에 있으면서 인터넷을 사용할 수 없었던 딸은 주말마다 차를 얻어 타고 나와 시내의 커피숍에서 그 주에 찍은 분량을 보내왔다. 쓸 만한 게 없었다. 호수에 낀 살얼음, 밭을 망친 작은 동물 발자국들, 유리병 바닥에 붙은 거머리 흡반…… 시종 자연만 찍어 보냈다. 사람을 찍은 장면이랄 것은 해먹에 누운 백인 남자의 새빨간 발바닥을 클로즈업한 것뿐이었다. "실험영화 말곤 답이 없겠는데요?" 말총머리의 연출 강사가 말했다. 엎친 데 덮친 격으로 문에게서 연락이 왔다. 조짐이 이상하다고 했다. 정권이 바 뀌면서 생각보다 일찍 수시전형이 바뀔 것 같다고 했다. "외부 활동은 기재가 금지된다는 말이 있어. 그럼 교외 활동은 못 써. 미국 스펙이 날아가는 거라고. 나래는 무조건 이번에 들어가야 돼."

나는 서재의 해먹에 미라처럼 누워 있었다. 천장에 달아놓은 후크가 불안하게 내려앉았다.

해먹에게

해먹, 너에게 도배 벽지가 웬 말이냐. 너에게 감겨 레게 머리를 하고, 외국 청년이 한 대 권하면 못 이기는 척, 그러나 속인주의엔 유의하며, 마리화나를 피워 물어도 시원치 않을 판에. 미안하구나. 여기까지 와 아파트 해먹으로 살게 해서.

나는 보미나래가 미국에서 마리화나를 해봤을지 궁금했다. 그럴 주제도 못 되겠지…… 이래저래 갑갑하던 차에 친구들에게서 술 마시러 나오라는 연락을 받았다.

"테킬라!"

우리는 짧고 단단한 잔을 테이블에 콱 찍곤 단숨에 마셨다. 식도가 타들어갔다. 손등의 소금을 핥고 입을 벌려 레몬을 짜 넣었다. 좌파 정권 연구로 중남미 연수를 다녀온 동기가 배워온 것이었다. 테킬라 넉 잔을 연달아 마시자 머리가 핑 돌았다. 누군가 초시계를 꺼내며 외쳤다.

"시작!"

아내는 이를 두고 '개떼 놀이'라고 했다. 어느 날, 아내가 나와 친구들의 놀이를 가만히 지켜보다 말했다. "니들 꼭 살점 붙은 뼈다귀에 달려드는 개떼 같다." 우리는 킥킥 웃으면서도 뼈다귀를 바쁘게 비틀어댔다. 술을 먹다보면 꼭 어디선가 루빅큐브가 나타났고, 우리는 마치 프로그램이 내장된 양 루빅큐브에 달려들었다.

"당신은 그러면 안 되는 거 아냐?"

아내가 '학교 차별 없는 세상' 대표의 뒤통수에 대고 말했다. 그는 손목을 바삐 꺾어가며 말했다.

"아, 이 사람아. 이거랑 그거랑은 다르지."

그날도 어디선가 루빅큐브가 나타났다. 사 년 전에 판사 하는 놈이 세운 기록이 아직까지도 깨지지 않았다. 그날따라 나는 머리가 팽팽 돌아가고 손목이 휙휙 꺾였다. 나는 문에게 화가 나 있었다. 개새끼. 제 주제에 충고? 세상천지, 저만 못한 사람이 어디에 있다고? 수시전형이 바뀔지도 모른다는 말에 전전긍긍하는 나를 두고 문이 이렇게 말한 것이다. "너 정말 왜 그래? 네가 하도 난리라 난 또 나래가 정말 지능이 낮은 줄 알았다. 멀쩡한 애를 두고. 작작 해라. 벌받는다."

색깔이 빠르게 맞춰지고 있었다. 하양, 하양, 하양, 빨강. 민중이 뭔가. 민중은 개미다. 우리가 했던 건 뭔가. 개미 행렬의 패턴을 읽고 옳은 길로 가도록 안내하는 것이었다. 개떼가 흥분해 왈왈댔다.

더 빨리! 더 빨리! 더 빨리! 나는 이를 꽉 물며 손을 비틀어댔다. 네 딸년들은 파브르의 시점에 있겠지. 내 딸이 식별 불가능한 개미의 얼굴을 하고 흙에 고개를 처박은 채 자기가 뭘 하는지도 모르면서 복잡한 개미집을 짓고 있는 동안, 물웅덩이 앞에서 한없이 당황하는 동안, 네 자식들은 조감하며 거기가 아닌데, 그렇지 거기지, 하겠지.

"와!"

사람들이 포크로 잔을 때리며 카운트하기 시작했다.

"오늘 신기록 나오는 거 아냐?"

옆 테이블에서도 몰려들었다.

"큐브 개잘하네. 저 사람, 천재예요?"

나는 신들린 듯 손을 놀렸다. 그렇게 치러지던 대리전.

십, 구, 팔, 칠, 육, 오, 뿌연 헤드라이트 불빛에 덮쳐오는 가난의 풍경, 술렁이던 한낮의 뜨겁던 흔적도. 핸드폰 벨소리가 울렸다. 액정에 아내의 이름이 떴다.

"아아."

모두 안타까운 소리를 냈다. 집중력은 쏜살같이 흩어졌고, 기록 경신은 물건너갔다.

"아, 왜!"

나는 짜증을 벌컥 내며 전화를 받았다. 아내는 아무 말도 하지 않았다.

"지금 네가 뭔 짓을 했는지 아냐? 됐다. 하여튼 너는 타이밍이 진짜 안 좋아."

"나래 지금 병원이야. 강북삼성, 산부인과."

전화가 뚝 끊겼다.

아이도 건강하고 산모도 건강하다고 했다. 제 몸의 세 배쯤 되는 히피풍 원피스를 입고 다녔던 보미나래는 건강한 남아를 출산했다. 저녁을 먹다가 양수가 터졌다고 했다. 나는 친구들과 함께였다. 같이 가자고 한 건 아니었는데 이상한 열기에 휩싸였고 정신을 차려보니 택시에 여섯 명이 타고 있었다. 술냄새를 풍기며 떼로 들어오는 우리를 보고 아내는 경악했다. 침대에는 구겨진 시트뿐 나래는 없었다.

"애가 없어졌어."

울어서인지 얼굴이 퉁퉁 부은 아내가 무섭도록 차분하게 말했다. 어, 어, 가보자, 찾아보자, 크게 당황한 이들이 허둥지둥하다 사라졌다. 병실에는 나와 아내만 남았다.

"어떤 새끼야."

아내는 눈을 감고 양손을 주무르며 말했다.

"몰라."

핀이 나가버리는 감각이 찾아왔다. 머리가 저리면서 기분 나쁜 전류가 흘렀다. 아내를 때리지 않기 위해 팔짱을 껴야 했다. 아내가 참지 못하고 달려들어주기를. 누구라도 밤새 눈가가 뭉개지도록 치고 싶었다. 나는 나 자신의 분노에 놀라 황급히 병실을 나왔다.

보미나래는 피부가 검은 아기를 무표정하게 내려다보고 있었다. 딸은 신생아실 앞에서 발견되었다. 자기가 낳은 아기를 유리창 너머에서 보고 있는 딸을, 나는 멀리서 바라보았다. 하나둘, 개들이 다가왔다.

"이게 다 뭔 일이라니."

문이 내 팔꿈치를 살짝 건드리며 말했다.

"너, 알았어?"

"뭘."

내 목소리는 잠겨 있었다.

"나래…… 임신한 거……"

나는 천천히 몸을 돌려 창턱에 몸을 기대고 말했다.

"아, 내가 말 안 했나? 나래, 미국에서 약혼했어."

나 자신도 믿지 못할 만큼 침착했다.

"흑인이랑?"

툭 튀어나온 말에 서로 놀라 개떼는 잠잠했다.

"응, 조지타운 로스쿨 다녀. D. C.에 사는데 버지니아로 잠시 놀러왔대. 우리 애가 주말마다 시내 커피숍에 갔는데 거기서 만났대. 애가 있던 에코 공동체에선 인터넷 사용이 금지거든. 사위 될 놈이 졸업하고 연방정부에서 일할 예정이야. 우리 애도 학교만 마치고 미국으로 들어가기로 했어."

나는 눈 하나 깜짝하지 않고 말했다. 들어가기로 했어, 라는 말의 울림을 잠시 느꼈다. 마음속에서 '들어가다'는 '돌아가다'로 바뀌었다. 원류로 돌아간 느낌이었다. 내가 꿈꾸던 딸에 결부된 문장은 이런 것이었다. 이번에 미국으로 들어가, 같은.

"그럼 그렇지! 축하한다!"

개떼가 신경질적으로 현실을 부인했다. 혼란스러운 축하가 짧게 이루어졌다. 그들은 바삐 사라졌다. 나는 현실감이 돌아오자 그대로 쓰러질 것 같았다. 토기를 누르며 빙글빙글 도는 바닥을 한참 동안 노려봤다. 겨우 정신을 차리고 몸을 돌리자 딸이 있었다. 언제나 그러듯 내 입술을 뚫어지게 보며 서 있었다.

*

보미나래는 상담센터를 전전했다. 심리적 외상 경험의 징후는 발견되지 않았다. 그러나 아내는 믿지 않았다. 무의식에 박혀 있을 상처를 발굴할 치료자를 찾아다녔지만 정작 발굴된 건 아내 자신에게 박힌 인종차별이었다. 아내는 자다가 소스라치게 놀라 깨곤 했다. 꿈에서 벌어진 일에 대해 나는 묻지 않았다.

"누구면."

누구의 애인지에 집착하는 나에게 아내가 울부짖으며 말했다.

"누구면, 누구면! 달라져? 우리 보미나래 어떡해. 불쌍해서 어떡해. 나 미칠 것 같아. 딸을 망쳤는데 내가 어떻게 제정신으로 살아. 너는 어떻게 그렇게 멀쩡하니. 쓰레기니?"

"그런 거 아니라잖아."

우리는 절대 '그런 거'에 대해 구체적으로 말하지 않았다.

"걔네들 말을 어떻게 믿어. 그런 게 아님, 사랑이라도 했다고? 연애라도 했다고? 내가 품고 내가 키운 애야. 내가 걔를 몰라? 우리 딸이, 그럴 주제나 돼?"

그나마 다행이라고 생각해왔다. 아무개의 딸이 학교폭력 가해자라거나 아무개의 아들이 멀쩡한 외양으로 뒤에선 패륜의 말을 하고 다닌다거나 하는 소문을 들으면 우리는 그나마 다행이라고 생각했다. 우리 딸이 그럴 주제도 못 되어서. 못될 주제도 못 되어서.

최면 치료가 마지막이었다. 그 시점으로 돌아가고 돌아가도 그곳에는 어둠뿐이었다. 아내는 그동안 딸에게 직접적으로 묻지 않았다. 그러다 최면을 마치고 돌아오는 차 안에서 충동적으로 물었다.

"어떤 일이 있었대도…… 엄마는 네 편이야. 그건 결코 네 잘못이 아니야. 괜찮아. 솔직히 말해봐. 무슨 일이 있었던 거니?"

딸이 선선히 말했다.

"좋았어."

"뭐가."

"다."

아내는 쥐고 있던 운전대를 놓고 옆으로 몸을 완전히 돌려 마구잡이로 딸을 때렸다.

그즈음부터 딸의 방에서 끔찍한 지린내가 났다. 문을 닫아도 문틈으로 한여름의 부랑자에게서나 날 법한 냄새가 새어나왔다. 나는 검색창에 십대, 출산, 요실금, 이라고 쳤다가 결과도 보기 전에 창을 닫았다.

아기는 무럭무럭 자랐다. 친구들은 손자의 안부를 물었지만 언제 미국으로 들어가느냐고는 묻지 않았다. 어차피 아무도 믿지 않을 것이었다. 아내는 직장을 그만두고 손자를 돌보았다. 딸은 집에 잘 들어오지 않았다. 나는 몇 번이고 딸에게 편지를 쓰려 했지만 보미나래에게, 하면 머리통이 총탄에 날아간 듯 캄캄해졌다.

어느 날, 우리는 텔레비전을 보고 있었다. 재난 이후 살아남은 사람들에 대한 외국 다큐멘터리였다. 나는 발톱을 깎으며, 아내는 아기를 안아 어르며 건성으로 보고 있었다. 허리케인에 날아온 삼십 센티미터 길이의 목재에 목을 관통당한 남자가 나왔다. 기적적으로 신경을 피해 일곱 시간의 수술 끝에 살아남았다고 했다. 모자이크 처리를 해도 자료 화면이 끔찍했다. 목에 큰 흉터가 남은 유쾌한 인상의 퉁퉁한 남자가 말했다.

"인간은 참 친절하죠. 사람들은 저와 함께 차를 타고 가다가 숲이 나오면 갑자기 창문으로 달려들어 온몸으로 창문을 가립니다. 나무를 안 보게 해주려는 것이지요. 몇 시간이나 목에 나무가 박혀 있었으니 나무에 트라우마가 있을 거라 생각하는 겁니다. 고맙지만 나무가 아네요. 제가 못 참는 건 휘발성입니다. 알코올 솜을 문지를 때의 그 차갑고 물기가 날아가는 느낌요. 그걸 느끼는 순간 저는 말 그대로 미쳐버리고 말지요."

내레이션이 이어졌다.

"심리학자는 수술 과정에서 알코올로 몸을 닦을 때의 감각이 존슨 씨에게 트라우마가 된 것 같다고 말합니다. 그는 수술 상황은 기억하지 못합니다. 때로 트라우마는 사람들이 전혀 예상하지 못한 곳에 있습니다."

아내는 방송을 끝까지 본 뒤 아기를 안은 채 홀린 듯 딸의 방으로 갔다. 문을 열자 지독한 냄새가 흘러나왔다. 아기가 코를 벌렁거리더니 자지러지게 울기 시작했다. 아내는 아기를 바닥에 내려놓고 잠긴 책상 서랍을 잡아당겼다. 몇 번이나 세게 잡아당긴 끝에 서랍이 열렸다. 냄새의 근원지. 지린내가 폭발했다. 임신 테스트기가 가득했다. 다 사용한 것들이었다. 아내가 울음을 터뜨렸다.

*

　나는 해먹에 누워 내가 쓴 기사를 읽고 있다. 샘에게. 나는 손자를 온전히 받아들였다. 그애를 지극히 사랑한다. 몇 년 뒤면 샘은 내가 보낸 편지를 직접 읽을 수 있을 것이다. 그런데 신문에 뭉친 잉크 자국이 작게 나 있다. 하필이면 내 칼럼이다. '하긴'과 '하는' 사이에 점이 찍혀 있다. 다른 데도 그런가, 곁눈으로 살피는데 시야 밖으로 토막 기사 하나가 스친다. 나는 잠시 시선을 옮겼다가 황급히 되돌린다. 그러나 늦었다. 인식한 줄도 모르는 사이 눈에 들어온 낱자들이 서서히 스며들며 연결된다.

　한강, 화장실, 혼자, 둘이, 추웠던, 휘파람.

　한 여자애가 보낸 독자 편지다. 임테기 천사. 다들 그렇게 부른다고 한다. 임테기 천사는 늘 한강공원 공중화장실에 있다. 임테기 천사는 임신 테스트기가 필요한 사람에게 임신 테스트기를 건네고 문밖에서 휘파람을 분다. 말은 한마디도 하지 않은 채. 편지를 쓴 이는 다행히 한 줄이었다고 한다. 그런데 왜 울었을까. 왜 칸 속에서 나오지도 않고 한참을 울었을까. 우는 내내 임테기 천사는 휘파람을 불었다. 잘 불지 못하면서도 끊어질 듯 끊어지지 않는 휘파람 소리. 노크도 않고, 괜찮냐고 묻지도 않았다. 울음을 그치고 나왔을 때는 이미 가고 없었다.

　곁에 옅게, 있어주어 고맙습니다.

　편지는 담담하게 끝났다.

　젊은 시절, 아내의 묘한 습관 하나가 떠오른다. 아내는 말을 하다 말고 짧고 긴 숨을 쉬었다. 때론 쉼표, 때론 줄임표. 하긴, 하지. 하긴, 하는 남자지. 형은 적어도 남의 말을 듣다가 잠깐 바람 좀 쐬고 올게, 하며 나갔다 올 줄은 알지. 천천히 홀로 걸으며 하긴······ 할 줄 아는 인간. 딱 그만큼 달라질 수 있는 거야. 하긴, 하는 만큼.

그친구

매해 겨울, K대학 도서관 정문에는 '장기 연체자' 명단이 붙는다. 맨 밑에는 굵은 글씨로 "상기의 사람들은 책을 반납하지 않으면 졸업할 수 없음"이라고 적혀 있다. 구지경은 둘째 칸에 있고 연체 일수는 2558일.

책은 지경의 방 책장에 꽂혀 있다. 학교는 청구기호가 붙은 『사과나무 아래서 너를 낳으려 했다』와 연체료 십이만 칠천구백원이면 지경을 대졸 신분으로 만들어줄 것이다. 그러나 지경은 책등을 물끄러미 보다 등을 돌려 방을 나갈 뿐이다.

지경은 모임 중독자였다. 전국에 안 가본 모임이 없고 모임 해본 사람치고 그녀를 모르는 이 없었다. 한때는 노닐던 모임이 스무 개가 넘었다('노닐다', 그때는 다들 이 표현을 썼다). 숲속에서 벌거벗고 시 낭송을 하고, 미군기지의 담을 넘고, 매일 밤 당뇨병에 걸린 길고양이를 추적해 인슐린을 주사하는 운동을 했다. 어디서나 두툼한 수첩에 코를 박고 겹쳐 쓴 약속 날짜들을 해독하는 그녀를 볼 수 있었다.

그녀는 여전히 모임 중독자다. 그러나 지금은 모임 하나에만 나간다. 한 영화 모임에만 나갈 수 있다.

그녀를 마지막으로 쫓아낸 곳은 어느 대학이었다. 폐쇄 명령을 받은 대학에서 그에 저항하는 점거 시위가 벌어졌다. 문 닫은 대학의 직원, 학생, 선생 들이 처음에는 점거 시위를 하다가 나중에는 그냥 대학에서 살아버리기로 했다. 사라진 대학 대신 존재하는 대학 건물을 요구하며 학교에서 출퇴근하고 화초를 가꾸고 조각상들과 함께 비둘기 똥을 맞으며 잠을 잤다. 지경도 한동안 그곳에 끼어 살았다.

눈이 내리는 새벽이었다고 전해진다. 외출하고 돌아온 지경은 건물 앞에 자신의 물건이 쌓여 있는 것을 발견했다. 쪽지가 떨어져 있나 찾아봤지만 그런 것은 없었다. 또 한번의 해명 없는 추방. 그것은 또 한번의 소명 기회 없는 추방이기도 했다. 지경은 차가운 돌계단에 곱게 접어 올려둔 옷가지 위로 조용히 눈이 쌓이는 걸 바라봤다. 나와보는 사람은 아무도 없었다……

정말 눈이 왔을까? 알 수 없는 일이다. 지경 이야기는 조심해서 읽어야 한다. 그녀의 이야기에는 자주 신비한 안개가 깔리고 낭만적인 눈보라가 휘몰아친다.

하지만 앞으로 나올 말은 분명히 들었다. 누군가 지경을 두고 말했다. "걔는 문진이 없어서 안 돼." 사실 누가 말했는지도 또렷이 기억나지만 여기는 그를 위한 자리가 아니며 그의 말 정도만 남겨도 충분하다.

"구지경이 여기저기 다니며 주워들은 게 오죽 많니. 얼핏 보면 뭘 좀 아는 것 같지. 뜯어보면 제대로 아는 게 하나도 없어. 머리에 지식이 알차게 쌓인 게 아니라 안남미처럼 쌓인 게지. 불면 바로 흩어져. 그런 건 다 헛거다. 하나를 알아도 똑바로 알아야지. 여러분도 고전을 읽어요. 고전이 문진이야. 앞으로 알아갈 것들을 묵직하게 눌러줄 문진. 그거 없으면 다 잡지식이고, 낱장이에요. 내 얼마나 안타까웠으면 물었을까. 지경아, 너 제이차세계대전이 언제 시작된 줄은 아니?"

지경이 그 자리에 있었다면 진심으로 웃었을 것이다. 웃고 나선 진지하게 물었을 것이다. '언제예요?' 이제 사람들이 웃을 차례고, 지경은 그 웃음에는 따라 웃지 않으리라.

*

규는 생각했다.
'누구를 조질 것인가.'

변기에 앉으면 산이 보였다.

'누구를, 어떻게 조질 것인가.'

규는 복수의 방식이 곧 자신이라고, 자신의 격과 윤리관을 드러
내주는 것이라고 고지식하게 생각했다. 그리고 바로 그 고지식함
때문에 두 사람에게 농락당했다.

규와 남편 김은 영화 모임의 원년 멤버였다. 규는 NGO 간사, 김
은 기자로 자녀의 이름은 보미나래와 한울, 순우리말로 지었으며,
섹스는 안 한 지 오래였고, 가사노동은 규가 조금 더 했다. 규가 남
편의 핸드폰에서 남편과 지경의 섹스 동영상을 발견한 건 여름이
었다. 지경의 표정을 보니 다행히 합의하에 촬영된 것 같았다.

달라진 건 없었다. 평소대로 일하고 저녁 차리고 애들 숙제를
봐줬다. 그러다 김이 술에 곯아떨어지면 음 소거를 하고 섹스 동영
상을 봤고, 몸을 뒤척이면 화면을 끄고 숨을 죽였다. 반전으로 복
수를 준비해둔 건 아니었고 어찌할 바를 모르면서 그저 둘의 섹스
가 눈에 익기를, 고통에 담담해지기를 기다렸다. 그게 아니면 뭐.
싸우고, 이혼하고, 재산분할하고, 주말마다 상대의 집에 애들 라이
딩해주고, 이따금 그래도 집에 남자가 있을 때 이런 무시는 안 당
했는데, 라는 생각이 드는 불 보듯 뻔한 일을 겪어나갈 에너지나
있나? 내일 발표할 PPT 자료 만들 여력도 없는데…… 그렇게 규
는 현실감각과 현실도피가 섞인 괴로운 상태로 여름을 버텨내고
있었다.

여름이 끝나갈 무렵, 오지에게서 전화가 왔다.

"니들 쌀 다 떨어졌지?"

오지는 쌀 떨어질 때를 귀신같이 알았다.

"김형은 아직도 잡곡밥 못 먹고 흰쌀밥만 먹지?"

'못' 먹는 게 아니라 '안' 먹는 거지. 이 언닌 왜 아직도 그걸 뭉갤까. 규는 지겨워졌다.

규, 김, 오지. 세 사람은 야학 활동을 하다가 만났다(그때도 오지는 학강들에게 쌀을 잘 퍼주기로 유명했다). 90년대에 들어 운동이 깨지고 세 사람은 여러 학술, 문화 모임을 만들거나 참여했고 규와 김은 결혼했고 오지는 귀촌했다. 특별하다면 특별하고 전형이라면 전형인 행보였다. 오지는 매해 쌀과 고로쇠 수액을 보내왔다. 규는 싱크대에 고로쇠 수액을 흘려보내며 오지에게 감사의 전화를 걸곤 했다.

"올핸 안 오니?"

"갈 기분이 아니네."

매년 규는 바캉스의 열기가 한소끔 끓었다 꺼지는 8월 말이 되면 남편, 아이 다 떼놓고 혼자 오지의 집으로 갔다. 그것이 직장생활과 육아로 고생한 자신에게 주는 선물이었다. 오지의 집은 산속에 외따로 있었다. 오지의 말을 빌리자면, 어찌나 콕 박혀 있는지 콜라 한 병 사 먹으려면 차 타고 한 시간은 나가야 하는 곳. 규는 그 말을 들을 때마다 웃었다. 웃기는 일이었다. 과거에 콜라 싫어한 사람이야 쌔고 쌨지만 그중에서도 오지는 유난히 콜라를 미워했다. 규가 광복절에 영문자가 박힌 티셔츠를 입고 갔다가 오지에게 혼난 일도 있었다. 그런 오지에게 이제 콜라는 자신의 집이 얼마나 산간벽지에 있는지를 설명하기 위해 쓰였다. 미국의 상징에서 진부한 거리 단위로 강등된 것이다. 콜라는 해방됐다. 콜라도 해방됐다. 근데, 나는?

"올해 귀리 농사도 잘됐다만 형이 흰밥밖에 못 먹으니 그냥 백미 보낸다. 주소는 그대로지?"

오지는 김의 식습관밖에 몰랐다. 규는 폭발했다.

"그 개새끼 얘긴 하지도 마요."

"왜 그래. 뭔 일 있어?"

그길로 규는 오지의 집으로 갔다. 자다가도 불쑥불쑥 튀어나오는 남편과 지경의 섹스 장면 때문에 피폐해질 대로 피폐해진 터였다. 인간은 꼴도 보기 싫고 탁 트인 산이라도 봐야 살겠다 싶었다. 그래서 쪽지 한 장 안 남기고 핸드폰 끄고 잠적하듯 떠난 것이다.

"애, 잘 왔다. 제대로 찾아왔어!"

사연을 들은 오지가 반가워하며 말했다.

"언니, 나 못 자."

오지가 건넨 베개를 마다하며 규가 말했다. 오지가 다시 한번 규에게 베개를 안겼다.

"못 잔대두."

"나도 인생이 가장 처참했을 때 그걸로 목숨을 부지했다."

오지가 권한 건 베개 명상이었다. 베개에게 괴로운 일을 모두 고하고 마음에서 고통이 사라지면 베갯잇을 태운다고 했다. 태울 때 보면 베갯잇이 시커멓다고, 사람 고통이 옮겨붙어 아주 새까맣다고 했다. "나쁜 건 베개에게 다 주고, 너는 다 잊고 새로 태어나는 거다." 오지가 말했다.

둘이 물고, 빨고, 짖고, 까부는 꼴이 베개에 빠르게 흘러든다.

지경이 말한다.

"나는 자기 좆 빨 때……"

남편이 말한다.

"프로이트가 그랬지."

규는 베개에 기억을 낱낱이 투사했다. 남편과 지경은 후배위를 좋아했다. 규가 얼굴을 베개에 바짝 붙였다. 베개 주름에 기억이 우글우글 몰렸다. 온갖 기억이 격렬하게 꿈틀댔다. 규도 뒤로 하는 걸 좋아했다. 언젠가 남편이 말했다.

"니가 왜 뒤로 하는 걸 좋아하는지 아냐? 잘난 년이라 그래, 잘난 년이라……"

"그래봤자."

그때, 뒤에서 오지가 말했다.

"추방, 아니니?"

*

　사람들은 지경에게도 이름이 있다는 사실에 충격을 받는다. 지경을 별명으로만 알던 사람들이 본명을 듣게 되면 경지도 아니고 지경? 너무 평범하네…… 하며 그 급작스러운 따분함에 당황한다. 이름이 생긴 그녀는 평범해지고 어느새 사람들 옆까지 내려와 있다. 사람들은 얼른 그녀를 올려보낸다. 지경의 별명―멸칭이라는 주장도 있었으나 지경 스스로 자신을 별명으로 부르기도 해 자연스레 그 주장은 들어갔다―은 추방. 모든 모임에서 추방당해 추방. 대한민국에서 모임에 발 담갔던 사람이라면 누구에게나 지경과의 추억이 있다. "추방이 거기도 있었어요?" 질문인 양 공모하며 사람들은 서로 인사를 튼다.

　오지도 지경과 '찐한' 추억이 있었다(또하나의 상투어, "저도 추방과 찐한 추억이 있었더랬죠"). 늘 그랬듯 지경의 지각이 발단이 되었다. 지경은 언제나 늦었고, 늦는 것까지는 좋은데 꼭 전화를 걸어 모임을 같이하는 남자 하나를 불러냈다.

　"아니, 아니. 설명 들어도 몰라. 데리러 나오면 안 돼?"

　어느 날, 남자와 시시덕대며 계단을 올라오는 지경을 오지가 입구에서부터 밀어냈다.

　"내려가."

　남자는 아차, 하는 표정으로 오지를 지나쳐 사무실로 들어갔다.

"언니, 미안요."

"너 여기 놀러 나와?"

"아니, 아니, 그게 아니라."

"여기가 네 놀이터야?"

"언닌 아니야?"

"됐고, 이것만 말해. 너 텍스트 읽어 왔어, 안 읽어 왔어?"

100퍼센트 승률. 지경은 읽어 오기로 한 것을 절대 읽어 오지 않는다(텍스트, 라는 단어도 쓰지 않는다. 맘놓고 쓰다가 개념 정의를 요구받은 뒤로). 그런 주제에 이리저리 의자를 치며 요란하게 등장해 나름의 진지함으로 부푼 논의를 한 방에 꺼뜨린다. "그사람 소아성애자래요!" 밑도 끝도 없이 툭 던지는 한마디. 오지는 눈에 빤히 보이는 지경의 수법이 얄밉고 넌덜머리가 났다. 이론에 밝지 못한 사람이 어떻게든 대화에 껴보려고, 한몫 잡아보려고 하는 수작질. 대화를 세속으로 끌어내리고, 가십으로 처박고, 그러고 나면 분위기는 속절없이 뒤풀이 쪽으로 넘어갔다.

오지는 조롱당했다고 느꼈다.

오지가 교수였다면 달랐을까?

당시 오지는 유학 생활을 마치고 돌아와 시간강사를 하고 있었다. 몇 해째 교수 임용에 떨어져 신경이 곤두서 있을 때였다.

강사를 시작하던 마흔 살 무렵에는 전혀 초조하지 않았다. 그녀는 순진하지 않았고 학계의 물정도 알 만치 알았다. 그리고 다들

그랬다. "요샌 쉰이 마흔이고, 마흔이 서른이야. 옛날과 나이 감각
이 완전히 달라. 마흔다섯엔 쇼부가 나겠지. 설마 쉰까지 보따리
장사 하진 않겠지……" 힘이 되던 그 말이 점점 족쇄가 되었다. 그
말에 기댔을 때 이미 쉰 살의 시간강사라는 가능세계는 닫힌 셈이
었다.

나이가 들수록 주변의 참견도 늘었다. 진작에 교수가 된 남자 동
기들이 오지를 본명(최숙현)으로 부르며 말했다. "숙현아, 뱀 머리
해버릇하다간 영원히 뱀에서 못 벗어난다. 꼬리래도 용이 돼야지.
용에 붙어 있어야지." 한창 오지가 대학 밖에서 독자적으로 세미나
를 꾸릴 때였다. 그녀는 대중서와 이론서의 중간쯤 되는 책으로 사
람들과 공부했다. 오지가 책으로 머리를 긁으며 말했다. "나도 꼬
리 되고 싶지. 꼬랑지라도 되고 싶은데 용들이 영 붙여주질 않네.
워낙, 응? 교수를 좆으로들 해서서." 남자들이 박장대소했다. "역시
최숙현, 못 당한다, 못 당해! 너 그 기세면 올해 보따리장사 청산한
다. 이왕 늦은 거 북진해라. 북진해서 K대, P대까지 가라. C시 이남
대학은 갈 게 못 된다. 나 봐라. 애들이 내 논문을 대리하는 게 아
니라 내가 애들 논문을 대리한다. 내가 애들 졸업논문 통계도 돌리
고 오타까지 수정한다. 말이 교수지, 완전 개노가다."

오지는 겨우 버티고 있었다. 그녀는 자격지심 때문에 자신이 대
중을 믿는 게 아닐까 늘 불안했다. "이제 전통적인 아카데미의 시
대는 갔어. 모두가 자기 삶의 인문학자야. 일인 일 표이듯 일인 일

인문학 시대라고. 내 평생 인문학의 민주화에 기여하겠……" 그런데 구지경이 올라오는 것이다. 남자와 시시덕거리며. 계단을 시끄럽게 울리며. 그러면 어쩔 도리 없이 이런 생각이 들지 않을까. 교수실에 둘러앉은 진지한 박사 전공생들은 저러지 않겠지. 늦는 사람도 없고, 책을 안 읽어 오는 사람도 없겠지. 이렇게 나를 모욕하지는 않겠지……

오지가 지경을 거칠게 밀었다.

"다신 오지 마."

"언니, 왜 이래요, 언니."

지경이 뒷걸음질쳤다.

"어디서 계집 짓거리야."

지경이 바닥까지 밀렸다. 남자들이 달려 내려갔다. 오지는 뒤돌아 올라갔다. 계단 꼭대기에서 아래를 보았을 때, 남자들의 머리통에 가려 지경의 얼굴은 보이지 않았다. 오지는 그 보이지 않는 얼굴을 노려보며 생각했다. '이래도 될까?' 아래에서 울음소리가 들렸다. '이렇게 구지경에게 다 뒤집어씌워도 될까?' 가느다란 윤곽들이 가물가물 이어지려 하고 있었다. 조금만 힘을 주면 전체를, 실체를 볼 수도 있을 것 같았다. 그러나 그녀는 너무 지쳤고 아무것도 생각하고 싶지 않았다. 오지는 눈 딱 감고 생각을 확 놔버렸다.

*

"언니, 구지경 번호 알아?"

규가 베개를 베고 누워 있다가 물었다.

"뭐하게."

오지도 일어나지 않고 가만히 눈만 떴다.

"왜 그랬는지 이유라도 들어야 할 거 아니야. 내가 그 정도도 못 해?"

"너야, 자격 있지. 있겠지."

오지는 쓸쓸하게 옛일을 떠올렸다. 지경을 계단에서 밀었던 날. 결국 추방하던 날. 그날 지경은 울다가 분한 듯 소리쳤었다. "야, 최숙현. 너랑 나랑 샴쌍둥이니? 머리 붙어 있어? 내가 책을 안 읽어 오면 네 머리에서 책이 빠져나가? 내가 한 글자 안 읽으면 네 대가리에서 한 글자씩 빠져나가냐고. 도대체 내가 책을 읽든 말든 너랑 뭔 상관이야!" 상관없지. 오지는 지경의 말에 동의했다. 이제 는 그럴 여유가 있었다.

"번호 정말 몰라?"

"모르지. 내가 어떻게 아니."

"오지들 중의 한 명은 알 거 아니야."

오지는 다른 오지들을 떠올렸다. 얼굴 하나하나를 떠올렸다. 그리고 결론 내렸다.

"모를 거야. 다들 한 짓이 있으니까."

오지는 혼자 귀촌한 게 아니었다. 여럿이 함께 들어와 서로 근거리에 살고 있었다. 모두 사오십대의 여자들이었다. 그녀들은 연세로 얻은 집에 살며 책을 번역하거나 독립 다큐멘터리를 만들거나 타로점을 쳤다. 사람들은 그들을 오지 멤버라고 불렀다. 다른 오지들도 오지와 삶의 코스가 비슷했다. 소싯적에 유학 점을 잘 본다는 무당을 찾아다녔고, 너도 자궁내막증이니? 웃으며 서로를 가료했고, 여자 후배를 단속했고, 차에서 김밥을 먹다가 집어던진 적이 있었다.

오지 멤버는 꽤 오래 여러 모임을 이끌었다. 남자들이 떠난 후에도 영감회를 열고 세미나를 꾸리고 마니토 게임을 진행했다—"오천원이 넘는 선물을 가져오는 건 반칙이야!"—그들이 모임의 주축이 될 수 있었던 건 순전히 학교에 자리를 잡지 못해서였다. 학교에 '자리'를 잡다. 오지는 그 표현이 참 절묘하다고 생각했다. 학교에 자리를 잡은 동년배 남자들은 모임에서 학회로 무대를 옮겼다. 남자들의 학회 대이주가 일어나는 동안, 모임에는 그녀들만이 남았다. 언젠가 학회가 자신들의 장場이 되고, 자신들이 학회의 장長이 되길 간절히 바라며. 모임에서 하는 세미나를 두고 "좀더 진지한 공부를 하는 게 어때?" 하는 훈수에 반쯤 반박하고, 반쯤 동의하며. 알다시피 그런 일은 일어나지 않았다.

여자들은 산으로 대이주했다. 산으로의 이주는 탈주였나, 추방이었나. 마음속 버전은 시시각각 변했고 그 각도에 따라 깊은 산속의 그녀들은 잠들거나 잠들지 못했다.

여자들이 떠나고 남자들이 귀환했다—"요즘에는 소프트한 게 땡기더라구"—모임의 젊은 피들은 때론 아이디어를 도용당했고, 때론 모임에서 맺은 연줄로 원하던 대학의 박사과정에 들어갔다.

*

'미얀마 여행은 물건너갔군.'

규는 새삼 다 써버린 연차가 아까웠다. 베개와 씨름하는 동안 규의 여름도 끝났다. 슬슬 본전 생각이 드는 걸 보니 집에 갈 시간이었다. 요새 들어 선명하던 남편과 지경의 섹스 장면이 흐려지고 옛 기억이 대중없이 올라왔다. 있는지조차 몰랐던 작은 기억들. '영화의 밤' 사건도 그중 하나였다.

'영화의 밤'은 영화 모임에서 연말에 여는 영화제였다. 영화제라고 해봐야 아는 사람끼리 모임 사무실에서 옛 영화를 보는 정도였다. 상영작을 고르는 기준도 특별히 없고 소위 '쎈' 영화를 트는 것이 그나마 전통이었다. 그날, 규와 남편은 애들을 데려와야 했다. 양가 사람들 모두 약속이 있어 애들을 봐줄 사람이 없었다. 보미나

래와 한울 남매는 약간 어두운 표정을 한 과묵한 초등학생들이었
다. 부부는 사무실 유리문 밖에서 조곤조곤 얘기하다가 결국 소리
까지 질러가며 싸웠다.

"미친놈, 니가 나한테 이럴 수 있어?"

"뭐? 미친놈?"

사람들은 또 저런다는 식의 시선을 교환했다. 남매도 익숙하다
는 듯 다리를 대롱거리며 태연히 책을 읽었다.

"그래? 그럼 다 같이 보면 되겠네!"

규가 문을 쾅 닫고 들어오더니 의자를 요란스레 끌어와 애들 옆
에 앉았다. 얼굴이 터질 듯이 벌겠다.

"너 진짜 사람들 앞에서 쪽팔리게 이럴래!"

문밖에서 김이 소리쳤다. 유리에 막혀 소리가 둔탁했다.

규가 돌아보지 않자, 김은 쿵쾅거리며 계단을 내려가 그길로 집
에 가버렸다.

"애들 데리고 이 영화 보려고?"

영화를 추천한 사람이 다가와 규에게 물었다. 규는 입을 다문
채 정면만 봤다.

"자기야, 이거 아니야. 이 영화 어른도 보다가 중간에 나가는 걸
로 유명해. 난 분명히 경고했다. 애들 트라우마 생겨도 몰라."

불이 꺼지고 영화가 시작됐다. 1970년대 오키나와의 풍경이 펼
쳐졌다. 남매는 쌕쌕 숨소리를 내며 화면에 눈을 고정했다. 규는

영화에 집중하지 못했다. 부부는 모임에 오기 전, 한 사람이 영화를 보는 동안 다른 사람이 애들을 데리고 나가 있기로 합의했다. 누가 애들을 맡을 것인지는 정하지 않았는데, 내심 상대가 총대를 메주길 기대했다. 적어도 규는 고의로 최종 결정을 미뤘다. 앞으로 벌어질 일을 알았기에 가는 동안이라도 마음 편히 가고 싶었다. 결국 싸움이 벌어졌고, 남편이 집에 가버렸다. 규는 남편의 이기심보다 조금의 이변도 없음에 절망했다.

"엄마, 무서워."

"가만있어."

엄마가 된 후로 규는 남편보다 모임에 오래 남아 있어본 적이 없었다. 대화에 푹 빠져 있다가도 여덟시 반이면 초조해졌다. 아홉시가 되면 한창 얘기중인 남편에게 가 귀엣말로 인제 그만 가자, 고 했다.

"왜 또 초저녁부터 이래? 초등학생이면 애들도 다 컸어. 유난이다."

"아홉시가 초저녁이야? 빨리 일어나, 가게."

"그럼, 아홉시가 밤이냐?"

"그걸 말이라고 해?"

"정말 너랑은 말이 안 통한다."

아홉시는 초저녁인가 밤인가. 시각에 대한 지각 차는 두 사람의 경험 차에서 비롯되었다. 여자들이 조언했다. "무조건 버텨. 꺾느냐, 꺾이느냐, 둘 중 하나야." 그래서 규도 버텨봤다. 아홉시가 지나고, 열시가 지나고, 열한시가 지나고. 애들을 두고 벌이는 싸움은 마음을 졸이는 쪽이 지게 돼 있었다. 자정이 다 되어가는데도 남편은 너무나 멀쩡했다. 마음에 불안 한 자락 없었다. 그날 이후, 규는 아홉시면 순순히 일어나 먼저 갈게, 했다. 남편은 이야기에 정신이 팔려, 그래그래 하고는 곧 폭소를 터뜨렸다.

규의 이른 귀가가 애들 때문인 걸 모두가 알았다. "잘난 척해봤자 지두 엄마지, 뭐" 했던 건 누구였나. 규는 창피했고, 창피함을 감추기 위해 작별인사가 길어졌다. "벌써 시간이 이렇게 됐네. 나도 아쉽지. 근데 어째. 일이 남았는데. 오늘도 밤샘 당첨이야. 핫식스나 사서 들어가야지. 정말이지 왜 일은 해도 해도 끝이 없니." 사람들은 규의 눈을 똑바로 보지 못했다.

*

지경은 놀이터에 나와 있지 않았다.

'이런 날까지 지각?'

규가 어이없어하며 발로 흙장난을 쳤다.

"다치셨어요?"

어느새 온 지경이 휠체어를 탄 규를 보고 물었다.

"오해하지 마. 자해한 거 아니니까."

"그럼요?"

"무릎 관절이 나갔어."

오지의 집을 떠나기 전날에 베갯잇을 태우려고 일어서는데 무릎이 펴지지 않았다. 무릎이 꺾여 맥없이 주저앉자 오지가 손뼉을 짝 쳤다. "잘했다." 규가 오지를 올려다봤다. "몸이 상해봐야 알아. 몸 아픈 것에 대면 마음 아픈 건 유도 아니다."

"제가 모임에서 빠질게요."

지경이 말했다.

지경의 표정이 좋지 않았다. 규가 보기에 자신이 반말을 해서 그런 것 같았다. 원래 둘은 존대하는 사이였다. 그런데 규가 지경의 불륜을 계기로 말을 놓은 것이다.

'왜, 떫어? 불륜은 불륜이고 반말은 반말이다, 싫어?'

규는 자신의 변화에 놀랐다. 원래 규는 말을 절대 안 놓는 사람이었다. 남들이 편하게 말하라고 해도 끝까지 알겠습니다, 하는 사람이었다. 규가 보기에 반말은 관계를 무리하게 좁혔다. 사람들은 예의가 없어서 반말하는 게 아니라 반말을 하고부터 예의를 잊었다. 멀리서 정중히 목인사를 하던 사람도 남의 콧구멍에 손가락을 넣게 되는 것이다. 묻지 말아야 할 것을 묻고 바라면 안 될 것을 바랐다. 그러니까 말을 놓지 않았다면 규는 지경에게 다음과 같은 질문을 하지 못했으리라.

"왜 그랬니?"

"다시는 안 만날게요."

"다짐 말고. 나는 이유가 알고 싶어. 왜 그런 거야?"

"그러게요."

'그러게요'라는 견고한 방패. 동조하는 척하지만 자신의 것을 하나도 내어놓지 않는 말. 규는 짜증이 났다.

"나는 네가 적어도 솔직한 줄 알았는데?"

"그러게요."

"너는 왜 그렇게 살게 되었어?"

질문이 미묘하게 방향을 틀었다. 불륜에 대해 묻던 규가 이제 지경의 인생 전반에 대해 묻고 있었다.

지경이 규를 노려봤다.

규는 희열감을 느꼈다.

규는 지경을 쉽게 놔주지 않을 생각이었다. 어떻게 나한테 이럴 수 있느냐고, 멱살 몇 번 흔들다 주저앉아줄 생각 따위 없었다. 규는 끝까지 왜냐고 물을 작정이었다. 그건 왜 그랬는데? 그럼 그건 또 왜 그랬는데? 왜 내 남편과 잤는데? 왜 내 남편과 자는 사람이 되었는데? 어떤 사람들이었는데? 너를 그렇게 만든 건 어떤 사람들이었는데? 그렇게 해서 자신이 받은 고통의 대가로 지경에게 고백록을 받아낼 것이다. 그리하여 지경을 이해할 것이고, 이해로 상처를 줄 것이다.

때로 사람들은 지경을 '떼'로 이해했다. 지경이 없는 자리에서 머리를 맞대고 각자 들은 지경의 이야기로 '지경 이야기'를 만들었다. 이런 해프닝, 저런 썰을 접붙여 한 편의 대서사를 쓰고 나면 아, 드디어 그 아이를 이해할 수 있을 것 같아, 길고 만족스러운 탄성을 발하며 소파에 기대 누웠다. 이제 규도 거기에 낄 수 있으리라. 나도 걔 좀 알지, 하는 미소를 띠며.

"대학을 멀쩡히 졸업했다면 평범하게 살지 않았을까 싶긴 해요."

지경이 말했다.

"도서관 책만 반납하면 된다며."

"네."

"집에 책 있다며."

"네."

"돈 빌려줄 사람이야 많을 거고."

"네."

"그런데 왜."

규는 미래의 자신을 상상했다. 상상 속 규는, 지경에 대해 지껄이는 사람들 사이에 있었다. 규는 뻐길 생각에 가슴이 저리고 몸이 떨렸다. 이제 곧 손에 쥘 지경의 고백으로 다음과 같이 말할 수 있으리라.

'……이건 구지경한테 직접 들은 얘긴데요.'

'정말?'

'걔 도서관 책 때문에 신세 망쳤잖아요.'

'그치.'

'그 책 집에 멀쩡히 있잖아요.'

'그치.'

'구지경이 그러는데 매일 아침 그 책을 본다고 하더라고요. 아니요. 읽는 게 아니라 본다고요. 책 제목이 보이지도 않을 만큼 눈을 가늘게 뜨고 책등을 노려본대요. 그 이야기를 들으니까 알겠더라고요. 구지경이 왜 그러는지.'

'왜?'

'그런 사람들 있잖아요. 회피하는 사람들. 실눈 뜨고 사는 사람들. 구지경도 눈꺼풀을 바짝 내리고 사는 거죠. 집에 수북이 쌓인 단수 경고장을 볼 때도. 피임을 안 하고 했던 섹스를 떠올릴 때도. 후회할 때도. 살기 싫을 때도. 위아래로 떨리는 눈꺼풀 안쪽 어둠 사이로 세상을 흐릿하게 보는 거죠. 그래서 도서관에 책을 반납하지 못하는 거예요. 하나를 똑바로 보면 모두를 똑바로 봐야 하니까요. 걔도 살아야 하지 않겠어요?'

'그치, 그치. 걔도 살아야지. 가여운 것.'

규는 거기서 멈췄다.

세간의 기준으로, 규는 지경에게 한참 더 함부로 굴어도 되었다.

그러나 규는 그만 지경을 더 괴롭힐 새도 없이 자신이 싫어져버렸다. 과거에 규는 사람들이 지경에게 너무 모질다고 생각했다. 그러나 막상 자기 일이 되자 그들을 이해하게 되었는데 바로 그 점 때문에 지경이 더 미웠다. 지경은 겹으로 잔인했다. 배우자의 배신을 보게 했고, 그것이 아니었다면 지킬 수 있었을 규 자신의 자부심을 파괴했다. 그리하여 규도 살짝 내디뎌보았다. 말을 놓고 사생활을 캤다. 내가 이래도 네가 어쩔 건데, 하는 낯두꺼움으로, 상대의 콧구멍을 꿰고 끌고 다니는 힘의 쾌감으로.

그러나 어떤 사람은 젊은 시절에는 남이 나에게 한 잘못 때문에 잠 못 이루지만, 나중에는 자신이 남에게 한 짓 때문에 잠들지 못한다.

"나 간다."

규가 휠체어를 힘껏 밀었다.

규는 스스로 멈출 수 있어서 기뻤다.

휠체어 바퀴가 모래에 빠져 움직이지 않았다.

"건강하세요."

지경이 마지막 인사를 건넸다.

"뭐라디?"

규가 힘을 주어 바퀴를 굴려보려다 멈추고 물었다.

"네?"

"둘이 있을 때."

"네?"

"남편이 날 뭐라 부르디?"

"그게 중요해요?"

지경이 규의 휠체어 손잡이를 잡으며 물었다.

휠체어를 뒤로 기울이자 규의 몸이 가까워졌다. 흰머리가 많네, 지경은 생각했다. 지경은 순간 규의 흰머리를 뽑으려다 멈췄다. 그 손을 그대로 들어올려 자신의 뺨을 때리고 싶었다.

"지경씨, 부탁이 있어서 만나자고 했어요."

규는 다시 존댓말로 돌아왔다.

"걱정 마세요. 다시는 안 만나요. 일단 제가 모임에서 빠질 거고요."

"아니, 아니, 반대."

"네?"

"모임 그만두지 마요. 그 말 하러 나왔어요."

"안 불편하시겠어요?"

지경이 물었다.

규가 어이가 없다는 듯이 웃었다.

"당연히 불편하지. 불편뿐이겠어요?"

불편뿐이겠니.

규는 '영화의 밤'을 생각했다. 영화는 충격적이었다. 애들에게 상흔을 남길 수도 있었다. 그런데도 규는 행복했다. 모임의 밤을 쟁취했으므로. 그날은 염치 불고하고 한번 끝까지 놀아볼 생각이었다. 마지막 멤버끼리 4차로 간다는 참새구잇집에 가봐야지. 자디잔 참새 목뼈를 오도독오도독 씹는 게 기막히게 고소하다 했었지. 대미를 장식한다던 새침한 커플의 개싸움을 목격해야지. 아침엔 안부 문자를 받을 거다. '어젠 잘 들어가셨어요? 얌전한 줄 알았는데, 장난 아니시던걸요? 그동안 어찌 참고 사셨어요?' 마음이 한껏 부풀었다.

영화는 끝을 향해 달려가고 있었다. 경고는 거짓이 아니었다. 결국 보는 내내 칭얼대던 한울이 바닥에 토를 했다. 여자주인공이 제 손으로 거의 뽑아내듯 자궁에서 태아를 꺼냈다. 순식간에 토 냄새가 공기 중에 확 퍼졌다. 누군가 작지만 분명한 경멸을 담아 말했다.

"이거 아동학대 아냐?"

규는 토 닦은 휴지 뭉치를 정신없이 쓸어모았다. 애들의 손을 잡고 황급히 사무실을 나왔다. 남편은 침대에서 곤히 자고 있었다. 가방을 열자 쑤셔넣은 휴지에서 쉰내가 났다.

규가 웃으며 말했다.

"나와요, 나와. 나도 나오고, 지경씨도 나오고."

나도 나오고. 너도 나오고.

그럼 남편이 못 나오겠지.

규가 베개에서 본 가장 참지 못할 광경은 이것이었다.

어느 날, 남편이 모임에서 고백한다. 내가 개새끼긴 개새낀데! 술에 엉망진창 취한 채. 똑같이 취한 누군가가 직전에 말해줄 것이다. 김형! 형도 인제 그만해요. 우리 그래봐야 인간이야, 인간. 서서히 퍼지는 무마의 기운. 남편은 반성문을 충분히 제출한 셈이 된다. 고백은 계속된다. 내가 이런 말까지 안 하려고 했는데 솔직히 우리 와이프란 여자도.

규의 상상은 거기서 멈춘다. 와이프일 리 없지. 남편이라면 자신을 결코 와이프라고 부르지 않을 것이다. 운동권 남자들은 아내를 '그친구'라고 부르니까. 아내를 그친구라고 부르는 자기 자신을 사랑하니까. 동지의 대체어로서의 그친구. 그렇게 부르는 한 자신은 아직 젊고, 아직 투사니까. 그친구. 예전에 정말 멋졌죠. 결기가 있었다고나 할까? 나는 존경할 수 있는 여자랑 결혼했어요. 그러나 역시 애엄마가 돼 그럴까요? 이젠 관점이 쥐똥만큼 좁죠, 쥐똥만큼.

남편은 떠들어댄다. 막을 사람은 아무도 없다. 추문 끝에 살아남는 건 남자들이다. 지경을 쫓아내고, 얼마 안 있어 규도 모임에 나오지 못할 것이다. 남편은 끊임없이 말한다. 그친구, 예전엔 리버럴하고 유연했는데, 이젠 계곡에서 양말도 안 벗어요. 어젠 미국에서 사촌들이 놀러왔거든? 애들은 밤까지 놀고 싶어 죽지. 근데 기어코 정한 시간에 재워. 아, 너무 독해. 너무 따져. 아, 정말 그런 친구 아니었는데……

그게 최악이었다.

남은 자로서 남편이 마지막 말을 앗아가는 것.

오늘날, 사람들은 규가 커피를 쏟으면 지경을 보고, 지경이 화분에 걸려 넘어지면 규를 본다. 지경이 과음하면 규를 보고, 규가 하품하면 지경을 본다. 그 조용한 관음의 공기 속에서 규와 지경은 서로 뺨을 갈기면서도 끝까지 가는 사이 나쁜 부부처럼 산다. 둘은 최후의 멤버가 될 것이다. 아, 신나!

어느 날, 규가 자신도 모르게 소리 내 말한다. 지경이 흘끗 본다. 지경의 표정은 무엇을 말하고 있나. 사람들의 눈이 돌아간다. 저마다 망상하며.

이중

작가 초롱

초롱이 그렇게 된 데에는 초롱 자신뿐 아니라 혁명에도 얼마간 책임이 있었다. 양식 있는 사람이라면 누구나 엇비슷하게 생각했다. 그러나 그들, 양식 있는 이들, 과오를 역사 속에서 볼 줄 아는 이들은 초롱의 일에 침묵했다. 정신이 다른 데 팔려 있었기 때문이다. 혁명 전에 자신이 행한 잘못—그때는 잘못인 줄 몰랐으나 이제 알게 된, 하지만 여전히 사소한 잘못—을 반성하기 바빠 초롱을 깜빡 잊고 만 것이다. 그래서 이제 초롱이 그렇게 된 것은 전적으로 초롱의 탓이었다.

차라리 혼자가 낫다고 초롱은 생각했다. 양식 없는 사람이 스스로 양식 있다 여기며 양심에 찔려 도와주겠다고 나선 걸 무턱대고 붙드느니 혼자가 낫다. 초롱이 문단에서 매장되고 온갖 사람이 '나는 너다Je suis…… ' 하며 다가왔고 초롱은 그들의 면면을 보며 '나너 아닌데. 내가 너면 나 정말 큰일인데' 하고 조용히 홀로 답답해했다.

초롱이 그 소설을 쓴 건 우리가 '한편 판이 디비진다'고 표현했던 문화혁명이 오기 전이었다. 등단 전이기도 했다. 등단이라는 '말'을 탈취해오기 전, 등단이 감싼 땅이 비좁던 시절, 초롱도 단에 오르기 위해 여러 소설 창작 수업을 다녔고 「이모님의 불탄 진주 스웨터」도 그때 썼다. 다들 알듯, 합평을 위한 **습작품**이었다.

그날 밤 초롱은 합평을 복기했다. 너무들 했다. 합평이 혹평이어야 아파도 배운다고 초롱도 가까스로 믿었지만 그를 초과하는 인간적인 공격이 있었다. 아무리 합평이 소설에서 시작해 인격 추정으로 끝난다지만 같은 반 누구의 인격보다도—부코스키 소설에서 노동은 빼고 섹스만 취한, 그러고도 매가리 없는 부코스키풍 소설을 쓴 남학생의 인격보다도—초롱의 인격이 가볍고 심지어 **악하다**고까지 이야기되었다.

대체 초롱이 어떤 소설을 썼기에 악하다는 말까지 나왔을까? 한때 인터넷에 나돌아 쉽게 읽을 수 있었던—이제는 읽기 어려워진—「이모님의 불탄 진주 스웨터」는 악하기는커녕 관습적인 소설이다. 아마 읽는다면 실망할 것이다. 그럼에도 그날 '악하다'는 말이 나온 까닭은 소설이 악해서가 아니라 우리가 악하다는 말에 취해 있었기 때문이다. 소설 창작반에서는 뜬금없이 어떤 말이 유행했다. 복기나 오독처럼 평소 잘 쓰이지 않는 한자어가 유행했고 그러면 너도나도 아무때고 그 말을 썼다. 악하다, 도 그런 말 중 하나였다. '되짚다'보다 '복기'가, '잘못 읽다'보다 '오독'이 더 그럴듯하게 느껴지듯, '생각이 짧다' 정도면 족했을 텐데도 사람들은 기어이 초롱의 소설에 대해 악하다는 표현까지 썼고 거기에는 '아' 해도 될 것을 '악!' 하고야 마는 문학의 낯간지러운 과장과 그것이 불러일으키는 부당한 환기가 맴돌이치고 있었다. 초롱도 그 점을 잘 알았지만 그렇다고 상처를 덜 받을 수 있는 것도 아니었다.

저기요, 님 소설 보니까 눈이 다 아프네요. 소설에서 사람은 안 보이고 소재만 보여요. 소재를 선점하려는 야심이 소설을 뚫고 나와 눈이 다 따갑네요. 거악만 악인가? 소악도 악이랍니다.

누군가가 말했고, 초롱은 울지 않았다. 수업이 끝나자 가장 심하게 평한 학생이 도망치듯 빠져나가고—그 학생은 자신을 너무 많이 드러냈다—말 한마디 해본 적 없는 사람이 "괜찮아요?" 물으며 안 가고 옆에서 버티고 섰어도 초롱은 울지 않았다. 초롱에게는 이빨이 있었기 때문이다.

가슴을 할퀴는 말을 들은 밤이면 초롱은 이빨을 불러냈다. 이빨을 부르면 천장 모서리 그늘에서 이빨이 튀어나왔다. 이빨은 크거나 작았고 때로 거대했다. 합평을 받고 온 날은 꽤 컸다. 꽤 큰 이빨이 딱딱 소리를 내며 천장의 끝과 끝을 오갔다. 초롱이 천장으로 말을 쏘아올리기 시작했다.

야심
딱딱
거악
딱딱
소악
딱딱

초롱은 합평 시간에 상처가 된 말을 쏘아올렸다. 이빨이 천장을 오가며 말을 부쉈다. 말의 부스러기가 쏟아져 내렸다. 초롱은 밤새 말을 올려보냈고 말이 부서지는 광경을 지켜보았다. 말이 바스러지고 말에 붙은 상처가 바스러지고 상처였던 말이 덜 상처가 되다가 더는 상처가 아니게 되는 순간을 보았고 어느새 잠이 들었다. 그리고 꿈속에서 서서히 회복되어갔다.

그러면 다음날 다음 이빨이 왔다. 다음 이빨이 올 수 있었다. 알이 굵고 건강한 이빨이 아침부터 씹을 거리를 찾아 혈기 왕성하게 천장을 헤집고 다녔다. 초롱은 밤새 참은 요의를 느끼면서도 손가락을 구부려 요도 입구를 꾹 누를 뿐 일어나지 않은 채 흥얼거리며 천천히 천장으로 이빨의 먹잇감을 올려보냈다. 이빨이 냉큼 말을 받아먹었다. 한 문장도―초롱은 말을 쏘아올리며 생각했다―, 한 문장도 챙기지 말자.

초롱은 이제 자신이 쓴 소설을 올려보냈다. 나름 열심히 쓴 것이었다. 클라이맥스를 쓸 때는 생리가 멈추기도 했다. 그렇게 쓴 소설을 이빨이 박살냈다. 정오가 되자 한 자도 남지 않게 되었다. 그제야 초롱은 일어났다. 상쾌하게 일어나 스스로 모욕을 지워 순해진 혹평을 양분 삼아 소설을 처음부터 다시 썼다.

「이모님의 불탄 진주 스웨터」도 그렇게 죽은 소설이었다. 이빨에 씹혀 죽은 많은 소설 중 하나였다. 그것을 부수어 새로 쓴 소설이 등단작인 「테라바이트 안에서」였고. 그러니 「이모님의 불탄 진주 스웨터」가 무단으로 유포되었을 때, 초롱은 소설 창작반 문우들을 의심할 수밖에 없었다. '강건너적―소설: 작가 초롱의 이중성'이라는 제목과 함께 유포된 파일도 초롱이 합평을 위해 제출한 그대로 보안 설정이 되어 있었다. 복사와 출력이 제한되었지만 무슨 소용인가? 파일이 통째로 돌아다녔는걸. 누군가가 오래전에 받은 초롱의 습작품을 지우지 않고 가지고 있다가 초롱이 신인문학상을 수상한 직후 인터넷에 올려버린 것이다. 이후의 일은 우리가 상상하는 대로다. 일어날 일이 일어났다.

처음부터 사람들이 초롱을 비난했던 것은 아니다. 그러기에는 소설이 딱 떨어지지 않았고 여러 알리바이가 (주로 부사의 형태로) 소설에 포진해 있는 듯했다. 그래서 다들 아쉬워하며 해설자를 기다렸다. 해설자의 정리와 망라를 기다렸다. 누군가 나타나 이건 이런 겁니다, 해주길 바랐다.

그 누군가에 따르면 「이모님의 불탄 진주 스웨터」는 붙여서는 안 될 것을 붙였다. 종종 작가들은 무엇과 무엇을 붙이는지, 무엇과 무엇을 같다고 보는지로 깊이 숨겨둔 썩어빠진 정신을 본의 아니게 드러낸다. 초롱도 같은 빙판에서 나자빠졌다. 잘못된 유비로 자신의 바닥을 드러냈다. 그래놓고 얄밉게도 얼굴을 싹 바꿔 「테라바이트 안에서」를 쓴 것이다.

두 소설 모두 불법 촬영─몰카, 심지어 「이모님의 불탄 진주 스웨터」에서는 그 단어를 쓴다─피해자가 주인공이지만 내용이 다를 뿐 아니라 우리가 흔히 인상을 쓰며 영혼을 담아 발음하는 '톤'이 완전히 달랐다. 「테라바이트 안에서」는 불법 촬영 피해자의 독백으로만 이루어진 소설로, 화자는 자신의 불법 촬영 영상을 보며 머릿속에 떠오르는 것을 고통스럽고 집요하고 혼란스레 토해낸다. 읽는 사람은 화자가 보는 영상이 어떤 영상인지 알 수 없고 그것이 일으킨 소용돌이만 잠시 엿보는 것을 허용받는다. 자석은 보이지 않고 그 자석에 빨려들어가는 새까만 쇳가루만 볼 수 있는 것과 같다. 사건은 교묘하게 지워져 있다. 각자 자석을 다르게 상상하거나, 상상에 저항할 수 있도록…… 화자의 사유와 감정과 인용이 촘촘하게 달라붙어 소설 말미에 다다라 독자는 피해 '사례'가 사라지고 그를 두텁게 감싼 한 인간이 묵직하게 떠오르는 것을 보게 됩니다, 라고 「테라바이트 안에서」를 지지한 심사위원은 썼다.

사람들은 초롱이 직접 겪은 일을 썼다고 여겼다. 인터뷰할 때면 인터뷰어는 눈에 띄게 조심했고 얼결에 "아시겠지만"이라고 했다가 얼른 사과하기도 했다. 초롱은 절절매는 인터뷰어를 보며 평온한 얼굴로 침묵을 즐겼다.

그로부터 불과 육 개월 전에 쓴 「이모님의 불탄 진주 스웨터」는 매우 다른 소설이었다. 역시 불법 촬영 피해자가 주인공이지만 초롱은 그 주인공을 함부로 끌고 다닌다. 이리저리 끌고 다니며 주인공에게 현실에서라면 결코 만나지 않았을 사람을 만나게 하고 하지 않았을 일을 하게 한다. 「테라바이트 안에서」가 화자의 심리에 집중하는 것과 달리 「이모님의 불탄 진주 스웨터」는 경쾌한 블랙코미디풍으로, 스토리의 기발함이 소설 전체를 끌고 나간다. 누가 봐도 「이모님의 불탄 진주 스웨터」는 재미는 있을망정 피해자에게 관심이 없는 사람, 피해자의 괴로움을 남의 일로 보는 사람, 강 건너 불구경, 할 때 그 '강 건너'에 있는 사람이 쓴 소설이었다.

어떻게 그럴 수 있지?

두 소설의 시차는 육 개월에 불과하다. 어떻게 피해자를 가볍게 다루던 사람이 반년 만에 돌변해 그토록 절절히 피해자의 이야기를 쓸 수 있지? 사람들은 배신감을 느꼈다. 또 한번 얄량한 글솜씨에 속아넘어갔다며 분노했다.

그해에는 여러 일이 일어났고 이런 일도 있었다. 우리는 어떤 남자를 성공적으로 매장시켰는데—직장에 전화를 걸어 해고를 당하게 했다—하필 그에게 제기된 성폭력 고발이 거짓이었다. 거짓 고발일 뿐 아니라 셀프 고발이었다. 본인이 존재하지 않는 피해자로 가장해 자기 자신을 고발한 것이다. 그는 없는 피해를 만들어 스스로 가해를 뒤집어쓰고 의미 없는 대가를 치렀다. 심지어 행위예술가, 남성 권익 운동가, 유튜버, 문화인류학 석사생도 아니었다. 그저 조용히 회사에 다니다 어느 날 가짜로 자신을 고발했고 묵묵히 처벌을 받아들였다. "한 명쯤은 있어도 된다고 생각했습니다." 동기를 묻는 기자의 질문에 그는 지친 얼굴로 그렇게만 말했고, 지금껏 고소도 복직도 하지 않고 있다.

항간에는 그가 과거에 밝혀지지 않은 살인을 저질렀고 종교에 귀의한 뒤 스스로를 벌주기 위해 자신을 고발했다는 소문이 돌았다. 어쨌든 우리는 비웃음을 샀다. 조롱을 당했고 스스로 혼란에 빠졌다. 우리는 글만 읽고 없는 피해에 눈물 흘렸으며 없는 피해자와 연대했고 없는 가해자를 처벌했다. 마음 깊은 곳에서부터 흔들렸다. 글만으로는 내 편을 알아볼 수 없다는 무력감과 글이 발산하는 강렬함이 진정함의 징표가 되지는 못한다는 당혹감이, 진짜에, 글과 글쓴이의 심장이 하나인지에 더욱 집착하게 했다. 그 와중에 초롱의 글이 유출된 것이다.

그랬기에 초롱은 더욱 가짜가 됐다. 피해자의 고통에 쌀눈만한 관심도 없으면서 등단하기 위해 피해자인 척 가장해 알량한 글솜씨로 피해자가 쓸 법한 일기 같은 소설을 써서 "새 시대의 리얼리즘" "일반화된 피해 서사에 저항하는 한 개인의 이야기" "에세이와 소설의 훌륭한 결합" 같은 찬사를 받았다. "강건너적 - 소설"이 반년 만에 화상 환자의 수기로 탈바꿈한 것이다.

그렇다고 초롱에게 기회가 완전히 사라진 것은 아니었다. 원치 않게 습작 소설을 유포당했고 자신이 동의하지 않은 것이 세상에 퍼졌다는 점에서 피해자연했던 초롱은 어느 정도 피해자가 된 것이기도 했다. 그래서 사람들은 초롱이 더는 청탁을 받지 못하더라도 절필까지 해야 한다고는 생각하지 않았다. 초롱의 일이 저물고 사람들의 고개가 다른 일로 돌아갈 무렵 또하나의 글이 올라왔다. '어제 네가 한 말이 날리는 뒤통수'라는 제목의 글에는 초롱의 과거 인터뷰와 함께 초롱을 위한 글쓴이의 짧은 조언이 담겨 있었다.

마리끌레르   등단하기까지 얼마나 걸렸나요?

초롱   무슨 뜻이죠?

마리끌레르   작가가 되고 나서 달라진 점을 편하게 말씀해주시면 될 것 같아요.

초롱   그쵸. 그거죠…… 저는 사실 이상해요. 왜 등단하고 나서야 작가라고 부르는 걸까요? 그럼 등단하기 전에는 내가 작가가 아니었나? 하면 아니거든요. 그때도 저는 작가였어요. 등단을 기점으로 이

제부터 너는 작가, 이 글부터 진짜 글, 하는 거 이
상하지 않아요? 저는 그때도 작가였고 지금도 작
가예요. 모든 글이 같은 글일 따름이고요.

초롱의 논리에 따르면 이제 우리, 독자이자 아마추어 비평가인
우리는 「이모님의 불탄 진주 스웨터」에 메스를 댈 수 있게 된다.
초롱은 언제나 작가였고 습작품이든 청탁품이든 같은 글일 따름
이기 때문이다. 「어제 네가 한 말이 날리는 뒤통수」는 이렇게 끝
난다.

오! 그대여, 말을 아낄지어다.
말을 뱉는 순간, 일관성의 곧은 관성이 독이 되어 뒤통수를
칠 터이니.

요새 초롱은 뭐하고 살까? 초롱의 근황을 궁금해하는 사람은 자
신을 초롱의 자리에 놓아본 적이 있는 다른 작가들뿐이다. 초롱과
같았지만 밝혀지지 않았거나, 초롱과 같을 뻔했지만 후발 주자가
됨으로써 운좋게 피할 수 있었던 작가들만이 파문당한 사람의 하
루를 오싹함으로 궁금해한다.

영군은 뇌가 그려진 티셔츠를 입고 있었다. 안경이 더러운 것도 그대로였다. 한때 초롱은 자신의 소설 주인공 이름을 영군으로 하고 싶었다. 여전히 멋진 이름이었다. 여자 이름으로는 더욱 그랬다. Can we figure out our brains with our brains? 뇌를 둥글게 감싼 영어 문장을 해석하느라 초롱은 자신이 영군의 가슴께를 뚫어지게 보고 있다는 것도 깨닫지 못했다.

두 사람은 영군이 근무하는 뇌과학 연구소가 있는 대학의 후미진 벤치에 앉았다. 여섯시가 되자 가로등에 불이 들어왔다. 셔츠 단추를 목까지 채우고 치노 팬츠를 입은 남자가 달리고 있었다. 예전부터 초롱은 궁금했다. 삶에 어떤 위기가 닥쳐야 소극성에서 벗어날 수 있을까? 과연 나라는 사람이 설사가 나온다고 화장실에서 앞사람을 밀칠 수 있을까? 배우자의 불륜 상대에게 물을 끼얹었거나, 의료 사고로 가족을 죽게 한 병원 앞에서 일인 시위를 할 수 있을까? 자의식을 이기는 시련이란 무엇일까?

"영군씨, 잘 지냈어요?"

막상 만나니 어색했다. 상상과 달랐다.

"물어볼 것이 있어서 왔어요."

소설이 유출된 후로 초롱은 잠을 자지 못했다. 밤새 초롱의 정신은 한곳으로 모였다. 누가 그랬을까?

초롱이 소설 창작 수업을 같이 들었던 사람 중에서 영군을 찾아온 이유는 단순했다. 만일 누군가 자신을 망하게 한다면 그 사람은 영군일 터였다. 초롱은 영군이 자신이 절대 가질 수 없는 것을 가졌다고 생각했다. 그때도 영군은 머리가 무섭게 빨리 돌아가는 사람이었다. 발상을 따라잡지 못하는 문장―그 자신의 표현을 빌리자면 '문장 지체 현상'―에 좌절한 흔한 사람이기도 했고. 영군이 조깅하는 남자를 눈으로 좇으며 말했다.

"저 작년에 SCI급 논문 세 편 썼어요."

초롱에게서 움찔하는 기미는 보이지 않았다.

"감 없죠? 그런 거예요. 여기서 대단한 일이 거기서는 아무것도 아니듯 거기서의 난리도 여기서는 별일 아니죠. 저 아니에요."

"어째서?"

영군이 SCI급 논문 게재의 의미를 문학계에 빗대 설명해주었다.

"아, 그러면 뭐……"

초롱은 단박에 납득했다.

"이제 글쓸 일 없겠네요."

"써요." 영군이 말했다. "논문 쓰잖아요."

초롱은 영군에게 사과해야 마땅했다. 영군을 무단 유포자로 오해한 것뿐 아니라 쓰기의 폭을 좁게 생각한 것에 대해서도. 초롱에게 논문같이 문학이 아닌 글은 문학에 밑도는 글이었다. 사과할 것은 넘치는데 사과할 기운이 없었다. 그래서 초롱은 뻔뻔하게도 영군이 자신을 한번 봐줬으면 했다. 영군이 한 번만 용서를 꿔줬으면 했다. 그러면 언젠가 초롱도 푸지게 자서 피부가 맑고 마음이 순한 날, 자신에게 죄지은 사람을 마냥 용서하겠다고 다짐했다.

"미안해요."

초롱이 눈물을 터뜨렸다.

"영군씨가 그랬다는 게 아니라 내가 너무 못 자서. 너무 못 자니까 마음에 마귀가 들어서."

"다음은요?"

영군이 초롱의 울먹임을 가볍게 무시함으로써 은근한 용서를 베풀었다.

"나 다음에는 누구한테 갈 생각이에요?"

"모르겠어요."

"내 생각에는…… 잠깐만요. 선배!"

영군이 "선배" 하고 부르자 조깅하던 남자가 전속력으로 벤치를 향해 달려왔다. 영군이 소리쳤다.

"아니, 아니에요, 나 괜찮아요. 선배 들어가 일 보세요."

"반장?"

초롱이 물었다.

"네?"

영군이 웃음을 터뜨렸다. 초롱은 다른 사람의 웃음소리를 오랜만에 들었다.

"말도 안 돼. 반장 아닐걸요? 그 사람이 '강건너적 – 소설: 작가 초롱의 이중성' 같은 제목을 지을 수 있나?"

"그 사람 소설 제목이 뭐였더라?"

"녹번동."

"맞아. 그리고 반장은 하이픈 쓰는 거 싫어했어. 겉멋이라고."

"제가 추리를 좀 해봤는데요."

초롱은 비현실적인 감각을 느꼈다. 술에 취해 잡아탄 택시가 미친듯이 달리다 한강으로 추락해도 웃으면서 죽나보네, 하고 말 것 같은 몽롱한 무감각이 기분좋게 밀려왔다. 영군이 범인이어도 상관없을 것 같았다. 범인이면서 코앞에서 초롱을 속이고 있대도 괜찮았다. 같이 웃은 것만으로 모두 용서될 것 같았다. 사라졌던 남자가 다시 나타나 근심어린 표정으로 두 사람을 지켜봤다. 이번에는 초롱이 남자를 향해 외쳤다.

"걱정 마세요."

초롱이 머리 위로 손을 마구 흔들었다.

"아무것도 없어요. 안 죽여요, 안 죽여."

"선생님 같아요."

영군이 재빨리 말했다.

"선생님 맞아요."

영군이 확신했다.

두 사람은 악수하고 헤어졌다.

*

www.chorong‒jorong‒find.com

–아래 양식에 맞게 작성해주시기 바랍니다.
–주문/인용/출처
–전문 인용하지 마세요. 신고 들어옵니다.

〔256〕 펑 예정! 빨리 보세요!

◆주문/초롱 조롱! 초롱 조롱! 문사, 가자!

◆인용/

"그리고 이모님, 이건 지엽적이지만."
아이 아빠가 말했어.
"왜 방에서 생리대를 가세요? 왜 화장실 놔두고 방에
서 그래요? 도대체 어떤 여자가 더럽게 남의 집 안방
에서 바지 내리고 생리대를 가느냐고요!"

◆출처/이름을 불러서는 안 되는 전설의 그 소설! 검색되면 초
롱이 바로 신고함! 킥킥.

*

　선생의 작업실은 그대로였다. 빛이 좋고 먼지가 많고 냉장고가 여태 거기 있었다. 소설 창작 수업을 듣던 시절에도 냉장고와 책상이 가까이 붙어 있어 냉장고 문을 열려면 그 앞에 앉은 사람이 자리에서 일어나야 했다. 냉장고 앞 사람은 책상에 걸터앉아 사람들이 물이나 사과를 꺼내길 기다리곤 했다.

　"수박 먹을래?"

　책상에 앉은 초롱이 발로 냉장고 앞 의자를 당겼다.

　"하우스라 비싼데 맛있어."

　"선생님이세요?"

　"비싼데 맛있다? 비싸서 맛있다? 뭐가 맞으려나. 모르겠네. 초롱씨는 어떻게 생각해?"

　초롱은 잠시 선생을 보다가 수박을 먹었다. 비싸고 맛있었다. 소설을 잘 가르치지만 잘 쓰지는 못하게 된 중년의 작가들이 있다. 초롱은 그들을 떠올렸다. 올드함을 알아보지만 올드함에서 벗어나지는 못하는 그들은 밋밋한 병렬을 못 견뎠다. 끝내 엮어야 안심했다. 선생의 글을 문예지에서 읽은 지 오래였다.

　"선생님이세요? 선생님이 제 글을 유포하신 거예요?"

　"초롱씨도 여기 알지?"

선생이 아이패드에 튄 수박 즙을 닦으며 말했다.

"우리 학생들도 여기 많이 들어가더라. 거기 글, 자기가 쓴 거 아니잖아. 나는 딱 봐도 알겠던데 학생들은 긴가민가해하더라고."

초롱이 선생에게서 소설을 배울 무렵 선생은 극히 드물게 말하는 사람이었다. 씨앗만 심고 빠지는 스타일로 학생들이 서로의 소설을 물고 뜯다 올려다보면 그제야 한두 마디 던지는 식이었다. 그리고 다음날 혹은 십 년 뒤, 선생이 심은 씨앗이 잭의 콩나무처럼 학생들의 머리에서 솟구치곤 했다. 그제야 학생들은 나무에 주렁주렁 매달린 선생의 악담을 볼 수 있었다. 세상에나. 그러나 파종은 십 년 전의 일이었다.

초롱은 선생의 얼굴을 보며 당하지 말아야지, 다짐했다.

"긴가민가는 무슨."

선생은 하다 만 말을 계속했고 예전과 달리 끝도 없이 주절댔다.

"걔들도 다 알아. 알면서 자신을 속이는 거야. 신화를 만들려고. 뭐가 있었으면 좋겠어서. 뭐가 너무 없으니까. 그래봐야 다 헛짓인데. 놀랐니? 나 말 트였어. 몇 년 전부터 계속 말하고 싶더라고. 아버지가 요양원에 계셔. 좀 됐는데 아직도 오줌통에 오줌을 못 싸. 매트리스 다 적셔. 싸긴 정말 많이 싸. 콸콸 싸. 콸콸. 콸콸…… 나도 그러려고. 콸콸 떠들고 콸콸 쓰고. 전에는 왜 그렇게 글쓰는 걸 무서워했는지 몰라. 지금은 쓰고 싶어 미치겠어. 하루종일 쓰고 싶어. 먹으면서 쓰고 싸면서 쓰고 자면서 쓰고 씻으면서 쓰고. 시팔 쓰고 싶어 죽겠네!"

그러더니 선생은 아이패드에서 빈 문서를 열고 막 쓰기 시작했다. 그러느라 화면에서 '초롱조롱파인드닷컴'이 사라졌다.

초롱도 물론 그 사이트를 알았다. 그곳은 초롱이 문단에서 쫓겨난 직후에 만들어졌다. 문예지에 더는 초롱의 글이 실리지 않자 오히려 초롱이라는 이름이 더욱 눈에 띄게 되었는데 초롱의 이름으로 쓰인 글, 그러니까 저자명이 '초롱'인 글이 폭발적으로 늘어난 것이다. 크고 작은 문예 공모전에서부터 문예지가 비등단 작가를 위해 비워둔 지면까지 한 달에도 여러 번 초롱의 이름으로 쓰인 글이 발견됐다. 어느 달인가에는 '유채밭 사랑 문예 공모전' 수상 작가도 초롱, '근린공원과 영적 체험' 가작 작가도 초롱, 『문학3』 투고 선정작 작가도 초롱, '배민 백일장' 장원도 초롱이었다. 뽑고 보면 초롱이라 대회 주최 측과 출판 관계자들도 난감해한다고 했다. 문학에 초롱이 못 들어오게 막아야 하는데 초롱은 자꾸 기어들어왔고 동명이인이길 바랐지만 초롱들은 하나같이 완강히 익명을 고집했다. 심지어 상을 직접 받아야 하면 수상을 포기했다. 그 초롱이 그 초롱인지, 여기서부터 여기까지는 그 초롱이고 여기서부터 저기까지는 다른 초롱인지 알 수 없었다. 시간이 갈수록 초롱 글의 스펙트럼이 넓어지고 세부에서도 통일성이 깨져 어느 글에서는 단어에 붙은 한자 첨자가 다 틀리고 어느 글은 한시였다. 시간이 지나자 초롱은 밈이 되어 너도 나도 초롱에 올라탔다. 그리하여 '초롱조롱파인드닷컴'은 저자명이 초롱인 글을 모으는 아카이브가 되었다. 처음 사이트를 만들 때만 해도 초롱이 몰래 문단에 기어들어오는 것을 막기 위한 용도였으나—참고: 게시 글 376번 「초롱의 듄나화와 성범죄 시인들의 페소아화를 막기 위하여 우리는 무엇을 해야 하는가」, 게시 글 648번 「자기 문체를 갖지 못한 작가는 적발하기도 힘들다!」—점점 변질됐고 이제 그곳은 소수의 한국문학 애호가들의 놀이터이자 글판이자 친목 도모의 장이자 문체 연습장이자 『시크릿The Secret』이 되어 유저들은 **초롱 조롱! 초롱 조롱!** 주문을 외우고 소원을 적었다. 즐겨찾기가 되어 있는 것을 보니 선생도 '초롱조롱파인드닷컴'에 자주 들어가는 듯했다.

"이 글 봤어? 좋더라. 이런 걸 자기가 썼을 리 없잖아. 안 그래?"

어느새 사이트로 돌아온 선생이 글 하나를 키우며 말했다. 선생이 칭찬한 글은 서평으로, 모 출판사에서 세계문학전집 오백 권 출간을 기념해 연 서평 대회에서 뽑힌 글이었다. 대회라기에 다소 민망한 것이 오백 권 돌파 기념으로 오십 명을 뽑아 인터넷 서점 쿠폰 오천원권을 주려 했던 행사로 출품작은 다섯 편도 되지 않았다. 총 세 명의 초롱이 서평을 썼고 선생이 말하는 초롱 글은 J. M. 쿳시의 『추락』에 대한 것이었다.

선생이 요약한 줄거리를 그대로 옮겨보겠다. 남아프리카공화국의 인종차별 정책인 아파르트헤이트가 폐지된 이후를 그린 『추락』은 남아프리카에 정착한 백인을 뜻하는 아프리카너인 루리 교수와 그의 딸인 루시를 대비시키며 진행된다. 홀로 농장을 운영하는 루시는 흑인 세 명에게 강간을 당하고 루리 교수는 화장실에 갇혀 모든 소리를 듣는다. 루리 교수는 딸에게 경찰에 신고하고 안전을 위해 떠나야 한다고 말하지만 루시는 거부한다. 심지어 강간으로 임신한 아이를 낳고 강간과 모종의 관계가 있는 것으로 추정되는 이웃 페트루스의 셋째 부인이 되어 그에게 땅을 넘기고 그의 보호 아래서 살아가겠다고 한다. 위험에서 벗어나려면 떠나야 한다고 호소하는 아버지에게 루시는 위험이 자신이 치러야 할 값이라고 말한다. 루시는 말한다. "만약 그것이 제가 여기에 머무는 것에 대한 값으로 지불해야 하는 거라면 어떻게 될까요? (……) 왜 저는 아무런 값도 지불하지 않고 여기에 살아야 하나요? **어쩌면 그들은 그렇게 생각하는 것일 거예요.**"*

"이 소설, 읽었나?"

초롱이 고개를 끄덕였다.

"1단계는 통과군."

줄거리를 읊던 선생이 계면쩍어하지도 않고 자연스레 서평으로 주제를 옮겼다.

"『추락』에 대해 여자들이 불쾌해하는 것은 당연해. 페미니즘까지 갈 것도 없지. 루시의 선택을 비판하는 일은 쉬워. 강간 신고 거

---

*J. M. 쿳시, 『추락』, 왕은철 옮김, 동아일보사, 2000, 238쪽. 강조는 인용자.

부, 출산, 셋째 부인. 종속의 끝을 달리지. 그러나 초롱은 거기서 한 발 더 나아가. 기특하지. 아, 물론 여기서 말하는 초롱은 자네가 아니야. 자네도 알겠지만. 큭큭."

선생은 은근하고 꾸준하게 초롱을 약올렸다. 서평을 쓴 초롱을 치켜세움으로써 눈앞의 초롱을 깎아내리는 식이었다. 초롱은 또 한번 선생님이 원고를 유출했느냐고 물으려다 말았다. 작업실에 온 이래로 초롱이 이 말만 하는데도 선생은 대꾸하지 않았다. 선생의 말이 이어졌다.

"루시는 이해했지. 비인간적인 폭력을 당해온 사람과 화해하려면 비인간적인 폭력을 당하는 수밖에 없다는 것을 알았어. 아무리 자기 학대로 보여도 극단적 고통을 겪은 사람과 공존하려면 똑같은 일을 당하는 수밖에 없는 거야. 루시는 적어도 한 사람은 그래도 된다고 생각했어. 한 명쯤은 상대가 눈에는 눈 이에는 이 외치기 전에 먼저 자기 눈알을 터뜨리고 이빨을 부숴야 한다고. 문제는 희생하는 사람이 왜 아버지인 루리가 아니라 딸인 루시여야 하느냐는 거지. 루시에게 현명함을 부여하기 위해 어쩔 수 없이 고통도 줄 수밖에 없었다고 할 수도 있겠지만…… 그래도 원초적으로 묻게 돼. 왜 루리이면 안 돼?"

그에 대해 초롱은 서평에서 이렇게 썼다. '나는 보고 싶다! 루시가 아니라 루리가 직접 고통에 꿰뚫리는 것을. 루리가 역사적 죄와 개인의 고통을 등가교환하며 어리석음을 안고 추락하는 것

을……'

"정말 귀여운 글이야. 초롱은 어떤 애일까?"

선생이 민망한 듯 얼굴을 붉혔다.

초롱은 고도의 집중력을 발휘해 선생의 이야기를 들었다. 이야기보다 이야기에 도사린 함정을 찾으려 애썼다. 순탄히 흘러가는 듯 보여도 선생의 말에는 늘 다른 뜻이 숨겨져 있었다. 초롱은 십년 뒤 조롱이 무성한 나무를 보며 자신의 아둔함을 탓하고 싶지 않았다. 선생이 진정으로 말하고 있는 것은 무엇인가. 그러나 오랜 불면으로 둔해진 초롱의 뇌는 돌아가지 않았다.『추락』서평에 대해 초롱도 할말이 많았다. 재밌게도 사람들은 그 글만은 '진짜' 초롱이 썼다고 여겼다. 글에 초롱과도 깊은 관련이 있는 셀프 고발남이 등장하기 때문이었다.

셀프 고발남. 그를 떠올리면 초롱은 기분이 묘했다. 자신과 하등 상관이 없는 사람이지만, 왠지 초롱은 자신에게 벌어진 일이 그의 일의 속편 같았다. 그도 그럴 것이 사람들은 셀프 고발남의 거짓말에 화가 났지만 그는 이미 알아서 없는 죄를 뒤집어썼으므로 벌을 더 주기가 난감해 대신 바로 이어 일어난 초롱의 일, 어쨌든 글로 사람들의 마음을 속였다는 공통점을 지닌 그 일에 그의 몫까지 얹어 화를 터뜨리는 듯했다. 게다가 총애 초롱―초롱과 달리 선생의 총애를 받는 초롱―의 서평으로 이렇게 또 한번 엮이다니……

총애 초롱은 셀프 고발남을 21세기 한국의 루시로 가정했다. 그가 유일하게 남긴 말인 "한 명쯤은 있어도 된다고 생각했습니다"
를 바탕으로 셀프 고발의 밝혀지지 않은 동기를 상상했다. 총애 초
롱에 따르면 셀프 고발남은 미투 시대의 남자 루시가 되기로 선택
한 것이다. 영겁의 세월 동안 남자들이 저지른 성폭력의 죄를 홀몸
으로 떠안아 여자들에게 용서받고 화합의 기운을 만들겠다는 다
소 영적인 시도를 했다는 것인데…… 그러니까 한 명의 억울한 사
람도 있어서는 안 되는 것이 아니라 한 명쯤은 있어도 되는 것이
다. 철저히 억울한 사람이. 억울함과 딱 붙어 지내온 여자들을 위
무하기 위하여. 그의 퍼포먼스가 전하는 메시지는 이것이라고, 총
애 초롱은 생각하는 모양이었다.

"우리 글공부할 때, 친구가 나를 죽이러 찾아왔던 일 기억해?"

선생이 물었다.

초롱은 대답하지 않았다. 그러나 그 일을 기억했다.

어느 날 선생에게 어떤 남자가 찾아왔다. 선생은 우리에게 나오
지 말라고 당부하고 방문자를 따라갔다. 한눈에 봐도 방문자는 불
안정하고 화가 나 보였다. 우리는 한 명씩 돌아가며 선생을 보고
오기로 했다. 두 사람은 후미진 벤치에 앉아 이야기를 나누었다.
선생은 주로 듣기만 했다.

우리는 열에 들떠 방문자의 정체에 대해 추리하다 당번이 돌아
오면 새로운 정보를 덧대었다. 각자 들은 이야기를 합치니 얼추 상
황의 맥이 잡혔다. 방문자는 과거에 선생과 반독재 투쟁을 함께했

던 동지인 듯했다. 그가 선생을 찾아온 까닭은 선생이 소설에 자기 이야기를 썼기 때문이었다. 당시 선생이 발표한 신작 소설의 제목은 '대공분실'로, 오래전 방문자는 그곳에서 자신이 당한 일을 선생에게 들려주었고, 선생이 그 이야기를 소설에 허락 없이 가져다 썼다는 것이었다.

"하지만 그 대공분실이 그 대공분실이 아니잖아."

누군가가 대공분실이라는 말만으로도 그 무게에 짓눌린다는 듯 작은 목소리로 말했다. 선생의 소설에 등장하는 대공분실은 김근태 고문 사건과 박종철 고문치사 사건으로 유명한 남영동 대공분실이 아니라, 동명의 록 클럽 '클럽 대공분실'이었다. 소설의 저류에는 남영동 대공분실이 흘렀지만 선생은 노골적일 만큼 그에 대해 쓰지 않았다. 오로지 '클럽'과 '대공분실'이라는 어울리지 않는 두 단어를 붙임으로써 끌림과 불쾌를 동시에 자아냈던 록 클럽에서의 범속한 일상을 심상히 묘사할 뿐이었다. 그런 다소 촌스러운 대체를 통해 선생이 꾀했던 것은 악명 높은 고문 시설이었던 '대공분실'이라는 이름에 얹힌 무게를 더는 것이었다. 즐겁게 재잘대던 우리가 그곳을 입에 올릴 때면 갑자기 목소리 크기를 줄이는 것을 두고 선생은 "속삭이지 마. 같은 목소리로 말해. 그래야 말할 수 있어" 하고 편잔하곤 했다. 어쨌든 소설에는 선생의 친구도, 친구가 겪은 고문도 등장하지 않았다. 그래서 우리는 순진하게도— 당시 유행하던 표현으로는 '나이브하게도'—곧 오해가 풀리리라 생각했다. 그러나 결정적인 순간을 엿본 학생에 의하면 방문자는 선생이 사과할수록 더 화를 냈고, 급기야 마시던 음료 캔을 비틀다가 손을 크게 베여 선생과 응급실에 갔다는 것이었다.

"사실 그때 나는 억울했어. 입으로는 친구에게 사과하면서도 속으로는 잘못한 게 하나도 없다고 생각했어. 나는 잘못하지 않았지만 그냥 잘못했다고 치자고, 오래전 친구는 고문을 당하고 나는 당하지 않았으니까 무조건 져주자고 다짐했어. 나는 내가 루시라고 생각했어. 시대가 친구에게 가한 죄를 나도 일부 걸머져야 한다고 여겼어. 나는 은연중에 친구를 봐주고 있었던 거야. 하지만 이제 알겠어. 내가 뭔 짓을 했는지. 너는 아니? 네가 뭔 짓을 했는지?"

"제가 뭔 짓을 했는데요?"

초롱이 물었다.

"내가 「대공분실」에서 했던 짓을 너는 「이모님의 불탄 진주 스웨터」에서 했지."

초롱은 울컥했다. 무엇이 같은가. 적어도 「이모님의 불탄 진주 스웨터」 때문에 고통을 받았다며 찾아온 사람은 없었다.

선생이 아이패드에 동그라미들을 그리곤, 첫번째 동그라미를 짚으며 말했다.

"이게 나."

두번째 동그라미를 짚으며 말했다.

"이게 친구."

마지막 동그라미를 짚는가 싶더니 그대로 손을 들어 반짝반짝 작은 별 율동을 하듯 돌렸다.

"이건 뭐라고 해야 할까? 제3의 원은."

두 사람은 허공에서 돌아가는 손을 바라보았다.

"나는 소설에서 친구를 그리지 않았어. 친구의 고문도 그리지 않았어. 그래서 나는 떳떳했어. 설사 친구를 떠올리며 어떤 장면을 썼다고 하더라도 그 정도 변형이면 아무도 그게 친구의 이야기인지 알지 못할 테니까. 그런데 본인은 알아보더라고. 다른 사람은 몰라도 개랑 나는 알았어. 내가 친구에 관해 한 자도 적지 않은 채 친구의 이야기를 하고 있다는 것을. 너도 작가니까 알겠지만. 큭."

선생이 고개를 푹 숙였다. 그러곤 다시 올라와 손을 흔들었다. 선생의 손이 이발소 회전 간판처럼 끝없이 돌아갔다.

"소설을 쓸 때 옆에서 이런 게 오르내리지 않니? 소설을 쓰다 고개를 돌리면 제3의 원이 보이지 않니? 물론 내가 친구만 생각하며 소설을 쓴 것은 아니야. 친구에게서 시작된 이야기는 바뀌고 바뀌어 친구도, 친구가 아닌 것도 아닌, 제3의 원이 되었고, 나는 그것을 보며 소설을 썼어. 하지만 그 제3의 원에는 친구의 삶이 들어 있지. 친구의 삶을 바라보는 나의 관점이 들어 있지. 그 미묘한 뉘앙스를 친구는 감지했던 거야. 이제는 알겠어. 친구는 괴로웠던 거야. 내가 소설에 쓰지 않았지만 쓰는 내내 보고 있던 것, 소설에 담지는 않았지만 소설의 대전제였던 것, 친구의 이야기는 아니지만 그렇다고 친구의 이야기가 아닌 것도 아닌, 제3의 원. 그 알 수 없는 구멍을 종일 노려보다 결국 나를 찾아온 게 아닐까? 친구는 단지 내가 인정하기를 바랐어. 내가 실은 자기에 대해 썼다는 것을."

"저한테 왜 이런 얘길 하세요?"

초롱이 말했다.

"너도 알지 않아?"

"제가 왜 알아요? 「이모님의 불탄 진주 스웨터」를 쓸 때 저는 아무도 떠올리지 않았어요."

"그러니까."

"그런데요."

"그러니까. 너는 아무도 떠올리지 않았지. 「이모님의 불탄 진주 스웨터」를 쓸 때."

"선생님이세요?"

"모든 게 억울해 죽겠지?"

선생은 히죽대고 있었다.

초롱은 자신의 불행에 혁명도 책임이 있다고 생각했다. 반은 자신의 책임이고 반은 혁명의 책임이다. 하지만 혁명기에는 반만 처벌되지 않는다. 그래서 초롱은 전적으로 억울해질 수밖에 없었다.

"너니?"

초롱의 말투에서 드디어 예의가 가셨다.

"너야? 거지같아서? 요즘 소설들 다 거지같아서? 그 거지같은 것들 빠느라 네 글 몰라줘서? 네 글 안 실어줘서? 그래서 나 엿 먹이려고 내 글 유포한 거야?"

"아닌데?"

이미 선생은 쓰고 있었다.

"나 쓸 데 있는데?"

*

www.chorong-jorong-find.com

– 아래 양식에 맞게 작성해주시기 바랍니다.

– 주문 / 인용 / 출처

– 전문 인용하지 마세요. 신고 들어옵니다.

〔842〕 새로운 글 뜸!

◆ 주문 / 초롱 조롱! 초롱 조롱! 아버지! 오줌을 오줌통에 누세요!

◆ 인용 /

1. 하고 싶은 말을 스푼에 올리십시오.

2. 스푼을 촛불로 가져가십시오.

3. 하고 싶은 말을 녹이십시오.

4. 스푼을 기울이십시오.

5. 하고 싶은 말이 굳을 때까지 기다리십시오.

◆ 출처/['바른손카드 손편지 문예 대잔치' 가작] 초롱, 「나는 봉랍 같은 글을 쓰고 싶다. 밀봉된 편지에 하고 싶은 말이 갇혀 있다」.

*

「이모님의 불탄 진주 스웨터」는 부모들이 단체로 성지순례를 떠나는 장면으로 시작한다. 그들은 내년에 수험생이 되는 자식의 대입 성공을 기원하기 위해 파티마의 성모님께 기도하러 떠난다. 그렇게 집이 비고 주인공 수진과 친구들에게 섹스할 곳이 생긴다.

그러나 그것은 예측 가능한 섹스이므로 부모들은 미리 단기 입주 가사 노동자를 고용해 들인다. 이모님이라고 불리는 그들이 부모 없는 집에서 십대끼리 술을 마시고 포커를 치고 잠자리를 갖지 못하도록 막을 것이다. 밤에도 방에서 자지 않고 거실에 나와 자며 보초를 설 것이다.

수진의 집에 온 이모님은 명자다. 명자는 게으르고 무책임하다. 입주라 돈을 더 받아놓고 첫날만 무섭게 청소하더니 다음날부터 코빼기도 보이지 않는다. 다들 수진의 빈집으로 모이고 부모들이 막으려 한 일을 한다.

부모가 귀국하기 전날 밤 명자가 수진과 친구들을 불러모은다. 그러곤 방방이 다니며 구석구석 숨긴 초소형 카메라를 뽑는다. 첫날 청소하며 설치해둔 것이다.

"카메라는 있는 그대로를 찍을 뿐이야. 너희가 집에서 발톱을 깎았다면 발톱을 깎는 모습이 찍혔겠지. 해선 안 될 짓을 했다면 그 짓이 찍혔을 테고."

명자는 영상을 지우는 대가로 일천만원을 요구한다.

명자는 상습범이다. 일하는 집에 카메라를 설치해 고용인을 협박하고 부수입을 올린다. 고용인은 내 집에서 내 마음대로 하겠다는데 불만이 있느냐고 호기를 부리다가도 막상 한 짓을 들이대면 기절한다. 변기에 앉아 똥을 싸며 자기 팬티에 살짝 혀를 대는 모습만 슬쩍 보여줘도 천만원을 그냥 준다.

"영상, 확인할래? 그래, 안 보는 게 나아. 다음주까지 선금을 성의껏 준비하도록."

남자애들이 내뺀다. 남자애들은 안다. 어떻게든 여자애들이 해결할 것이다. 여자애들이 자꾸 죽으려고 한다. 그래서 어린이 성가대 단장 출신인 수진이 총대를 멘다. 수진이 명자를 죽이면 다 함께 지난여름 방문했던 봉쇄수도원 인근 야산에 시체를 묻기로 한다…… 정말 그랬다면, 소설에서 수진이 명자를 죽였다면, 죽어서 봉쇄수도원 인근 야산에 시신을 암매장했다면, 그렇게 성 억압자이자 불법 촬영범인 명자를 처벌했다면 초롱은 무사했을 것이다. 소설이 유출되지도 비난받지도 않았을 것이다. 그러나 초롱에게는 못된 버릇이 있다. 초롱은 모든 소설을 죽이러 갔다가 악수하고 돌아오는 것으로 끝내는 버릇이 있다. 그때도 초롱은 그만 수진과 명자를 화해시켜버렸다.

화해의 계기가 되는 것은 공통의 경험이다. 명자가 수진에게 과거 베이비시터로 일하던 집에서 쫓겨난 사연을 들려주며 목숨을 구걸한다.

……그런 사람들이 있다고는 들었어. 직장에서 동료들과 커피를 마시며, 집에 몰래 설치해놓은 CCTV가 실시간으로 보내는 영상을 보는 사람들이 있다고. 집에서 일하는 사람을 가리키며 '저것봐, 저 아줌마가 저런다니까?' 품평해가면서. 나도 같은 일을 당하고 있는 줄은 꿈에도 몰랐지.

어느 날 내가 돌보는 아이의 아빠가 할말이 있다며 불렀어. 아빠의 품에 안긴 아이가 나를 보고 내 품으로 오려고 팔을 뻗었는데 아이 아빠가 그 팔을 내리며 말하더군.

"죄송하지만 이모님께 문제가 있는 것 같아요."

"아가, 불편해?"

"아니, 문제가 아니라 상처가 있으신 것 같아요."

"아가, 이리 올래?"

"아니, 저희 부부가 상처를 받은 것 같아요."

아이 아빠가 영상을 보여줬어.

너도 알겠지만 영상으로 보면 모든 게 범죄 같지. 그건 그냥 놀이였어. 아이는 그즈음 어린이집에 가기 싫어했어. 아침마다 아이와 실랑이하다 지친 부모는 아이가 왜 잘 가던 어린이집을 거부하는지 궁금해했고, 나는 짚이는 것이 있었지만 괜한 추정으로 어린이집 선생님을 곤란하게 하기 싫어 모른다고 했어.

며칠 전에 한 미역 놀이 때문인 것 같았어. 어린이집에서 미역 불리기 놀이를 했어. 다른 애들은 바짝 마른 미역이 물에 불어 부들부들해지는 것을 보고 신기해하며 미역으로 팔찌와 수염을 만들고 다들 미역을 턱에 붙이고 기념사진도 찍었는데 우리 애 사진이 없었어. 보니까 교실 귀퉁이에 머리를 박고 있었어. 처음에는 진짜 머리를 박고 있는 줄 알았어. 그러나 얼굴을 파묻고 있는 것이었어. 그건 아주 다르잖아. 자세히 봐야 하는 거잖아. 아이는 얼굴을 파묻고 있었어. 등뒤에서 일어나는 일을 보지 않으려는 것 같았어. 미역이다, 미역 때문에 어린이집을 거부하는 것이다, 나는 생각했어. 그래서 아이가 보는 책 사이에 미역 조각을 슬쩍 껴둬봤어. 처음에 아이는 미역 조각을 뚱하니 보았어. 무셔, 무셔, 그러곤 내게 팔을 내밀며 울었어. 그때 아이는 무엇을 보았을까. 무엇을 두려워했을까. 그건 그냥 미역이었는데. 그런 걸 보면 사람은 어려서부터 상상만으로도 무서워하는 것 같아. 그러니 나는 이해해. 부모는 상상해. 매분 매초 상상해. 아이가 모서리에 눈을 찧는 상상. 이층 창틀에 서 있는 상상. 아이는 나한테 줄창 맞지. 그들의 상상 속에서. 나는 애들을 꼬집고 촛농에 손을 담그고 락스를 먹이지. 그래서 그들은 카메라를 설치했어. 듣지 않고 추측하지 않고 직접 보려고.

"이모님, 아이한테 왜 그러셨어요?"

아이 아빠가 영상을 가리키며 말했어.

영상 속에서 나는 아이의 밥 속에 책 속에 신발 속에 레고로 만든 성 속에 미역을 넣어. 아이는 미역이 나올 때마다 자지러지게 울어. 얼핏 보이는 모든 검은색에 울며 뒤로 넘어가.

"하지만 그것은 가짜인걸요? 진짜 무서운 것이 아닌걸요?"

두려움은 왜 그리 쉽게 퍼지는지. 나는 인간들이 약해지는 게 싫어. 약해지면 잔인해져. 강해지렴. 내가 도와줄게.

"그리고 이모님, 이건 지엽적이지만."

아이 아빠가 말했어.

"왜 방에서 생리대를 가세요? 왜 화장실 놔두고 방에서 그래요? 도대체 어떤 여자가 더럽게 남의 집 안방에서 바지 내리고 생리대를 가느냐고요!"

생리대를 방에서 가는 여자는 많아. 생리 끝물에는 거기가 쓰리잖아. 그래서 생리대를 빼고 팬티만 입고 있다가 피가 비치면 얼른 생리대를 다시 대잖아. 그게 그렇게 이상한 일은 아니잖아. 피가 바닥에 떨어지는 것도 아니고 떨어져도 닦으면 그만이지. 그러나 그 대수롭지 않은 일이 화면을 통과하면 양감과 맥락을 잃고 추저분해지지.

명자의 독백 이후의 내용은 다음과 같다.

수진이 믹서기에서 명자의 손을 뺀다. 대신 사과를 던져 넣는다. 수진은 명자를 용서한다. 명자도 원치 않게 찍혀봤으므로. 명자가 비굴하게 웃으며 말한다.

"사실 나 안 찍었어. 그거 다 고장난 카메라야! 협박만 하는 거야!"

두 사람은 100퍼센트 원액 사과주스를 나눠 마시고 웃으며 악수한다. 이모님의 방에는 불탄 진주 스웨터가 걸려 있다. 그을려 중앙이 까맣게 탄 진주알. 눈알 같은.

*

그리고 육 개월 뒤에 새로운 사건이 터진다. 아니다. 새로운 사건은 계속 있었고 그제야 밝혀진다. 초롱은 깨닫는다. 수진은 명자를 그렇게 씩씩하게 찾아갈 수 없었을 것이다. 수진과 명자는 화해해서는 안 되었다. 초롱은 자신이 붙여서는 안 되는 것을 붙였다는 것을 알게 된다. 그러니 제3의 원은 무엇이었나? 초롱이 「이모님의 불탄 진주 스웨터」를 쓸 때.

여자가

지하철

할 때

1

　수진은 매일 얼굴에 세로선을 긋는다. 정수리에서 시작해 미간을 지나 콧날을 거쳐 입술을 쓸며 죽 내리긋는다. 그럼 일순 정적이 흐르는데 약간 상투적인 정적이다.

　어차피 곧 난리가 날 거면서.

　아니나다를까 수진의 머리가 곧 반으로 쪼개진다.

　처음은 아프다. 쪼개지는 순간은. 사과 머리를 칼로 탁, 칠 때 사과가 느낄 법한 통증이다. 쪼개진 머리가 밖으로 동그랗게 말리고 갈라진 얼굴이 흘러내린다. 난초 잎처럼 힘없이 벌어져 덜렁대는 얼굴 두 쪽. 얼굴 I, II의 탄생.

'갈까?'

수진이 팔뚝을 긁으며 말한다.

"누자미. 누자미."

갓 태어난 얼굴 I은 말이 서툴다.

얼굴 II가 눈을 깜빡인다.

'나도 그렇게 생각해.'

수진이 웃으며 말한다. 셋 다 같은 생각이다. 동同, 동同, 동同. 삼동이 맞다. 삼두가 맞다고 해야 하나. 하하하. 어쨌든 흔치 않은 일이다. 오늘은 시작이 좋다. 라 - 디 - 다 라라. 노래가 절로 나온다. 라 - 디 - 다 라라 라 - 디 - 다 라라 라라라……

2

"마스크 쓰셨나요?"

마스크를 쓰지 않은 사람에게 역무원이 묻는다. 그런 역무원을 수진과 얼굴들이 플랫폼에서 보고 있다.

"여- 여-"

열차가 들어오자, 얼굴 I이 외친다.

이번 얼굴들은 유독 말이 느리다. 이런 속도라면 언제 '여- 여-'가 아니라 '열차가 들어오고 있습니다' 하고 말할까? 마스크를 쓰지 않은 사람에게 '마스크 쓰셨나요?' 묻는 역무원의 심중을 어느 세월에 이해할까? 과연 '자알났다'라는 반어적 표현에 기분 나빠할 날이 오긴 올까?

그러나 수진은 좋은 선생이다. 더 머리 나쁜 얼굴들에게도 말을 가르쳤다. 2016년에 태어났던 16' 얼굴 XVI도 나중에는 '잘났다'와 '자알났다'를 구분했으며 죽기 직전에는 둘 사이에 별 차이가 없다는 것까지 깨달았다. 그러니 이번에도 수진은 얼굴들에게 말을 가르칠 수 있을 것이다. 열차에 타며, 수진이 머릿속 칠판에 쓴다.

1. 역무원은 시각장애인이 아니다.
2. 역무원은 시민이 마스크를 쓰지 않았다는 것을 안다.
3. 그런데 왜, '마스크를 쓰십시오'라고 하지 않고 '마스크 쓰셨나요?' 하고 물었을까?

수진과 얼굴들의 얼굴이 돌아간다. 차창 밖 시민이 역무원에게 침을 뱉는다. 수진이 어깨를 으쓱한다.
'연습 문제를 풀어보자.'

괄호 안에 알맞은 말을 넣으시오.
( ) 마스크 쓰셨나요?

평일 오후의 지하철은 한산하다. 3-1 칸에는 수진 외에 네 사람뿐이다. 수진이 선 곳 앞좌석에 세 사람(남1, 여2), 노약자석에 한 사람(남1)이 있을 뿐이지만 수진은 서서 간다.

얼굴 I, II가 손잡이에 매달려 '무궁화 꽃이 피었습니다' 놀이를 한다. 손잡이 구멍 사이로 얼굴들이 들락날락한다.

지하철이 밖으로 나온다. 강이 흐르고 철교가 흐르고 철교의 크고 흐린 그림자가 흐른다. 다시 지하. 정차. 얼굴들이 흘러내려와 출입문에 붙는다. 출입문 창문에 동그란 입김 두 개가 생긴다. 출입문이 열린다. 출입문이 닫힌다.

'울지 마.'

아무도 타지 않자 얼굴들이 울음을 터뜨린다.

'자자, 울지 말고 한글 공부나 하자. 내가 먼저 문제를 풀어볼게. 괄호 열고.'

수진이 얼굴들을 달래며 말한다.

(선생님, 놀라지 마시고요, 심호흡하시고요. 괜찮고요, 저도 알고요. 일부러 마스크 안 쓰실 분 아니시잖아요. 지금 분명 스스로도 모르고 계세요. 얼마나 기절초풍하실까! 놀라지 마시고요, 심호흡하시고요. 천천히, 입 한번 만져보실까요?) 마스크 쓰셨나요?

'어때? 감이 오지? 이제 너희가 해봐.'

얼굴들은 아직도 눈물바람이다.

'아이참. 딱 하나만 더 해준다. 잘 들어. 괄호 열고.'

(명령이라뇨, 선생님. 지적이라뇨, 선생님. 잘 떠올려보세요. 제가 한 말 중에 '마스크를 안 쓰시면 안 됩니다'가 있으실까요. '마스크를 써야 합니다'가 있으실까요. 없으십니다. 저는 명령하는 사람이 아니라 챙기는 사람입니다. 저에게는 시민을 챙길 의무가 있고 시민은 저의 챙김을 받을 권리가 있으세요. 부디 권리를 불행사하지 마세요. 챙김을 챙기세요. 감히 챙기오니 시민님, 지금) 마스크 쓰셨나요?

수진이 퉁퉁 부은 얼굴들의 얼굴을 다정하게 쓰다듬으며 말한다.

'가나다는 잊어도 이건 절대 잊으면 안 돼. 말하기의 제1원칙.'

수진이 양손을 경단 빚듯 마주잡고 굴렸다.

'언제나 말을 예쁘게 굴려야 돼. 항상 말이 동글동글해야 해. 왠지 알아?'

이렇게 수진이 양껏 잘난 체를 하고 있는데,

누군가 지나간다.

누구?

수진이 뒤돈다.

여자다.

수진이 주변을 빠르게 스캔한다.

인원 현황: 일반석(남1, 여1), 노약자석(남1)

한 명이 빈다.

남자 옆의 옆에 앉아 있던 여자가 도망쳤다.

여자는 벌써 차량연결통로 앞이다.

여자가 수진을 돌아보며 웃는다.

'등신. 난 간다.'

여자가 다음 칸으로 사라진다.

갑자기 수진의 왼뺨이 차갑다. 누가 내 뺨에 얼음을 댔지? 수진이 왼쪽으로 눈만 살짝 돌리는데 남자가 수진을 보고 있다. 몸을 앞으로 길게 빼고 고개를 돌려 물끄러미 수진을 보고 있다.

수진은 이럴 때마다 궁금해진다. 발목이 따이면 어떤 느낌일까? 이렇게 추울까? 터진 발목으로 피가 다 빠져나가 몸에 피가 한 방울도 안 남으면 이렇게 온몸이 차가울까? 머리만 미친듯이 뜨겁고. 서서히 다시 피가 차오르더니 순식간에 솟구친다.

남자가 나를 보고 있다.

남자가 나를 보고 있어.

수진이 뛰려는 순간,

"정신 차려."

얼굴 I이 말한다.

"지금 가면 죽어."

얼굴 II가 수진의 다리를 야무지게 옭아맨다.

3

얼굴의 도약이란 얼마나 경이로운가!

불과 몇 초 전만 해도 얼굴 I이 할 수 있는 말이라곤 '여ㅡ'와 '누자미'뿐이었다. 그런데 지금 얼굴 I은 수진에게 맹비난을 퍼붓고 있다. 경보輕步ㅡ경보警報? 놀랄 노 자다. 동음이의어 말장난까지 구사하다니! 돌이켜보면 16', 17', 18', 19' 얼굴들도 그랬다. 수진이 말을 잘 가르쳐서가 아니라 위기 앞에서 능력이 급신장했다. 16' 얼굴 XVI 가라사대, 위기는 최고의 스승. 구구단을 못 외우는 아이가 있다면 그랜드캐니언으로 데리고 가라. 절벽에 세워두고 구구단을 외워보게 하라. 주기율표까지 외울 것이다!

시간을 되돌릴 수만 있다면.

수진이 차량연결통로를 본다. 통로는 텅 비어 있다. 여자는 이미 갔다. 계속 가고 있다.

어디까지? 3-2?3-3?4-6?

설마 10-2?

혹시 4-5에서 4-6으로 넘어가다 노인에게 공격을 당해 죽지 않을까?

문 똑바로 닫아, 개년아!

정차. 입김. 열림. 노원no one.

'울지 마.'

수진이 얼굴들을 달랜다.

얼굴들이 수진에게 따진다.

"세상에는 경보-경보를 발령하는 사람과 뒤늦게 경보-경보에 뛰는 사람이 있어. 왜 우리가 루저에게서 태어났어야 해?!"

수진은 시간을 되돌리고 싶다. 과거로 간 수진은 해야 했던 일을 한다. 그러나 그 즐거운 상상은 이내 후회로, 해야 했지만 하지 않은 일의 잔인한 목록으로 바뀌고 만다.

수진은 해야 했다. 몸을 약간 비틀고 가방에서 팩트를 꺼내야 했다. 팩트의 거울로 앞자리 남자를 몰래 살피고 '승객 위험도'를 작성해야 했다. 가장 기본적인 정보조차 그녀는 작성하지 않았다. 그것만 있었어도 여자에게 당할 일은 없었다.

〈승객 위험도〉

남자1: 몸 수그림중. 위험 미정. 관찰 요망

(※ cf. 품속 사물에 따른 위험도: 염산, 위험 10점. 칼, 위험 9점. 없음, 위험 5점. 비둘기, 위험 4점)

여자1: 남자 옆. 뜨개질중. 위험 0.5점

여자2: 남자 옆, 옆. 이동중. 위험 4점

수진은 노인 남자1 ─ 칠십대 이상은 따로 채점한다 ─ 의 점수를 매기기 위해 체크 리스트를 작성해야 했다.

하지정맥류를 앓고 있는가? yes.

옆에 지팡이가 있는가? no.

걷기가 가능한가? yes.

뛰기가 가능한가? maybe.

염산 소지시 귀하의 도망 속도와 노인의 돌진 속도의 차이 값을 구하시오. 양陽? 음陰?

"뭐 빼먹은 거 없어?"

얼굴 I이 묻는다.

수진이 못 알아듣자 얼굴 I이 하나뿐인 눈알을 크게 굴린다.

"티 ─ 티!"

"아!"

그제야 수진은 기억해낸다.

수진은 처음으로 돌아간다. 수진은 해야 했다. 팩트를 꺼내고, 팩트를 열고, 몸을 살짝 틀고, 팩트 거울로 뒤를 살피고 **티나지 않**

게, 티나게 눈알을 굴려야 했다. 그럼으로써 남자에게 다음의 메시지를 전달해야 했다.

잘 보세요. 저 지금 콘택트렌즈가 돌아가서 눈알을 굴리고 있는 거예요. 절대 화장을 고치고 있는 게 아네요. 저 그런 여자 아니에요. 눈 굴리는 것 봤죠? 맞죠? 증거 채택 바랍니다.

아, 됐고.

그냥 뛰면 안 돼?

그냥 막 뛰면 안 돼?

누구보다 빠르게 남들과는 다르게,

라는 애송이를 보면, 수진은 옛날이야기를 들려주고 싶다.

옛날 옛적에 빠니라는 고양이가 살았습니다. 빠니는 전 애인의 고양이었습니다. 빠니는 침대 밑에서 기어나와 멍청한 얼굴로 섹스하는 우리를 지켜보곤 했지요.

어느 날 애인이 빠니의 뒤통수를 누르며 말했습니다.

"언니, 미안해용."

빠니는 풀쩍 뛰어 도망가, 피 묻은 휴지를 굴리며 놀았습니다.

"내가 빠니 편을 들자는 게 아니라, 솔직히 빠니 탓만도 아닌 게, 그거."

애인이 내 틀어올린 앞머리를 치며 말했습니다. 파인애플 잎처럼 솟은 앞머리가 흔들렸습니다.

그러자 빠니는 또! 눈이 맛이 갔어요. 애인이 내 얼굴에 연고를 발라주며 말했습니다.

"고양이는 말이야. 아직도 뭐가 움직이면 요러고 본다. 그러다 확 달려들어. 방금도 네 앞머리가 흔들리니까 달려들어 얼굴을 할퀴어버린 거지. 대단하지 않니? 인간이 주는 사료를 먹고 살면서도 사냥 본능이 죽지 않았다는 게."

쥐돌이 시간이 돌아왔습니다. 빠니는 가짜 깃털을 향해 용맹하게 달렸답니다!

뭔 소리?

뛰지 말라고. 세상에는 활어만 먹는 놈들도 있어. 움직이면 미쳐. 좋아 죽어. 환장해. 고개 싹 돌리고 따라와. '개뛰문' 모르니? 개는! 뛰면! 문다. 언제나 스슥 도망가야 해. 스슥.

남자 옆의 옆에 앉아 있다가 탈출한 여자도 그렇게 도망갔다. 엉덩이로 의자를 쓸다 슥 일어나 스슥 걸었다. 얼마나 무서웠을까! 수진도 여자의 용기만큼은 인정하지 않을 수 없다. 그녀는 목숨을 걸었다. 어느 지하철 시인은 이렇게 썼다. 나에게서 떠나가는 그녀의 뒤통수/과녁의 정중앙처럼/나의 온 마음을 끄네……

시간을 되돌릴 수만 있다면.

수진은 마음이 저며온다. 그럴 수만 있다면 수진도 목숨을 걸 것이다. 도망친 여자를 앞지를 것이다. 먼저 갈 것이다. 3-2로, 안전지대로, 꿈의 칸으로. 절대 뛰진 않을 거야. 개뛰문을 기억하자. 개는! 뛰면! 문다. 그저 고개만 살짝 들 것이다. 마치 무언가를 찾는 사람처럼.

약한 냉방을 원하시는 고객님을 위한 차량입니다.

수진은 손부채질을 한다. 남자에게 다음의 메시지를 전하기 위해서. '이 칸은 너무 덥네요. 아쉽지만 다음 칸으로 가야겠어요. 절대 당신을 피하는 게 아니랍니다.'

약한 냉방을 원하시는 고객님을 위한 차량입니다가 없다면?

수진은 가방을 뒤지고 팔을 비빈다. 남자에게 다음의 메시지를 전하기 위해서. '이 칸은 너무 춥네요. 아쉽지만 다음 칸으로 가야겠어요. 절대 당신을 피하는 게 아니랍니다.'

남자는 생각할 것이다. 카디건을 안 챙기다니. 칠칠치 못한 여자로군. 춥나? 내, 보내주지. 가라. 수진은 간다. 조빠르게. 조용하고 빠르게. 뒤돌지 않고. 3 - 2로. 천국으로.

섬세한 집중력이 우리를 구한다.

우리?

두 팩트를 아는 우리.

"그런데 너는 어떻게 했지?"

얼굴 I이 매섭게 닦아세운다.

4

수진은 안다. 여자가 어떻게 지하철 해야 하는지 잘 알고 있다. 그런데도 막상 지하철만 타면 딴전만 부리다 결국 후회하고 만다. 무엇이 수진을 아는 대로 행하지 못하게 막는가. 인식과 실천을 잇는 다리는 대체 어디에서 끊겼는가. 싹싹 비는 수진을 보며, 얼굴 I은 그런 생각을 하고 있었다.

"혹시 존심 상해?"

놀란 얼굴 II가 신문을 놓친다.

"화내지 마. 나 지금 이해하려고 죽기 살기로 노력중이니까."

'무슨 말을 그렇게 해?' 수진이 고개를 든다. '내가 자존심 하나 때문에 우리 모두를 죽음으로 몰아넣는 그런 사람으로 보여?'

얼굴 I이 남자를 본다. 이제 그는 대놓고 수진을 보고 있다. 고개 숙인 남자에서 고개 돌린 남자로 전화한 것이다.

(※ cf. 고개 각도에 따른 위험도: 고개 약간 숙임, 위험 10점. 고개 돌림, 위험 7점. 고개 많이 숙임, 위험 6점)

"나도 네가 달라졌다고 믿었어. 하지만 아니었어."

얼굴 I이 침통해하며 말한다.

"너에게는 저항심이 있어. 너도 다 알잖아. 지하철을 타면 어떻게 해야 하는지. 그런데 너는 하지 않아. 아는데 안 하는 거야. 네 속에 있는 뭔가가 너를 막고 있어. 그게 뭘까? 나는 결국 자존심이라고 생각해. 너는 저치한테 자존심이 상한 거야. 저치의 비위 맞추기가 비위 쏠려 못 하겠는 거지."

수진이 울컥한다. 기억 저편에서 어떤 목소리가 들려온다. 공포의 3F. Fight – Flight – Freeze. 잽 잽 원투. 갑자기 머리가 깨질 것 같다.

"너는 착각하고 있어."

얼굴 I이 차갑게 말한다.

"남자의 비위를 맞추면 네가 지는 거라고, 너뿐 아니라 모두가 함께 지는 거라고, 바짓가랑이 아래를 기는 거라고 생각하지."

"아니야. 나는."

"쯔쯔."

얼굴 I이 검지를 흔들며 제지한다.

"그래서 자꾸 너 자신을 위험에 빠뜨리는 거야. 너보다 훨씬 불리한 여자도 빠져나가는 마당에 혼자 지옥에서 허우적대는 거지. 나는 오랜 고찰 끝에 인간이 자존심을 버리는 것은 불가능하다는 것을 깨달았어. 하지만 너는 자존심을 버릴 필요가 없어. 애초에 잃은 적도 없으니까. 남자를 한번 봐봐."

수진이 눈알을 옆으로만 살짝 돌리자,

"시 – 하향법을 써야지!" 얼굴 I이 지시한다.

수진이 눈을 내리깐다. 남자가 안 보인다. 수진은 남자의 신발만 볼 수 있다.

"저 남자, 무슨 생각 하고 있을까? 틀린 질문. 옳은 질문은 이거야. 저 남자에게 무슨 생각을 심어줄까?"

지하철이 지상을 달린다. 비가 내린다. 창문에 붙은 빗방울이 반짝인다. 수진은 생각한다. 빗방울에는 적당미가 있다. 오로라나 빙하처럼 사람을 주눅들게 하는 장엄미가 아니라 슬며시 미소 짓게 하는 적당한 귀염이 있다.

사진이나 찍을까……

수진이 얼굴 I의 질문을 외면한 채 창밖을 본다. 그냥 사진이나 찍을까…… 창밖으로 노을이 펼쳐지면 노을을 찍고 분홍 구름이 떠다니면 분홍 구름을 찍는 사람들처럼 그냥…… 사진이나…… 저것들 다…… 머리통 다 짜부라뜨리고.

잽 잽 원투.

수진이 놀라 자빠진다.

수진이 다시 벌벌 떤다.

"옳지."

얼굴들이 다가와 수진의 머리통을 쓰다듬는다.

얼굴 I이 이어 말한다. "저 남자의 마음은 너에게 달렸어. 네가 저 남자의 마음을 가지고 노는 거야. 네가 팩트 거울을 보면서 눈알을 굴리면, 저치는 너를 동정하겠지. 아아, 저 여자, 렌즈가 돌아갔구나, 안경을 쓰면 못생겨지니까 어떻게든 안 쓰고 렌즈를 끼다가 안구건조증에 걸린 거겠지, 기특하다! 귀여운 아가씨, **하겠지.**

반대로 네가 눈알을 안 굴려봐. 저치의 마음이 백팔십도 바뀔 거야. 이렇게 생각하겠지. 요즘 년들 참 대놓고 화장 고쳐. 얼굴 한번 대차게 망가져봐야 저 짓거리 고치지…… 저들은."

얼굴I이 도도하게 남자를 내려다본다.

"쥐야."

얼굴I은 아주 오만해 보인다.

"네가 만든 미로를 빙빙 도는 실험실의 쥐. 발바닥을 전기로 지지면 아이 아파! 밥을 주면 아이 좋아! 하지. 모든 건 너에게 달렸어. 네가 신처럼 저들의 생각을 주조해. 손가락을 밀어넣어 뇌를 주물럭거려. 그런데 왜 네가 자존심이 상해? 저들을 그냥 둬. 네가 설계한 미로를 신나게 돌게."

"찍찍."

수진이 볼을 긁는다.

멀리서 얼굴들이 날아와 창문에 달라붙는다. 반쪽짜리 얼굴들이 감속하는 열차에 매달려 외눈으로 안을 들여다본다. 수진이 창문 너머로 정찰중인 얼굴들을 본다. 얼굴들은 늘 진지하다. 그래서 우스꽝스럽다. 이 얼굴의 주인들―승차 전 미리 정찰대를 보내는 분별 있는 여자들―은 다른 칸에 탈 것이다. 3-2 또는 6-4. **정차. 입김. 열림. 노원**no one. '울지 마.'

통로에 새로운 얼굴들이 꽉 들어찬다. 벌써 소문을 들은 그들이 수진을 비웃는다. 그러면서도 자신과 수진과 남자 사이의 거리를 측정한다. 거리가 좁아지면 바로 떠날 것이다. 또 한번 경보輕步 — 경보警報를 울리며.

"어쩌면 너는 너만 살아남는 것이 불편한지도 모르지."

얼굴 I이 말한다.

"잰걸음으로 저만 쏙 빠져나가느니 차라리 패닉 상태인 무리에 뒤섞여 정신없이 뛰는 게 속 편하겠지. 네 웅대한 상상 속에서 너는 차라리 밀쳐지는 사람이니까. 탈출구를 향해 손을 뻗기보다 손뻗는 사람들의 발밑에 깔리길 은밀히 소망하지. 숭고한 일이야. 나는 생존이 모든 것의 앞에 있다고 생각하지 않아. 어떤 일은 목숨을 걸 가치가 있지. 그래, 걸어. **그때처럼** 또 걸어봐. 우린 갈게."

잽 잽 원투.

'잘못했어요.'

수진이 싹싹 빈다.

'용서해주세요.'

"찍찍."

수진이 볼을 긁는다.

볼에서 뾰루지만한 얼굴이 나오려고 하고 있다. 얼굴은 금세 골무만해진다. 입이 먼저 뚫리는 걸 보니 할말이 많은 모양으로,

"남자는 여자."

이제 눈을 뜨고,

"하기 나름."

죽은 사람의 성대모사를 하더니,

"의 변주. 시답."

딸꾹.

"잖은. 연대의."

딸꾹.

"적. 처단하라. 킥킥."

갓 태어난 아기 얼굴이 재롱을 부린다. 얼굴 I, II가 어이쿠, 하며 예뻐한다. 아기 얼굴은 애교를 부리며 은근슬쩍 커간다. 어이쿠 잘한다, 우리 아기 잘해, 얼굴들이 환호한다. 아기 얼굴이 완전히 빠져나오려는 순간―순간 스치는 승리감―얼굴 II가 와삭 문다. 와작 씹는다. 툭 떨어지는 핏덩이. 사산된 가여운 아기 얼굴.

얼굴 III가 되지 못하고 죽은 아기 얼굴을 위한 전사前史

모임 홈페이지 대문에 적힌 모든 이를 환영합니다 문구를 두고 안평대전이 벌어졌다. 2016년의 일이다.

평등파派가 승리했지만, 애매한 승리였다. 회원의 절반인 안전파를 모임에서 몰아내고―'안파'는 패배에 안도했다―나머지 절반, 승리의 주역인 '평파'가 한 일은 모임에 나오지 않는 것이었다. 둘의 차이는 회비였다. 안파는 회비를 내지 않았고 더는 회원이 아니었다. 평파는 회비를 냈고 여전히 회원이었다. 그리고 두 파 모두 모임에 나오지 않았다.

모임에 나오는 사람은 수진뿐이었다. 그녀만이 품위 있게 쇠락한 골목에 있는 사무실로 정기모임을 열러 나왔다.

안전파의 약자인 안파는 모든 이를 환영합니다 문구를 삭제할 것을 주장했다. 평등파의 약자인 평파는 문구를 유지할 것을 주장했다.

홈페이지에 웰컴 사인을 걸어둔 이상 누구라도 모임에 올 수 있었다. 위험한 사람도(안파의 말이다), 아직 사람들에게 충분한 안전'감'을 주지 못한 사람도(평파의 말이다) 불쑥 들어오기만 하면 되었다. 그들에게는 환영받을 권리가 있었다.

더는 그렇게는 안 된다고, 그 일 이후 몇몇 사람이 마음을 굳혔고 지난한 안평대전이 이어졌다.

이 모든 일이 일어난 사무실이 있던 골목은 두어 문단을 들여 묘사할 만한 가치가 있는 곳이다. 바로 앞 골목에서 젠트리피케이션이 끝나는 바람에 집값 상승이 오다 만 그곳은 시가 쇠락한 동네에 청년 예술인을 들여보내며 품었을 법한(품었어야 할) 기대가 자연스레 구현된 곳이었다. 사무실 앞 골목 사람들은 마을을 살리기보다 마을에 살려 했다.

오종종한 화분에 둘러싸인 작은 슈퍼마켓과 늙은 타투이스트의 숍과 돼지껍데기집과 이십 년째 운영중인 출판사 '단명'이 있던 기찻길 골목…… 안파와 평파 모두 그리움으로 추억하는 그곳 이야기에, 그러나 얼굴 III가 되지 못하고 죽은 아기 얼굴은 지겨워 하품한다. 그러고는 글자들을 빠르게 기어올라가 '위험한'에서 망설이지 않고, 켕겨하지 않고, 경솔히 죽 내려온 눈들을 호되게 꾸짖는다.

"'위험한' 사람?"

평파 쪽 사람이 흥분해 허공에 따옴표를 그리며 말했다. 손을 까딱거려 만든 공중 따옴표 안에 '위험한'이 갇혔다.

"'위험한' 사람이라는 말을 어떻게 그렇게 쉽게 써? 너희들 진짜 그 말 막 쓰는구나. 뭔 소린지 너도 알고 나도 알잖아, 하는 식으로, 모두가 너희들 생각에 동의하는 양, 그것이 공인된 것인 양, 슥, 그냥 그렇게 막 써도 되는 거니? 대체 '위험한' 사람이 어떤 사람이야? 그 말을 쓰려거든 '위험한'에 대한 너의 사적 정의부터 밝혀!"

안파 쪽 사람이 고개를 가볍게 끄덕이더니 말했다.

"좋아! 내가 정확한 정의를 내려주지. 위험한 사람이란!"

안파 쪽 사람이 평파 쪽 사람에게 얼굴을 바짝 갖다댔다.

"네가 옆에 안 앉으려고 하는 사람. 어때, 심플하지?"

"심플? 대단히 복잡한데?"

안파 쪽 사람이 눈알을 굴리며 설명하기 시작했다.

"자, 잘 들어봐. 누가 너에게 '위험한 사람이란 어떤 사람입니까?' 물었다고 생각해봐. 아마 너는 어떤 정치인을 떠올리겠지. 아님 어떤 재벌 총수냐. 하지만 그 대답에는 대상이 빠져 있어. 그 정치인은 사회에 위험한 사람이고 그건 정말 위험한 사람은 아니지. 너는 네가 욕하는 정치인 옆에 앉을 수 있어. 출판기념회 같은 데서 우연히 만난다면 오히려 기를 쓰고 옆에 앉으려고 할 거야. 그런 네가 평대가 왔을 땐 어디에 앉았더라? 가슴에 손을 얹고 돌이켜봐. 너는 잊었을지 몰라도 나는 기억해. 그리고 너도 기억하지. 왜냐하면 너나 나나 평대 옆은커녕 평대와 가장 먼 곳에 앉으려고 애를 썼으니까. 그게 위험한 사람의 정의야. 네 도주로의 출발점. 마주치는 순간 뒤돌아 뛰고 싶게 만드는 사람."

갑자기 수진이 일어나 화장실에 갔다. 오줌이 마려워 간 건 아니었다. 다들 수진을 너무 쳐다봤다.

"또 그 소리니?"

평파 쪽 사람이 말의 시동을 걸었다.

"'위험한' 사람은 딱 보면 안다? 쎄함은 과학이다? 아, 물론 쎄함은 과학이야. 가빈 드 베커의 『범죄신호』만 읽어도 알 수 있지. 하지만 말이야." 안파 쪽 사람이 머리를 흔들며 말을 끊고 들어왔다. "처음 평대가 왔을 때 몇몇은 용기를 냈어. 다음날 단체 채팅방에 조심스레 썼지. '근데…… 어제 그 사람 좀 이상하지 않아?' 하고."

"용기?"

"용기지. 다들 알지만 말 못하는 걸 터뜨렸으니까."

"다들? 제발 나는 빼줘."

"그때도 그랬지. 다들 뻔뻔했어. 이랬잖아. '어제 그 사람이 이상하다고? 나는 전혀 모르겠던데? 그리고 자기야, 애당초 세상에 이상하고 안 이상하고가 어딨어. 그러는 자기는 안 이상해? 우리 다아 이상해! 다아 미쳤어! 그러니 그런 말은 하는 게 아니야.' 그래놓곤 평대가 오면 다들 문 앞에 옹기종기 모여 앉는 거야. 여차하면 튀려고."

"나왔다! '이상한' 사람."

안파 쪽 사람이 끼어들기 전에 평파 쪽 사람이 재빨리 이어 말했다.

"그 말이 왜 안 나오나 했다. 나는 그 말보다 비겁한 말을 들어본적이 없어. 차라리 위험한 사람이 낫지. 이상한 사람은 위험한 사람의 완곡어잖아? 위험하다고 말하고 싶지만 위험하다고 말하는 위험은 감수하기 싫어서 이상함의 두 가지 측면, 두려움과 매혹 중매혹에 살짝 발을 걸치고 있는 거지. 여차하면 '튀려고'."

"말장난! 말장난! 말을 믿지 말지어다! 오로지 '어디에 앉는지'만 믿을 것!"

"그래."

평파 쪽 사람이 두 손을 번쩍 들었다. 마치 항복하는 사람처럼. 항복의 제스처로 안심시키곤 반격하려는 사람처럼.

"그래, 알았다 치자. 저 사람 위험하고, 곧 사고 칠 거고, 재수없음 오늘 나 죽을 수도 있고, 그거 다 알았다 치자. 그럼? 그래도 돼? 배척해도 돼? 모든 이를 환영합니다 지우고, 사람 가려 들이고, 그건 괜찮아? 나는 홈페이지에서 만민 환영의 기치를 내리느니 차라리 써붙이는 게 낫다고 생각해. 안녕하세요! 저희는 사람을 가려 뽑습니다! 엄선합니다! 셀렉합니다! 안심하세요! 모든 이를 환영합니다에 우리의 모든 가치, 모든 양심, 모든 과거가 달려 있다는 걸 왜 몰라. 평대를 일단 환영, 우리 솔직해지자, 솔직히 환영하진 않았지, 커피 한잔 내주는 것이 환영의 정의가 아니라면. 여하튼 그를 일단 모임에 들이는 것과 들인 후에 의식적이든 무의식적이든 피하는 것은 천지 차이야. 어떤 행위를 하기 이전의 사람을 우리와 같은 사람으로 보느냐 마느냐, 평등을 추구하느냐 마느냐의 문제라고."

평파 쪽 사람이 몸을 부르르 떨었다. 그는 안파 쪽 사람의 응수를 기다리며 한껏 고양됐다. 그러나 안파 쪽 사람은 급격히 침울해져 있었다. 안파 쪽 사람은 문을 보고 있었다. 살짝 열린 문 사이로 계단이 보였다.

"저기 있지, 재미없다." 안파 쪽 사람이 눈을 문에 고정한 채 몸만 비틀어 손으로 책상을 짚으며 말했다. "네가 옳아. 옳다 그르다 지겨워."

안파 쪽 사람이 필통에 펜을 담기 시작했다. 문가를 보느라 자꾸 펜이 떨어졌다. 그러자 그냥 펜을 주머니에 쑤셔 넣었다.

"솔직히 말해서 나는 저 문을 닫고 싶어. 저 문으로 누가 들어올까봐 무서워. 오로지 그 생각뿐이야. 다른 건 없어."

안파 쪽 사람이 가방을 챙겨 사무실을 떠났다. 계단을 내려가는 발소리가 작아지다 사라졌다. 침묵 속에서 남은 사람들이 조용히 흔들렸다. 안파 쪽 사람은 갔다. 여기 없다. 그래도 되는 것이다.

논쟁이 끝나자 흥분의 물결이 무섭게 잦아들었다. 흥분이 가라앉자 사람들은 겁이 났다. 뭐라도 하지 않으면 그때 그 지옥으로 다시 처박힐 것이다. 문을 닫을까? 모든 이를 환영합니다를 형상화한 것이 사무실의 열린 문이었다. 누구든 저 틈으로 들어올 수 있다.

"노, 노, 노. 성차를 빼먹으면 안 되지."

새롭게 등판한 사람이 물결의 한쪽 끝을 잡고 세차게 펄럭였다. 다시 파도가 치기 시작했다. 사람들은 허겁지겁 파도에 올라타 깊은 곳에 박힌 기억으로부터 도망쳤다.

"너는 평등의 가치는 절대적인 것으로 드높이면서 안전은 무가치한 것으로 치부하는데 그건 네가 남자이기 때문이야."

"뭐?" 항의하려다 말고 평파 쪽 남자가 주변을 둘러봤다. 그는 원군을 찾고 있었다. "잉? 갑자기 여기서 여남이 왜 나와?" 평파 쪽 여자가 그의 눈빛을 받아 말했다.

"왜 나오긴 왜 나와? 까놓고 말해서," 안파 쪽 남자가 평파 쪽 남자를 향해 말했다.

"작년에 자기랑 나랑 인도 다녀왔잖아. 그게 얼마나 큰 특권인지 몰라? 안전 이슈에서 남자는 무조건 입을 닫아야 해. 그럼 너는 이렇게 말하겠지. 우리 다 그 자리에 있지 않았냐고. 우리 다 평대를 떠올리는 것만으로도 겁에 질리지 않느냐고. 맞아, 무서워. 너희가 문을 못 닫게 해서 더 무섭고 더 미치겠어. 하지만 여자들의 두려움은 우리의 것과 질적으로 달라." 안파 쪽 남자가 잠시 멈춰, 여성 동지들의 얼굴을 벅찬 마음으로 둘러봤다.

"우리의 공포는 여기, 이 사무실에 국한돼. 우리는 사무실을 떠나며 공포도 두고 가. 하지만 여자들은 공포를 간이나 췌장처럼 몸에 지니고 다녀. 떨구고 갈 수 없어. 어디로 갈 수 있겠어? 우린 사무실을 떠나면 그만이지만 여자들에게 사무실 밖은 사무실 밖 나름의 수천 가지 평대가 피어나는 또다른 사무실인걸. 여자들의 두려움에는 역사가 있어. 켜켜이 쌓인, 뭐랄까, 지층적 두려움이라고나 할까? 우리의 얇고 호들갑스러운 두려움과는 완전히 다르다고."

"저기."

안파 쪽 여자가 불렀으나, 남자는 흥분에 젖어 듣지 못했다.

"야!"

그제야 남자가 돌아봤다. 엄마의 칭찬을 바라는 순진무구한 아이의 미소를 지으며.

"너 그만 말해."

"응?"

"네 말 다 맞아. 근데 맞는 말도 하지 마."

안파 쪽 남자가 당황해 얼른 고개를 끄덕였다. 그러나 얼굴에서 삐친 기운을 완전히 지우진 못했다.

"그러게 왜 네가 우리 선언문을 쓰냐. 그리고 부탁인데."

평파 쪽 여자도 합세해 남자를 구박하기 시작했다.

"시도 때도 없이 네 맘대로 나를 여자 박스에 넣지 말아줄래? 내가 들어가고 싶을 때 알아서 들어갈 테니까. 오케이?"

이제 남자는 완전히 기분을 잡쳤다. 그러자 속에서 '평대스러움'이 조금 스멀댔다.

"나는 작은 집은 싫어."

평파 쪽 여자가 문밖을 가리키며 말했다. 여자의 손가락을 따라, 그녀가 그리는 가상의 선을 따라, 사무실이 커졌다.

"손톱 조반월만한 집이라도 문 앞에 모든 이를 환영합니다 팻말을 걸면 그 집은 어느 집보다 큰 집이 돼. 모두를 들일 수 있는 가능성이 그 집을 무한의 집이 되게 해. 우리를 끝없는 집에 살게 해. 그러니 이 싸움은 무한의 집을 지켜 얻는 것과 잃는 것 사이의 싸움일 테지. 얻는 것은 보잘것없어. 그 어떤 일에도 환대를 포기하지 않은 우리 자신에 대한 자부심, 그리고 극히 드물게 일어나는 새로운 사람이 선사하는 세계관의 확장 같은 것이겠지. 그리고 뭘 잃을까. 잃음의 끝은 뭘까. 목숨일 거야. 우리가 평대 덕분에 살짝 맛보기로 몸소 경험한 바와 같이."

모두가 문밖을 봤다. 눈빛에 여전히 두려움이 섞여 있었다.

"그래도 나는 작은 집은 싫어. 누구든 나를 여자라는 이유만으로 '지층적 두려움'을 가졌다는 이유만으로 안파에 집어넣으려 한다면, 그럼으로써 집뿐 아니라 여자라는 상자도 작게 만들려 한다면 내가 또 그 꼴은 못 봐요."

"가자."

안파 쪽 여자가 담뱃갑을 챙기며 일어났다. 두 여자는 싸우느라 흡연 욕구를 너무 오래 참았다. 두 여자가 베란다로 나가 담배를 피웠다. 보초병처럼 난간 아래를 살피며 두 여자는 사이좋게 웃었다.

안파 쪽 여자가 말했다.

"누구더라? 이름 까먹었다. 요즘 내가 이래요."

"힌트나 내봐."

"외국인이고, 콧수염 길렀고, 특이한 나라 교수인데……"

베란다 안쪽 사람들도 말소리를 죽인 채 스무고개에 동참했다. 수진도 교수의 얼굴은 떠올랐지만 이름이 기억나지 않아 바늘에 안 들어가는 실을 꿰는 양 애가 탔다.

안파 쪽 여자가 이어 말했다.

"어쨌든 그 외국인 교수는 지하철에서 칼 든 남자를 만난 적이 있어. 허리춤에 긴 칼을 찬 아랍계 남자가 지하철에 타자마자 칼을 뽑았대. 그러곤 승객 한 사람, 한 사람의 얼굴을 유심히 들여다봤대. 그러다 무슨 생각에선지 다시 칼을 집어넣고 종교 음악을 듣다

끌려나갔다는데."

사람들은 벌써 노르웨이에 대해 말하고 있었다.

"교수는 칼럼에서 자신이 직접 겪은 그 공포의 순간을, 아랍계 이민자들의 일반적인 삶과 비교해. 그러곤 이렇게 결론을 내리지. 만일 그날 자신의 모가지가 날아갔어도 자신은 항의할 수 없었을 거라고. 왜냐하면 날아간 머리통은, 백인 중산층 고학력자로서 그동안 자신이 누린 삶과 지은 죄의 대가니까. 참수로 그간의 죄를 갚음한단 거지. 나아가 참수가 개인에게는 비극일망정 그로써 집단적 셈은 맞아떨어진단 거고."

화장실에 다녀온 수진은 가늘게 들어오다 퍼지는 담배 연기를 좇으며 잠자코 두 여자의 이야기를 들었다.

"엉뚱하게도 말이야."

안파 쪽 여자가 골목을 주의깊게 살피며 말했다.

"가끔 지하철에 탈 때 그 교수를 생각해. 교수의 자리에 나를 놓지. 그리고 과연 내 모가지가 베어질 때 나에게도 그처럼 고상한 생각이 주어질까? 하면, 고개를 젓게 돼. 아아, 나는 죽는구나, 비참하고 끔찍하게 가는구나, 그래도 암말 말자, 한 짓이 있고 이제 당할 차례이니…… 그럴 수 있을까? 그렇게 호젓하고 대차게 갈 수 있을까? 그러다 지하철을 둘러보면 알게 돼. 내 죽음은 좀스럽겠다. 테러의 비극적 희생자가 되는 게 아니라 잡범에게 잡스러운 죽음이나 당하겠구나. 갑자기 주제 파악이 돼."

"잡스러운 죽음? 누가 그런 나쁜 말을 해?"

누군가 안에서 외쳤다.

"죽음의 잡스러운 포장."

안파 쪽 여자가 말을 바로잡고 계속해서 말했다.

"적어도 교수가 맞닥뜨린 잠재적인 테러리스트는, 그래, 그는 그렇게 썼지. '잠재적 테러리스트(?)'라고. 잠재라는 유보만으로도 모자라 반문하듯 힐난하듯 괄호 속 물음표까지 붙여서. 어쨌든 허리춤에 칼을 찬 테러리스트는 위대한 성전을 치르는 사람으로서 초월적인 진지함을 보였어. 그것이 죽을 때 위안이 되지는 않겠지만⋯⋯ 그런데 나의 살인자는 미래에 폴리스 라인에 서서 테러범의 확신과 광기조차 갖지 못한 채, 그것에도 미달한 채, 번듯한 의식도 기도도 없이, 어디서 주워들은 단어 몇 개 웅얼대다 슬리퍼 질질 끌며 끌려가겠지. 그 슬리퍼가 나를 괴롭혀. 길고 더러운 발톱이 삐져나온 싸구려 슬리퍼. 그 조야하고 상스러운 슬리퍼가 내 죽음까지 초라하게 만들어. 너무 한심해서 진지한 애도조차 왠지 계면쩍어지는 거야. 그래서."

"여기, 티슈."

평파 쪽 여자가 티슈를 건네받아 안파 쪽 여자에게 건넸다. 안파 쪽 여자는 다소 느닷없이 울고 있었다.

"그건 수의였어. 수의였다고 생각해. 죽음이 하나의 이미지로 남는다면 그게 발톱 삐져나온 슬리퍼여선 안 되는 거잖아. 그래서 그건 수의였어. 형광 실로 수놓은 수의. 세상에서 가장 아름답고 고귀하고 거대하게 물결치는 수의를 입혀 보냈어, 하늘로, 우리가, 포스트잇을 붙여서. 그런 건데. 여자라는 게 그런 건데. 어쩌다 너는 평등 따위."

"그냥."

친구의 이야기를 묵묵히 듣던 평파 쪽 여자가 말했다.

"내 곤조지, 곤조. 감정의 문제!"

그러나 그녀는 속으로 말하고 있었다. 울지 마, 친구야. 울지 마. 그렇지만 그건 너의 죽음은 아니야. 너의 살인자는 아니야. 그건 약간은…… 도둑질이야.

하지만 그녀는 말할 수 없었다. 자신의 냉정함에, 차갑게 거리를 두는 도덕심에 겁먹었기 때문이었다. 대신 그녀는 안을 향해 명랑하게 소리쳤다.

"우리 이거 하나는 분명히 하자. 우리 중에서 수진이 제일 용감해. 언제나 수진이 평대 옆에 앉았어."

5

바스락, 바스락, 획.

바스락, 바스락, 획.

검은 비닐봉지, 털실, 허공을 찌르는 팔꿈치.

"아까비!"

얼굴들이 탄성을 내뱉는다.

"거의 찔렀는데!"

그들은 펜싱 게임을 관람중이다. 다시, 바스락, 바스락. 비닐을
훑으며 올라가는 털실. 휙! 토끼춤 추듯 확 벌어지는 팔.

실패다. 이번에도 뜨개질 여자의 팔꿈치는 남자를 찌르지 못
했다.

푹 찌름 좋으련만. 그럼 남자도 푹 찌를 텐데. 그럼 우린 갈 텐데
3-2. 이제 다시 남자는 고개를 숙이고—위험 6점—, 수진과 얼굴
들은 여전히 3-1이고, 정차마다 노원no one이고, 수진은 생각하는
창문중이다.

"많이 반성했어?"

'응.'

"생각하는 창문 해제."

수진이 목을 푼다. 터널 광고를 좇느라 뻑뻑해진 눈알을 **진짜로**
굴린다.

바닥에 아기 얼굴의 핏자국이 남아 있다.

"불쌍해?"

얼굴 I이 묻는다. "그리워?"

'아니.'

얼굴들이 남자 바로 옆에 앉은 (용감한) 뜨개질 여자를 애틋하게 바라본다.

"그래도 안 내리고 계속 있어주니 얼마나 고맙니." 얼굴 I이 공중 키스를 날린다.

위험도 0.5점에 빛나는 뜨개질 여자는 미끼 여자다. 미끼 여자는 남자가 칼을 빼들면 가장 먼저 찔리고 산을 뿌리면 가장 먼저 탄다. 뜨개질 여자가 내리면 수진이 미끼 여자가 될 것이다. 사람들이 도망칠 시간을 벌려고 내던진 살코기.

바스락, 바스락, 휙! 바스락, 바스락, 휙!

뜨개질 여자의 정신 사나움에 수진은 감사하다. 부산한 미끼는 보배다. 개뛰문을 기억하자. 개는! 뛰면! 문다. 바스락, 바스락, 휙! 바스락, 바스락, 라-디-다. 바스락, 바스락, 라-디-다 라-디-다 라라라. 이제 두 정거장 남았다. 수진은 창밖 풍경을 감상하려다 관둔다. 끝까지 집중하자! 라-디-다 라-디-다 라라라.

수진이 고개를 든다.

바스락이 없어졌다.

"에구구, 내 정신 봐."

어느새 여자가 수진 뒤에 와 있다.

"지났나?"

고개를 빼든 여자가 벽에 붙은 노선도를 보며 역 이름을 중얼댄다.

멀리서 들려오는, 잽 잽 원투.

바스락.

"아직 아니네. 살았다!"

뜨개질 여자가 몸을 돌린다. 멈춘다. 그녀는 어디에 앉을 것인가. 뜨개질 여자가 걷는다. 다시 돌아간다. 미끼의 자리로.

누가 내 머리에 꿀을 부었지? 달콤한 꿀 같은 안도감이 머리에서부터 발끝까지 흘러내린다. 뎅뎅뎅. 열차가 들어간다. 이제 한 정거장 남았다. 뜨개질 여자가 걷다 말고 뒤돈다. 수진을 흘낏 본다. 장난기어린 표정. **정차. 입김. 열림. 노원**no one. '**울지 마.**' 뜨개질 여자가 갑자기 내린다. 닫힘. 출발. 뜨개질 여자가 창밖에서 손을 흔든다. 3 – 1에는 이제 수진과 남자만 있다.

얼굴 I이 비명을 지른다.

뜨개질 여자가 노선 – 연막을 쳤다. 노선도를 보는 체하며 에구구 내 정신 좀 봐 하며, **티나게, 티나지 않게** 남자를 물 먹였다. 남자는 두 번 당했다. 그는 삼세번주의자일까? 아니면, 내가 두 번은 참아도 세 번은 못 참지주의자일까?

"어떡해! 어떡해!"

공포에 질린 얼굴 I이 눈물을 터뜨린다.

수진은 의외로 잠잠하다. 그녀는 넋을 잃고 신기한 마음의 행로를 구경중이다. 수영 선수가 반환점을 돌아 나오듯 끝까지 간 공포가 분노가 되어 오고 있다. 미친 짜증이 세찬 물살을 가르며 오고 있다.

수진이 가방을 붙잡는다. 만져지는 유리병. 내 소중한 산.

다 태워버리리라.

"안 돼."

얼굴 I이 훌쩍인다.

"내가 저 새끼 먼저 칠 거야."

수진이 흥분해 말한다.

"죽어."

그때, 얼굴 II가 명령한다.

"죽어!"

얼굴 II가 거대한 손이 되어 수진을 후려친다.

"죽으라고!"

수진이 덜덜 떨며 주문을 외기 시작한다.

'나는 나무다.'

수진이 자리에 앉는다.

'나는 아주아주 깊이 뿌리내린 나무다.'

눈을 감는다. 고개를 떨군다. 팔을 늘어뜨린다. 몸에 힘을 뺀다. 뺀다. 뺀다. 더 뺀다. 나무뿌리가 땅속을 파고들듯 서서히 몸이 아래로 깊이 박힌다. 아래로 더 아래로…… 발목에 시멘트를 매단 시체가 해저로 빨려들듯 아래로 더 아래로……

얼굴들도 밤의 호박꽃처럼 쪼그라든다. 바람 빠진 풍선처럼 축 늘어진다. 수진과 얼굴들은 납작해지고 납작해져 거의 사라진다. 마지막으로 조용한 기도 소리가 차내를 맴돈다. 하늘의 누군가시여, 부디 저희의 의사擬死를, 죽은 체를 가엽게 여기소서……

눈 감기 게임

"다음날 프랑스 사람들은 모처럼 맑게 갠 날을 즐기러 공원에 나왔어. 살던 대로 살았어. 테러에 맞서기 위해."

노르웨이 교수의 칼럼은 2015년 샤를리 에브도 사건의 맥락에서 쓰였다. 평파의 설득이 이어졌다.

"나는 테러 다음날 공원에 나온 사람들을 생각해. 그들의 저항을 생각해. 그들이 한 건 그저 몸을 펴는 것이었어. 테러는 우리를 콩벌레로 만들어. 몸을 똘똘 말고 웅크리게 해. 살던 대로 못 살고 작게 살게 해. 둘 중 하날 고르라며 종주먹을 들이대. 열린 세상에서 닫혀 살거나, 닫힌 세상에서 열려 살거나. 나는 감히 말해보는 거야. 열린 세상에서 열려 살자고. 아무리 무서워도. 용감하게. 용감한 수진처럼."

어느 날 평파가 선생 한 분을 모셔왔다. 자기방어술 선생이 말했다.

"얘기 들었어요. 일이 있으셨다고. 당분간은 공포에 지실 겁니다. 그러나 결국에는 놓여나요, 아주 느리게. 공포에는 세 가지 반응이 있습니다. 대개 두 개로 아시지만, 세 개예요. 싸움, 도망, 얼음. 공포의 3F. Fight–Flight–Freeze. 지금은 몸이 얼어붙어 있어요. 다시 돌아갈 겁니다. 언 몸을 깨우고, 뛰고, 싸우는 거죠. 다시 파이터가 됩시다. 잽 잽 원투. 그 사람이 앞에 있다 생각하고. 잽 잽 원투.”

열린 문을 향해 울며 주먹을 뻗는 사람들. 그들은 그때나 지금이나 자기 마음을 모른다.

신념이 이긴 자리에 모든 이를 환영합니다는 남았지만, 모든 이를 환영할 이들은 사라졌다. 안파는 안 왔고, 평파는 온다고 하고 안 왔다. 갑자기 무슨 일이 생긴 사람들의 문자가 사무실에 홀로 앉은 수진에게 쇄도했다. 수진은 환대를 독박 썼다. 2016년, 평대 옆에 앉아 있을 때 그러했듯이.

새 사람 옆에 앉는 사람은 새 사람의 어미 새가 된다. 수진은 평대 옆에 앉았고 평대의 어미 새가 됐다. 언제나 수진이 새로 온 사람을 건사했다. 그녀는 베테랑 어미 새였다.

수진과 평대에게 몸을 기울이던 사람들은, 어느새 몸을 돌려 자기들끼리 놀곤 했다. 사람들 사이에서 웃음이 터져나왔다. 웃을 만한 얘기였다. 수진도 아는 얘기였다. 그러나 수진은 따라 웃지 않았다. 민망함에 몇 번 따라 웃던 평대는 이미 토라져 있었다.

“왜 웃느냐 하면요⋯⋯”

어미 새가 아기 새에게 모이 주듯 수진이 평대에게 말을 건넸다.

"전에 이런 일이 있었거든요……"

친밀한 사람끼리 축적한 시간을 통역했다. 둘만의 대화로 평대를 소외감으로부터 구해냈다.

그뒤로 수진이 주욱 평대를 돌봤다.

평대가 오면 커피부터 내리고, "샷, 어떻게 할까요?" 묻고, 평대가 책장을 굳은 얼굴로 올려다보면 얼른 다가가 "여기 사람들, 좋은 학교 나왔죠? 박사 논문을 유치하게 꼭 저렇게 책장에 꽂아놔요. 여기서 후진 학교 나온 사람은 저 하나라니까요! 하하하!" 안착할 땅을 골라주고 눈치보고, 힐끔대고, 사과하고("죄송해요. 여기 신발 벗고 들어오셔야 해서요. 불편하시죠……") 누구보다 기민하게, "아! 화장실은 저기에!" 한 옥타브 올린 목소리로.

수진이 특별한 사람이어서 어미 새가 된 게 아니란 걸 아는 것이 중요하다. 누구든 어미 새가 될 수 있다. 방법은 간단하다. 숨을 깊게 들이마시고 내쉰다. 손을 가볍게 털고 입을 푼다. 들숨에 자기 자신을 자신으로부터 떼내고, 날숨에 자신을 상대에 포갠다. 이제 그의 눈으로 세상을 볼 수 있다. 그의 마음을 느낄 수 있다. 거의 다 왔다. 이제 그가 하고 싶어할 말을 상상하고, 바로 그 말을 할 수 있도록 정교히 고안된 질문을 던진다. 아기 새는 신나서 쫑알댄다. 어미 새는 대시보드의 개 인형처럼 부지런히 고개를 끄덕인다…… 이 끔찍하리만큼 쉬운 일을 수진이 전담하게 된 데에는 수진의 의지 말고 다른 이유는 없었다. 아무도 수진에게 어미 새가 되길 강요하지 않았다. 그랬기에 그녀는 할 수밖에 없었다.

그것은 모임의 내규 3조 2항인 '일하지 않은 자, 먹기만 하라'와 관련이 있다. 그 규칙에 따르면 무직이면 (직업이 있어도 중위소득 50퍼센트 이하면) 회비와 뒤풀이비가 면제됐다. 모임이 자랑해 마지않는 그 규칙 덕에 회비를 못 낼 형편인 사람도 모임에 참여할 수 있었고(평파의 말이다), 별별 평대가 다 꼬였다(안파의 말이다).

수진도 그중 하나였다. 종종 회비를 낼 수 있었지만, 원칙상 얻어먹어야 했다. 수진은 회비를 안 내는 대신 설거지를 하게 해달라고 애원했고, 부엌에서는 거의 몸싸움까지 벌였다. 수진은 설거지를 해야 했다. 그거라도 하지 않으면 언젠가 다른 무언가를, 아무도 하고 싶어하지 않는 무언가를 몰아서 해야 한다는 것을 알았다. (그러나 내규 4조 1항에 의하면 설거지는 월초 개시되는 설거지 당번 표에 따라야 한다.)

수진은 다른 3조 2항 수혜자들—돈도 못 내고 설거지도 못 하는—과 함께 참크래커를 트러플 오일에 찍어 먹으며 생각했다. 세상에 공짜는 없어. 그녀는, 보란듯 와인 잔을 모아 부엌으로 가져가는 설거지 당번을 보며 생각했다. 세상에 공짜는 없고 나는 괜찮아. 개수대에서 경쾌한 그릇 부딪히는 소리가 났다. 나도 일하고 있으니까. 처지 노동중이니까. 존재 노동중이니까. 저 사람들, 내 덕에 달콤한 단차를 느낄 수 있어. 베풀 수 있어. 언제나 베푸는 쪽이 베풀어짐을 당하는 쪽보다 나은 법이지. 누군가 또 한 병의—

수진이 사지 않은—와인을 땄다. 나는 고마워하지 않을 거야. 절대로. 누구에게도 아무것도 고마워하지 않을 거야…… 누군가 멜론을, 누군가 수제 햄을, 누군가 하다못해 방울토마토를 꺼냈다. 수진은 와인과 멜론과 햄을 먹으며 고마워하지 말자고 다시금 다짐했다. 고마워하는 순간 더는 이곳에 나오지 못할 것이다. 그러나 감사는 감정이고 감정은 마음대로 되지 않는다. 수진은 그만 고마워져버렸다. 여러 날을 거쳐 여러 일을 겪으며 그렇게 됐다. 그리고 고마움은, 염치는, 때로 사람에게 가장 헐하고 험한 일을 시킨다.

수진이 열린 문을 향해 앉는다. 복도가 보인다. 계단이 보인다. 아무도 없음이 보인다. 아무도 없음이 아무도 없음이던 시절은 끝났다. 오늘날 수진에게 아무도 없음은 갑자기 튀어나옴의 전조다.

모임 시작 오 분 전. 갑자기, 급히, 집에, 회사에, 고향에, 무슨 일이 생긴 불참자들의 문자가 날아든다.

수진이 일어난다. 훈련 시간이다. 적에게 힘껏 주먹을 날리자! 잽 잽 원투. "그런데요, 여러분. 그러심 안 돼요." 자기방어술 선생님의 목소리가 귓가에 맴돈다. "정말 달려드심 안 돼요. 여러분이 정말 파이터는 아니세요. 아니요. 파이터 맞는데 정말 파이터는 아닌 거예요. 이게요. 원래 말이 안 돼요. 엉망진창이에요. 어쨌든, 다시! 잽 잽 원투! 연속 펀치! 강펀치!"

주먹을 날리며, 수진이 훈련송을 부른다. 떵동. '나 진짜 성산대교 건넜거든? 진짠데 갑자기 회사에서 연락이 와서……' 훈련송은 어느 대중가요를 개사한 것이다. 한 박자 쉬고, 두 박자 쉬고, 세 박자 마저 쉬고 하나, 둘, 셋, 넷!

돈빵을 못 하면 몸빵을 하세요, 아, 미운 사람, 잽! 잽! 몸빵을 못 하면 맘빵을 하세요, 아, 미운 사람, 원! 투! 미운 사람, 아, 미운 사람. 알미운 사람들.

수진은 안평대전을 뒤집어놓을 수도 있었다. 안전과 평등을 걸고 싸우는 사람들 사이에서 이럴 수 있었다. 당신들, 근데 왜 나 설거지 못 하게 해? 설거지 당번은 정하면서 왜 어미 새 당번은 안 정해? 돈빵이 몸빵보다, 몸빵이 마음빵보다 쉽다는 걸 왜 몰라? 감정 노동이, 마음으로 때우는 것이 제일 어렵다는 거, 몰라? 아님 모르고 싶어? 왜 옆에 안 앉았었어? 웃지 마. 그치? 맞지? 너도 사실 무서웠지? 안쓰러워하지 마. 신나지 마……

그랬더라면 사람들은 스타카토로 말했을 것이다.

(스타카토) 환대 일임의 조건 근간에 계급 있음을 통찰 못한 자신을 혁신코자

(또다른 스타카토) 교차성을 삶 — 화하지 못함을 통렬히 반성하며

(합창) 저희에게 깨달음을 주신 수진에게 특별한 우정과 감사를 전합니다아…… 그렇게 수진은 실례實例가 되는 것이다. 실례로 기능하게 되는 것이다. 그리고—수진만이 아니라 모두가 그러한

데―본보기가 될 바엔, 자신이 바라는 본보기가 되는 것이 낫다.

수진은 여성인데 가난도 해 평등의 대가 옆에 앉아야만 했던 사람으로 기억되고 싶지 않았다. 수진은 용감한 사람으로 기억되고 싶었다. 영웅이 좀 되고 싶었다. 그래서 이렇게 혼자 나와 열린 문을 향해 주먹을 뻗는 것이다.

수진이 다시 의자에 앉는다. 이제 정말 용기를 내야 한다. 수진은 타이머를 맞추고 눈을 감을 것이다. 눈을 감고 일 분을 버틸 것이다. 어둠 저 끝에서 돌진해오는 공포를, 과거의 평대와 미래의 평대들을, 평등의 대가인 그들을 또렷이 응시할 것이다. 눈을 안 감고 버티는 게임을 거꾸로 하는 사람처럼, 눈을 뜨지 않고 견딜 것이다.

눈꺼풀은 그러나 왜, 눈을 덮자마자 튕기듯 올라가는 걸까. 눈 감는 인형을 일으켜세운 것처럼 눈은 왜 발작하듯 자꾸 뜨이는 걸까. 수진은 묶인 듯 의자에 앉아 파닥거리는 속눈썹이 만드는 검은 잔영을 보며 열린 문을 향해 눈을 깜빡인다.

6

"살았다!"

'살았다!'

수진과 얼굴들이 환희에 차 지하철 계단을 뛰어오른다. 수진이 껑충 뛰자 얼굴들이 토끼 귀처럼 펄럭인다. 불그죽죽한 절단면이 허공에서 손뼉 치듯 짝, 소릴 내며 붙었다 떨어진다. 온몸에 팅팅 팅기는 얼굴들!

구름이 걷히고 햇빛이 비쳐 셋에게 환한 테두리가 생긴다. 셋은 생의 기쁨을 만끽한다. 얼굴 I이 훌쩍이며 말한다. "누구더라? 오늘은 어제 죽어간 사람들이 그토록 살고 싶어했던 내일이라고." 아무도 오버, 라고 하지 않는다. 핀잔하지 않는다. 수진은 잠시 육교에 서서 폐건물—속 드럼통 속 폐목재에 박힌 뾰족한 못—을 보며 낡은 명언이 지닌 무게를 느낀다.

수진과 얼굴들이 육교에서 뛰어내려와 사무실을 향해 달린다. 걷는다. 점점 느려진다. 셋 다 죽도록 피곤하다. 얼굴들이 포대 자루처럼 질질 끌려온다. 길바닥에 물똥이 길게 이어진다. 사무실은 언제나 아득히 멀다. 수진은 믿을 수 없다. 오늘 집을 나와 한 일이 이십 분 동안 지하철을 탄 게 다라는 사실을, 도저히 믿을 수 없다.

* 지하철에서 칼을 뽑아든 아랍계 남자에 관한 이야기는 박노자의 글 「"극단주의"에 대한 감상」을 참고했다.

티나지

않는

밤

원장은 한 자 차이가 사람의 운명에 얼마나 큰 영향을 미치는지 매일 실감하고 있었다.

그의 병원에는 두 명의 안내 데스크 직원이 있었는데 수진과 수미가 그들이었다. 자매인 양 이름의 끝 자만 다른 둘은 개원 멤버로 병원을 처음 열었을 때부터 일하기 시작해 병원에서 이십대를 다 보냈다. 월급은 수미가 십만원 더 받았고 월차는 수진이 하루 더 썼으며 원장은 수진을 티나게 편애했다.

그는 매일 아침 안내 데스크에 서서 자신을 향해 인사하는 두 사람을 보며 체 보고 옷 짓고 꼴 보고 이름 짓는다, 라는 속담을 떠올렸다. 두 사람의 부모는 아이들이 갓 태어났을 때 각자에게서 어떤 꼴을 보았기에 이름을 그리 지은 걸까. 분명한 건 수미의 부모가 수진의 부모보다 딸에게 더 큰 기대를 품었다는 것이고 처음부터 원장은 그 점이 마음에 들지 않았다.

십 년 전에 둘을 면접했을 때부터 기미가 보였다. 수진이 고등학교를 나왔다고 하자 수미가 톡 튀어나와 저는 초대졸이에요, 간호조무사 자격증도 있고요, 하고 말했다. 그런 연유로 수미의 월급이 조금 더 높은 것이지만 돈은 문제가 아니었다. 원장은 전문대를 졸업했다고 말하는 대신 초대졸이라고 말하는 사람을 좋아하지 않았다.

수진이 수미에게 초대졸이 무슨 뜻이냐고 물은 건, 그로부터 몇 년이 지나고서였다.

"전문대 나왔단 소리지. 대학 나왔다고 하면 다들 사년제 나온 줄 알잖아."

"초가 무슨 촌데요?"

"나도 모르지."

둘은 한 살 터울이었지만 수진은 수미를 깍듯이 존대했다. 그것이 그녀가 사람들과 거리를 벌리는 방법이었다. 수미가 물었다. "너 동대학은 아냐?" 수진이 고개를 저었다. "나도 얼마 전까진 동대학이 동국대 말하는 건 줄 알았다. 세상 사람들이 왜 다 대학원을 동국대로 가나 했지. 동이 동국대 동이 아니라 같을 동이란다. 너도 어디 가서 기 안 죽으려면 알아둬."

그날 밤, 수진은 집에 돌아가 단어 공책에 초대졸과 동대학을 적었다. 그녀는 새로 알게 된 단어는 반드시 공책에 적었다. 그런 용도의 공책이 따로 있었고 그녀는 그것을 단순히 단어 공책이라고 불렀다. 종이를 안쪽으로 말고 손날로 눌러 접힌 선을 내고 왼쪽 칸에는 단어를, 오른쪽 칸에는 의미를 적었다.

최근에는 우듬지가 등재됐다. 우듬지라는 단어를 알고부터 지하철 2호선 당산에서 합정으로 넘어가는 구간이 달라 뵀다. 새싹을 틔운 연한 연둣빛 우듬지가 강바람에 천천히 흔들리는 걸 보며 수진은 속으로 우듬지, 우듬지, 되뇌며 기뻐했다. 우듬지를 생각하고 있는데 *새 말을 기입하는 건 새 세계를 들여오는 일* 엉뚱한 문장이 수진의 귓가로 흘러들었다. 누가 말을 걸었나 싶어 주위를 둘러보았지만 아무도 없었다. 요즘 들어 자주 있는 일이었다. 귀지 때문인 것 같아 점심시간을 이용해 일하는 병원 아래층에 있는 이비인후과에 갔다.

"자꾸 말소리가 들린다고요?"

의사가 보름달처럼 생긴 영상을 들여다보며 말했다.

"남들에게 안 들리는 소리가 들려요?"

"저 환청 아니에요."

수진이 말했다.

"환청이 별건가. 그냥 자기 생각이 들리는 건데."

수진은 귓구멍을 파고드는 길고 뾰족한 기구에 몸서리치며 "아니요, 그건 제 생각도 아닌걸요" 하고 말했다. 그리고 그것은 사실이었다. 수진의 귀로 흘러드는 말은 수진의 생각이 아니었다. 어떤 편지에서 읽은 구절들이었다. 그녀는 정기적으로 모르는 사람에게 편지를 받았는데 거기서 읽은 것들이 맥락 없이 그러나 또렷하게 들리는 것이었다.

"최근에 심하게 스트레스 받은 일이라도 있어요?"

의사가 물었다.

"딱히……"

수진은 말했지만, 말하는 동시에 한 가지 일이 떠올랐다.

"찍을래요?"

의사가 파낸 귀지를 휴지에 올려 내밀었다.

*

수진이 동거하던 애인과 헤어진 건 6월이었다. 둘은 여섯 평 남짓한 옹색한 거실이 있는 방 하나짜리 월셋집에서 같이 살았다. 가로 폭이 좁은 구조로 양끝에 베란다와 방이 있고 거실에 싱크대와 화장실이 있었다. 폭이 어찌나 좁은지 신발장에서 싱크대까지 두 걸음이 채 되지 않았다.

수진의 집이었고, 남자가 얹혀사는 것이었으므로, 남자가 요리했다. 싱크대에서 덮밥을 만들어 접이식 좌식 식탁에 얹어 방으로 들고 오면 두 사람은 나란히 매트리스 끝에 엉덩이를 걸치고 앉아 텔레비전을 보며 그릇째 들고 밥을 먹었다. 토요일엔 맥주와 오다리를 먹었다. 겨울엔 한기가 돌다 못해 서리가 맺히는 벽을 피해 매트리스를 방 한가운데로 옮기고 여름엔 다시 옮겨 다리를 차가운 벽에 대고 잤다.

처음에 둘은 우연히 만났다. 미세먼지가 심해 버스도 도로도 한산한 일요일 오후였다. 마스크를 쓴 사람들이 간격을 두고 앉았고 마스크를 쓰지 않은 사람은 수진과 남자, 둘뿐이었다. 버스가 서울역에서 명동 방향으로 크게 커브를 도는데 비가 내리기 시작했다. 사람들이 일제히 창밖을 내다봤다. 모두가 기다리던, 먼지를 씻어줄 비였다. 그때 수진의 앞에 앉아 있던 남자가 갑자기 일어나 낙망한 소리를 내더니 **좋은 부사란 힘주지 않은 스핀으로 크게 꺾이는 변화구 같은 것** 그대로 몸을 돌려 수진에게 차비 좀 꿔달라고 했다. "제가 집에서 동전 스물여섯 개 딱 갖고 나왔거든요." 사연인즉 남자는 돈이 없어 차비가 생겨야만 외출할 수 있는 사람인데 모처럼 나왔다가 내려야 할 곳을 지나쳐버렸고 수진이 돈을 꿔주지 않으면 집까지 걸어가게 생겼다고 했다. '한 바퀴 돌면 되지 않나?' 수진은 생각했지만, 그러면서도 남자를 따라 버스에서 내렸다. 그런 날이었다. 갑자기를 아낄 생각이 없던 오후. 그녀는 우연에 마음을 활짝 열어둔 채였다.

수진은 버스 카드로 남자를 집까지 데려다주기로 했다. 남자가 가리킨 버스에 탄 두 사람은 앞뒤로 앉아 조용히 빗소리를 들었다. **_좋은 부사 목록에 갑자기와 문득은 영원히 들어가지 않으며……_** 남자가 다시 몸을 돌려 물었다.

"돈 많아요?"

"아닌데요."

수진이 말했다.

"그래요? 근데 왜 길에 돈을 막 뿌리고 다녀요?"

무례하다기보다…… 수진은 남자가 살면서 이런 식으로 재미를 봤나보다 싶었다. 예측 불허의 말을 던져 주의를 확 끄는 식으로, 한두 번은 혹해도 이내 지루해지는 식으로. 남자가 계속 떠들어댔다.

"환승할 수 있는데, 것도 둘씩이나. 근데 환승 안 하면 손해보는 거잖아요."

수진은 웃었다.

그날 둘은 총 네 번 환승했다. 아무데나 내려 걷다가 다른 번호의 버스를 탔고 밤이 되자 더 오래 걷다가 다른 번호의 버스를 탔다. 둘은 굳은 표정으로 마스크를 쓰고 걸어가는 사람들을 스치며 먼지를 잔뜩 먹고 많이 웃으며 오래 걸었다. 그렇게 몇 번의 주말을 보내고 정신을 차려보니 남자가 수진의 집에 얹혀살고 있었다.

"이게 다 가욋일이다."

수미가 의자 안으로 몸을 깊숙이 밀어넣으며 말했다. 그녀는 폭발 직전의 동체에서 떨어져 나온 소형 우주선에 탄 사람처럼 눈을 감고 붕 떠 있었다. 수진의 연상은 그렇게나 평이했다. 우주선. 삼십육 개월 대여로 달마다 삼만원씩 나가는 원장의 안마 의자를 만든 사람이 목표한 이미지도 바로 그것이었으리라.

"야근비도 못 받는데 이렇게라도 뽕 뽑아야지."

그날 둘은 진료 시간에 차트 하나를 못 찾아 밤새 차트 정리를 처음부터 다시 해야 했다. 일은 새벽이 되어서야 끝났다.

"수미씨는 희한한 말을 많이 아네요."

"할머니랑 살아서 그래."

사실 수진은 가욋일을 과외 일로 알아들어 단어 공책에도 그렇게 적어놓았지만 다행히 뜻을 찾는 과정에서 가욋일임을 알았다.

"개새끼."

수미가 낮은 목소리로 말했다.

"또 그랬어요?"

"대체 그게 뭐니? 뭐냐고!"

수미가 안마 의자 안에서 몸을 뻗대며 말했다.

"내가 자격증만 따면 진짜 여기 뜬다."

허벅지에 올려둔 문제집은 고무줄로 묶여 있었다. 수미가 고무
줄을 풀자 돌돌 말려 있던 문제집이 풀리면서 '아동예술독서융합
놀이치료사 자격증 기출 문제집'이라는 긴 이름의 제목이 보였다.
그녀가 문제를 풀기 시작했다. 마사지 볼이 수미의 등줄기를 훑을
때마다 흉부가 활짝 펴졌다.

수미가 공부하는 동안 수진은 비상계단으로 갔다. 거기에 화분
이 있었다. 빛도 안 들고 환기도 안 되는 계단에서 화초가 죽어가
고 있었다. 선물로 들어왔을 때만 해도 흙이 영양제를 무섭게 빨아
들여 진녹색의 화초는 빽빽하고 풍성했다. 그러나 이제는 잎이 누
렇게 떴다. 수진은 분무기로 물을 칙칙 뿌리며, 원장의 묘한 버릇
에 대해 생각했다. 그는 종종 수진과 수미의 얼굴에 분무기를 뿌
렸다. 칙칙. 딱 두 번 뿌리고 갈 길 갔다. 둘은 영문도 모른 채 물을
맞았다.

*

남자가 버스비를 못 낼 정도로 돈이 없던 건 예술가라서가 아니
었다. 그는 예술가였다. 다큐멘터리 감독이었다. 아니 그는 정확히
이렇게 말했다. "영상 작업을 하고 있어." 그는 자신을 작가라고 소
개했고 수진은 소설가 말고 화가나 감독도 작가라고 한다는 걸 그
때 처음 알았다. 그는 늘 '작업'을 한다고 표현했다. 작업. 그 말은

예술과 노동 중 노동에 살짝 더 당겨져 있는 느낌을 주었다.

돈이 없는 건 작가라서가 아니라 전 애인에게 고소를 당했기 때문이었다. 전 애인은 연상의 회사원으로 용모도 아름다웠다. 고소 사유는 사생활 침해였다. 남자는 그녀가 출근한 사이 노트북에 자동 로그인되어 있던 메일함을 뒤져 그녀의 전 애인들 신상을 알아냈다. 주소까지 알아내는 데는 한 달이 더 걸렸다. 그는 명단을 들고 그녀의 전 애인들을 찾아다니기 시작했다. 그러다 결국 발각됐고 고소까지 당하게 된 것이었다.

"누나가 죽어도 이해를 못하더라고. 나는 누나의 과거가 궁금한 게 진짜 아니었거든? 누나의 전 남친들 인터뷰 딴 건 영화에 별로 쓰지도 않았어. 중요한 건 여정인데. 사랑하는 사람의 과거를 찾아다니며 요동치는 내 마음의 상태랄지, 그날의 풍경이랄지, 계절, 냄새, 공기 같은 거. 내가 담고 싶은 건 그거였어. 누나는 그냥 매개였는데 아무리 말해도 이해를 못하더라고. 암만 예술 애호가래도 결국 누나도 일반인이었으니까. 말해 뭐해. 찍은 거 다 버렸어. 그뒤로 내 신세도 쭉."

"형사야, 민사야?"

"응?"

수진의 물음에 남자는 눈알을 굴리다 사실은 누나가 고소를 취하해주었다고 말했다.

"그래도 위자료 조로 누나에게 다달이 돈을 보내고 있어."

덧붙여 말하고는 텔레비전 쪽으로 밀어놓은 좌식 식탁 위 사발을 치우기 시작했다. 수진은 더 묻지 않았다. 대신 이런 생각을 했다. '매개는 적고, 여정은 어떻게 할까? 대충 뜻은 아는데…… 아니다. 초심을 잃지 말자. 게을러지지 말자.' 그녀는 밤에 방에서 몰래 빠져나와 단어 공책에 매개와 여정을 적었다. 여정에는 역정과 같은 드라마틱한 다른 뜻은 없었다.

기온이 갑자기 오른 5월이었다. 야근하고 퇴근한 수진은 바닥에 누워 핸드폰으로 블라우스 황변 없애는 법을 찾아보다가 포기하고 그냥 누워 있었다. 만사가 귀찮고 피곤했다. 척척한 스타킹에서 발냄새가 솔솔 올라왔다.

'그래도.'

수진은 까부라지는 몸을 일으켜 방으로 기어갔다. 문을 빠끔 열어보니 남자가 매트리스에 얼굴을 박고 자고 있었다.

"자? 나 왔는데 나와보지도 않고 자? 자는 척하는 거 아냐?"

수진이 제법 큰 소리로 말했다. 가끔 그러면 남자가 웃으며 일어나 "안 잤어" 하고 말하기도 했다. 이번에는 움직이지 않았다. 수진은 조심히 문을 닫고 기쁘게 거실로 뛰쳐나갔다.

단어 공책과 종이 뭉치. 그것들은 싱크대 안에 있었다. 하부장과 벽 사이, 수도 연결을 위해 패널을 잘라낸 곳에 숨겨져 있었다. 수진은 잔뜩 쌓인 냄비와 프라이팬을 치우고 잘린 곳에 손을 넣어 단어 공책을 꺼냈다. 잠시 종이 뭉치도 꺼낼까 생각했지만 그러기엔 너무 피곤했다. 요즘 들어 내내 야근이라 종이 뭉치는 엄두도 못 냈다. 그녀는 단어 공책만 들고 차 한 잔을 끓여 방 반대편에 있는 베란다로 나갔다.

코딱지만한 베란다였다. 세탁기, 건조대, 전자레인지로 가득차 발 디딜 틈조차 없었다. 수진은 일단 전자레인지 위에 찻잔과 공책을 올리고 건조대를 복도로 내보냈다. 걸려 있던 수건들을 바닥에 내던지고 발로 차 밀었다. 건조대를 치워 겨우 생긴 자리에 비집고 들어가자 배 바로 앞에 세탁기가, 등 바로 뒤에 전자레인지가, 팔 바로 옆에 창문이 있었다. 창문을 열자 밤바람이 시원하게 불어왔다. 창밖에 매달아놓은 페트병을 잘라 만든 화분에서 대파가 하얗게 올라와 있었다.

수진은 한동안 밖을 내다봤다. 거대한 붉은색 교회 십자가가 밤을 사등분했다. '맞다! 팥!' 붉은색을 보고 팥을 떠올린 수진이 거실에 던져놓은 가방에서 새로 산 핫팩을 꺼내왔다. 남자가 깨지 않게 살금살금 걸었다. 다시 베란다 문을 조용히 닫고 속에 팥이 든 핫팩을 전자레인지에 이 분간 데워 어깨에 얹었다. 뭉친 어깨가 얼얼하게 마비되면서 달콤한 탄내가 올라왔다. 이제 마지막으로 숨을 깊게 쉬고, 세탁기 위에 신발 박스를 올렸다. 높이가 딱 좋았다. 그 높이를 찾기까지 얼마나 많은 박스를 버렸는지 모른다. 주말마다 대형 마트에 가서 버려진 박스의 높이를 줄자로 재곤 했다. '스탠딩 책상이 별건가? 서서 읽고 쓸 수 있음 스탠딩 책상이지.' 수진은 선 채로 올록볼록한 세탁기 호스를 맨발로 꾹꾹 밟으며 단어 공책을 박스 위에 올리고 몇 자 적었다.

모르는 단어가 점점 줄고 있었다. 수진의 어휘력이 향상돼서이기도 했지만 생활 반경이 협소한 게 더 컸다. 매일 가는 곳, 매일 보는 얼굴, 매일 듣는 소리. *서사가 진행되지 않는다고 누구 죽이지 말고 되도 않는 반전 꾸미지 말고 움직이고 또 움직일 것!* 핫팩이 식었다. 수진은 핫팩을 다시 데우기 위해 뒤돌면 바로 있는 전자레인지로 까치발을 해 갔다. '획기적인 이동!' 수진은 혼자 쿡하고 웃었다. 만약 어디로든 갈 수 있다면…… 수진은 스스로 물었다. '어디로 갈까?' 답은 생각할 필요도 없었다. 수진은 밤의 베란다가 미치게 좋았다. 매일 밤 누려도, 매일 밤 좋았다.

그때,

"뭐해?"

몰래 문을 연 남자가 새시 사이에 목을 끼고 수진을 보고 있었다.

"뭐어해?"

남자가 새시 문을 열고 베란다로 들어왔다. 생글생글 웃으며 수진의 허리를 감쌌다. 그러곤 자신의 턱을 그녀의 어깨에 올리고 단어 공책을 내려다보며 말했다.

"우리 수진이, 집필중이야?"

남자가 킥킥 웃었다.

싱크대에서 라면을 찾다가 우연히 발견했다고 했다. 종이 뭉치는 수진이 육 년간 써온 소설이었다. 열두 편의 단편소설. 수진은 일 년에 두 편의 단편소설을 썼고, 두 번 문예지에 투고했고, 두 번 답장을 받았다. 문예지에 실린 적은 한 번도 없었다.

"작년에 쓴 게 제일 낫던걸?"

남자가 웃으며 말했다.

"그나저나 죽어도 모를 게 사람 속이다. 난 네가 소설을 쓸 거라 곤 정말이지…… 넌 책도 별로 안 읽잖아! 알고 봤더니 우리 예술 가 커플이었네."

수진은 남자와 자기 사이에 무언의 셈법이 있다고 믿었다. 내놓고 말하진 않았어도 너도 알고 나도 아는 정교한 셈법에 의해 서로 찬 것도 결한 것도 없이 딱 맞아떨어지는 제 짝이라 여겼다. 그러나 착각이었다. 남자는 처음부터 규칙을 몰랐다. 신발 상자를 가만히 내려다보며, 수진은 연인 관계가 끝났음을 알았다. 남자는 아무것도 몰랐다.

수진은 남자의 말이 전부 거짓일지 모른다고 생각해왔다. 다큐 멘터리 감독이라는 것도, 누나라는 사람이 있다는 것도, 누나에게 돈을 보내고 있다는 것도, 대학 때 찍은 단편영화가 넥스트 릴 국제영화제에서 최우수상을 받아 공짜로 뉴욕에 가봤다는 것도, 다

거짓말일 수 있었다. 증거도 없었고 수진도 요구하지 않았다. 수진이 아는 것이라곤 실제 존재하든 존재하지 않든 남자만이 알고 있는 영화가 하나 있다는 것뿐이었다. 그는 늘 그것에 대해 떠들어댔다. 무엇을 보든 자신의 것과 비교했다. "적어도 내 작업이 저것보단 더 나아갔어. 알아? 저것보단 더 갔다고!" 그는 늘 더 갔다고 했고 더 갈 수 있었다고 했고 수진은 더 간다는 게 무슨 뜻인지 몰랐지만 역시 묻지 않았다. 가끔 남자는 펑펑 울었다. 그에게는 만들지 못한 영화가 있었다. 아무도 보지 못해 좌절하고 아무도 보지 못해 안도하는 그 영화가 내면에서 걷잡을 수 없이 위대해지다가 추락하곤 했다.

수진도 K출판사에 투고하기 전까지는 그와 비슷했다. 수년간 아무도 보여주지 않은 채 혼자 소설을 썼다. 그러다 결국 고립이 그녀를 좀먹기 시작했고 글쓰기를 가르치는 학원을 기웃대게 됐다. 첫 수업 때 강사가 칠판에 적은 말을 소리 내어 읽어보라고 했던 것이 기억난다. 칠판에는 이렇게 적혀 있었다. '나는 습작생이 아니다. 나는 지망생이 아니다. 나는 예비 작가가 아니다. 나는 작가다.' 한 명이 질문이 있다고 했다.

"오, 질문, 좋지."

학생은 말했다.

"환불 돼요?"

전액 환불은 되지 않았다. 첫날 치 수업료를 제했다. 그는 수강

취소 사유에 적었다. '자신을 억지로 규정해야 하는 사람은 그 규정에 속하지 못한 사람.'

몇 주 뒤에 수진도 학원을 그만두었다. 강사가 등에 탕파를 지고 들어오며 말했다.

"작가들은 디스크가 직업병이에요. 쓰는 게 직업이라, 의자에 앉아 있는 시간이 너무 길어. 여러분도 작가 하려면 의자 좋은 거 사. 사실 내가 해줄 말은 그거밖에 없어. 작가 그거 나쁜 직업이야, 드런 직업이야."

수진은 그날 병원에서 여덟 시간 동안 앉아 근무했다. 지하철에 자리가 나도 서서 갔다. 수업이 진행되는 두 시간 동안 앉아 있었다. 집에 갈 때도 서서 갔다. 씻고, 저녁 먹고, 건조대 치우고, 세탁기 위에 박스 올리고 박스 위에 노트북 올려 선 채로 세 시간 동안 글을 썼다. 그녀는 고졸이었지만, 젊은 여자고 무난했기에 앉아서 일할 수 있었다. 그렇지 않았다면 서서 하는 일을 해야 했을 것이다. 강사는 소설쓰기도 일개 노동이라고 했다. 일개. 수진은 그곳에 다시 가지 않았다.

수진은 다시 혼자 쓰기 시작했다. 소설을 못 쓴 밤엔 적어도 단어 공책이라도 쓰려 했다. 그러다 점점 소설쓰기와 단어 쓰기 사이에 차등을 두지 않으려 했고 그래야지만 계속할 수 있다는 것을 깨달았다. 그녀는 자신의 소설을 종이 뭉치라 불렀고, 예술을 일상으로 끌어내리려 했고, 종국에는 '내리다'라는 표현도 지우려 했지만, 그 안에 어떤 자격지심 같은 게 있다는 걸 모르지 못했고 그럼에도 그것이 자신의 투쟁임을, 비밀스러운 투쟁임을 알았다.

비밀스러운…… 수진은 매일 밤 남자와 같은 침대를 쓰며 딴생각을 했다. 각자 등을 돌리고 핸드폰을 할 때 그녀는 소설에 필요한 정보를 검색했다. 가끔 남자가 "뭐 봐?" 하고 물으면 핸드폰 화면을 빠르게 올리며 "웹툰"이라고 답했다. 묻지 않기. 그것이 계약이었다. 누나에게 돈은 부치면서 왜 집세는 안 내? 누나를 아직 사랑해? 누나란 사람 정말 있어? 라고 묻지 않듯 수진은 그에게 요구할 권리가 있었다. 너 밤에 뭐해? 라는 질문을 받지 않을 권리.

밤에 베란다에서 쓰기.

밤, 베란다, 쓰기.

수진은 세 조건을 과장하지 않았다. **행갈이를 통한 고조의 비열함.** 그것에 기대어 지루한 일상을 버텨내고 있다고 생각하지 않았다. 반전으로서의 창조행위, 내가 지금은 여기서 이러고 있지만 밤만 돼봐라 같은 생각, 클라크 켄트의 비밀. **명사로 끝내기의 낮간지러움.** 그럼에도 밤과 베란다와 쓰기는 그녀에게 중요했다. 하루 중 그녀가 선택할 수 있는 시간은 많지 않았다. 겨우 밤뿐이었다. 어떤 루틴을 축 삼아 밤을 보낼 것인가, 그녀는 오랫동안 생각했다. 한땐 수영이 축이었다. 이제 그녀는 일 년에 두 편의 소설을 쓰고 두 번의 반려 통지서를 받았다. 그것을 축 삼아 그녀의 일부는 살아갔다. 그 시간대의 그녀는 다른 시간대의 그녀와 비슷하지만 달랐을 것이다. 남자가 침범한 건 바로 그 시간대였다.

둘은 헤어졌다. 남자는 이유도 모른 채 그녀의 집에서 나가야 했다. 그는 한 달을 보챘다. 헤어지는 건 헤어지는 건데 이유나 알고 헤어지자고 했다. 그녀는 말해줄 수도 있었다. 그러나 말하려는 순간, 어떤 목소리가 들려왔다. **언제나 생략이 노출보다 나은 법입니다.** 그녀는 입을 닫았다. 그렇게 그녀는 신비로운 이야기, 신비로운 여자가 되기로 했다. 수진에게도 그 정도의 허영심은 있었다.

*

"저 땄어요."

샤브샤브 국물이 막 끓기 시작할 무렵 수미가 원장의 턱밑에 아동예술독서융합 놀이치료사 자격증을 들이밀었다. 국이 피워 올린 수증기에 금박이 압인된 빳빳한 종이 자격증이 살짝 구부러졌다. 원장은 자격증을 물끄러미 보다 자기 밥그릇으로 시선을 돌리며 누구에게랄 것도 없이 중얼댔다.

"……인간들 뭐 좀 안 하면 안 되나. 뭘 할 줄 안다고 그렇게들 뭘 해."

공중에 떠 있던 자격증이 걷어들여졌고, 셋은 조용히 국물을 떠먹기 시작했다. 이번에는 원장이 시선을 수진에게로 옮겼다. 그녀는 어깨를 수그린 채 종지 구석에 밀어뒀던 고추냉이를 조금씩 간장에 풀고 있었다. 역시 수진이 낫다, 원장은 생각했다. 이름부터 그래. 수미라는 이름에는 있는 허식이 수진이라는 이름에는 없다. 꼴 보고 이름 짓는다 했지. 수진은 자기 자신을 알아. 고추냉이가 끝없이 풀어지고 있었다.

"저도 뭐 해요."

수진이 회전하는 젓가락 끝을 보며 심상히 말했다.

"뭐 하는데?"

수미가 청경채를 우적우적 씹으며 물었다.

"소설 써요."

"소설?"

"네, 밤에요."

원장이 고개를 확 꺾었다. 그는 정말 싫어하는 건 아예 볼 수가 없었다. 시야에서 사라지게 해 눈으로라도 죽여야 했다. 이제 그의 시야에서 수진이 죽었다.

"멋지다. 그럼 너 소설가야?"

셋은 또 국물만 퍼먹었다. 번들거리는 콧잔등을 하고 각자 생각에 빠져 있었다. 덥고 공기도 답답했다. 먹다 말고 원장이 방석에 쓰러지듯 누웠다. 그러더니 코를 골며 죽은 사람처럼 잤다.

시간이 꽤 지났고, 수미가 원장을 흔들어 깨웠다. 원장은 테이블을 붙들고 힘겹게 일어났다. 테이블이 끌리면서 공기 위에 올린 젓가락이 떨어졌다. 컵에서 물이 쏟아졌다. 이제 컵엔 물이 반밖에 남지 않았다. 원장은 한동안 유리컵을 노려보다 안으로 주먹을 밀어넣었다. 물에 잠긴 엄지와 검지가 부풀어 보였다. 톡톡. 원장이 수진의 얼굴에 물을 두 번 뿌렸다. 톡톡. 상에 올라오려는 고양이 벌하듯이.

"수진아."

수진의 얼굴에 작은 물방울이 맺혔다.

"수진아? 너 수진이지. 그치. 수진이 맞지. 그치."

원장은 연거푸 수진이, 수진이 했다. 너 수진이 맞지. 응? 수진이지. 수진이. 수진이. 수진이 꼴에 맞는 수진이. 응?

"취해 살지 말어."

원장이 고개를 뒤로 꺾곤 그대로 다시 누워버렸다.

*

다음날 수진은 출근하지 않았다.

그녀가 매년 소설을 보내는 K출판사는 규모가 작은 곳이었다. K출판사에서 발간하는 문예지는 대부분의 사람들이 몰랐고 제작비는 많은 부분 저자에게 게재료를 받는 것으로 충당했다. 수진이 그곳에 글을 보내기 시작한 이유는 등단하지 않은 사람의 투고를 받았기 때문이었다. 육 년 전, 처음으로 글을 보내기 전에 확인차

메일을 보냈다. 이틀 뒤 답장이 왔다.

—네, 투고 가능합니다. 미등단자, 비등단자, 반등단자 다 가능합니다.

그녀는 답장을 보내는 사람이 여자인지 남자인지, 노인인지 청년인지, 한 명인지 여러 명인지 알지 못했다. 막연히 편집자일 거라고 추측했다. 사람들이 그럴 거라 말했기 때문이다. 작년에도 소설 두 편을 보냈지만, 답장을 받지 못했다. 그런 적은 처음이었다. 왜 답장이 오지 않는지 생각하지 않은 날이 하루도 없었다.

—그분이 그러실 분이 아닌데 죽었나봐.

자주 가는 문학 카페에 글이 올라왔다. K 출판사의 심하게 정성스럽고 묘하게 미쳐 있는 답장을 받은 건 수진만이 아니었다. 누구든, 어떤 글이든 K 출판사의 편집자는 답장했다.

—지 성질 못 이겨서 뒈졌겠지.

소설만 표현의 자유를 누린 게 아니었다. 반려 통지서도 못지않게 표현의 자유를 누렸다. 그 때문에 한때 불매운동이 일어나기도 했다. 아직도 인터넷에는 K 출판사의 폭력적인 비평이 캡처되어 돌아다녔다. 그것은 좋은 글 감사하오나 저희 출판사와는 맞지 않아서, 게재 예정 원고가 밀려 있어서, 아니면 영원한 침묵 외의 답을 구하는 사람들이 감당해야 할 몫이었다.

그러나 그 편집자는 적어도 투고자에게 '당신도 첫 문단만 읽으면 각이 나온단 말을 믿어?' 같은 항의를 받지는 않았다. 각은 나

174

올 수도 있고 나오지 않을 수도 있다, 중요한 건 각 이후다, 그는 그렇게 생각했다. 세 줄 만에 각이 나왔네, 쓰레기네, 누가 또 일기랑 소설이랑 구분을 못했네…… 그는 거기서부터 시작했다. 그에게 그건 눈 밝음이 아니라 신념의 문제였다. 자신을 어떤 인간으로 보느냐의 문제였다. 그는 읽을 가치가 없을 게 뻔한 원고를 집에 들고 가 맥주 한 캔을 놓고 밤새 꼼꼼히 읽었다. 그러곤 분노에 찬 장문의 편지를 보냈다. 그에게서 편지를 받아본 사람이라면 누구나 알았다. 그보다 성실한 독자는 없었다. 그보다 열정적인 인간은 없었다. 그보다 화가 난 비평가도 없었다.

─그렇네요. 그분의 미스터리한 인장!

편지에는 고유의 사인이 있었다. 편지 맨 끝에 매번 다른 숫자가 적혀 있었다. 157:30, 320:13, 78:59. 아무도 숫자의 의미를 몰랐다.

전화를 받은 K 출판사의 직원은 수진의 사연을 듣고 잠시 기다리라고 했다. 그녀는 건물 맨 아래층에 있는 커피숍에서 기다렸다. 콘센트가 모두 막혀 있는 커피숍은 출판사와 같은 이름이었다. 한시 이십팔분, 마른 남자 한 명이 내려와 수진의 앞에 앉았다. 더운 날인데도 긴팔 남방을 입었다. 차를 시키겠냐는 수진의 말에 그는 단호히 고개를 젓고는 거두절미하고 말했다.

"얘기 들었습니다."

수진은 편지를 보낸 사람의 문체를 알았다. 하지만 어투는 몰랐다.

"그분을 찾고 있어요. 감사의 인사를 드리고 싶어서요. 소식이 없어 걱정되기도 하고요. 저뿐 아니라 많은 사람이 걱정하고 있어요."

"그분 죽었어요."

남자는 매우 피곤해 보였다. 왜 죽었느냐고 묻자 "과로사했어요"라고 말했다.

얼굴근육이 부드럽게 풀리면서 수진은 조용히 웃었다. 찾아가고 싶어서 그러니 무덤이 어디에 있는지 알려달라고 했지만 그는 대답 대신 수진의 뒤에 걸린 벽시계만 뚫어지게 노려봤다. 세상에는 그런 관계가 있다. 더없이 가까우나 무덤에는 가볼 수 없는 관계. 둘은 다른 시간대의 일이므로.

"이제 됐죠? 가보겠습니다."

남자가 한시 삼십칠분에 일어났다. 수진은 멍하니 그가 카페 밖으로 걸어나가는 모습을 보았다. 그는 콱콱 내리찍듯 걸었다. 걸음의 리듬이 문장이 되어 들리기 시작했다. 승강기 앞까지 갔던 남자가 못내 찜찜하다는 듯 인상을 구기며 다시 카페로 돌아왔다. 그리고는 수진의 앞에 서서 시계를 다시 보곤 잠시 생각하더니 수진이 마신 커피 영수증 뒤에 휘갈겨 썼다. 00:09. 그리고 다시 사라졌다.

커피숍을 나오는데 수진의 귀에 문장 하나가 흘러들었다. *새 말이 체화돼 암묵지가 될 때까지 쓰고 또 쓸 것.* 사 년 전 여름, 소설에 대한 답장에 적혀 있던 문장이었다. 그때 그는 수진에게 어휘력이 부족하니 국어사전을 세 번 베껴 쓰라고 했다. 수진은 대신 단어 공책을 썼고 새로 알게 된 단어는 자꾸 써 몸에 박으려 노력했다. 그녀는 건물을 나와 길을 걸으며 최근에 알게 된 말을 입안에서 천천히 굴려봤다. 가욋일, 기욋일, 가욋일……

수진은 편집자가 보낸 편지를 늘어놓았다. 157:30, 320:13, 78:59…… 그리고 00:09. 556시간 51분. 약 23일. 어쩌면 편집자가 정말 과로로 죽었을지도 모르겠다고, 수진은 차마 고마워도 못하고 생각했다. 편지 아래 적힌 숫자는 편집자가 소설을 읽고 답장한 시간의 총합이었다. 한때 그것은 그에게 신념이었다. 그렇다고 해서 노동이 아닌 건 아니었다.

그날 편집자는 작가와 함께하는 '책의 밤' 사회를 맡기로 되어 있었다. 밤 아홉시, 수진과 만났던 커피숍에서였다. 그는 소용도 없으면서 초시계를 들고 나갔다. "와주셔서 정말 감사합니다"의 "와"가 입에서 튀어나오자마자 주머니 속 초시계를 눌렀다. 그는 정확히 측정했고, 매일 기록했다. 방 책상 위에는 초과근무 수당을 받지 못한 노동시간을 표시한 그래프가 붙어 있었다. 해마다 기록은 경신되었다. 그는 아무도 모르게 저항중이었다. 수진은 그의 저항을 이해한 유일한 사람이 되었다. 수진은 그에게 다시는 원고를 보내지 않았다.

그해 여름, 수진이 쓰다 만 소설의 제목은 '아포리즘으로 남은 사나이'였다. *제목이란 없으면 글의 반토막이 날아갈 정도로 결정적이어야 합니다.* 수진은 조금 웃다가 신발 박스에 얼굴을 파묻고 울었다. 판지가 소리 없이 무너졌다. 편지 속 문장은 수진에게 오랫동안 기억되었다. 온전치 못한 채로. 편집자의 말은 구부러지고 조각나 이리저리 엉뚱한 데 붙다가 결국 그녀에게 흡수되었다. 인터넷에는 여전히 그의 지랄 맞은 편지가 돌아다녔다. 그렇게 그는 이따금 떠오르는 출처 불명의 아포리즘이 되었다. 문장의 운명으로서는, 나쁘지 않았다.

여름이 끝나고 월세 계약도 끝났다. 밤의 베란다는 사라졌다. 수진은 베란다가 없는 집으로 이사를 가야 했다. 이제 파 화분은 냉장고 위에 올라가 있고 수진은 소설을 쓰지 않는다. 아쉬워할 필요는 없다. 그녀의 소설은 중요하지 않았다. 시간을 이기는 위대한 소설이라는 의미에서는 그랬다. 한 계절은커녕 첫자부터 끝 자까지 읽을 삼사십 분도 이기지 못했다. 그러므로 그녀의 소설을 잃었다고 한들 그것은 세계의 손실도, 누구 하나의 손실도 아니었다. 그저 그녀의 사정일 뿐이었다. 그녀만의 사정. 수진은 한때 그걸 가졌었다. 자신만의 사정을. 조용한 기쁨이 있었다.

* 이 소설을 쓰면서 신새벽의 「문체 수집」(『비문』 3호), 찰스 부코스키의 『글쓰기에 대하여』(박현주 옮김, 시공사, 2016)를 참고했고, 박준석의 말과 글에서 소설의 전반적인 아이디어부터 몇몇 구체적인 단어에 이르기까지 많은 부분을 빚졌다.

살인자들의

무덤

사랑에 투여되던 우리의 에너지는 어디로 가야 하는가.
사랑이 불러일으킨 우리의 흥분은 어디로 가야 하는가.

0

당신은 대지진 때 자살한 히키코모리 A군에 대해 알고 있는가.

대지진이 일어나자 A군도 집밖으로 나왔다. 그리고 아무 건물에나 올라가 뛰어내려 죽었다. 흥분은 했는데 흥분이 갈 데가 없어서.

R.I.P.

그날의 A군을 상상한다.

처음에 A군은 겁에 질렸을 것이다. 갑자기 맞닥뜨린 세상에 놀라 떨며 쥐며느리처럼 몸을 말았을 것이다. 그렇게 자신을 작게 만들어 세상으로부터 보호하려 했을 것이다.

　그러다 어찌된 일인지 웃기 시작했을 것이다. 몸속으로 힘과 에너지가 마구 밀려들었을 것이다. 그것은 반동으로, 바닥에 바짝 눌린 사람을 위한 최후의 구원병인 조증이 격렬하게 솟구친 것이었다.

　갑자기 A군은 신이 나 거리를 뛰어다녔을 것이다. 에너지 드링크 열 캔을 한 방에 마신 기분! 내가 내가 아닌 기분! 세상이 뒤집힌 기분! 나를 밟고 있던 모든 것이 내 발밑에 있는 역전의 승전고! 그 순간 A군은 우리가 익히 아는 기쁨을 느꼈을 것이다. 사랑을 모르던 우리가 마침내 사랑에 투항했을 때 느낀 기쁨, 귀밑에서부터 비스듬히 뚫고 들어와 늑골을 우지끈 부수며 꽂힌 사랑의 기둥에 매달려 너덜대던 나날의 감촉.

　그러나 고양감에 젖어 날뛰던 A군의 머리 위로 밤이 찾아오고, 밤의 떨거지인 우울도 돌아왔을 것이다. 촛불을 엄지로 눌러 끄듯 불타던 마음이 컴컴해졌을 것이다. A군은 하던 대로 몸을 작게 말아 내면의 안식처로 돌아가려 했을 것이다. 고개를 숙여 무릎을 빨며 백일몽에 빠지려 했을 것이다. 그리고 깨달았다. 무언가가 영구히 변했다.

　A군은 자신이 중간에 꽉 끼었음을 알았다. 과거로 돌아갈 수도 없고 앞으로 나아갈 수도 없다. 한번 사랑에 꿰뚫려본 우리가, 다시는 사랑이 없던 세계로 돌아가지 못하는 것처럼. 그리하여 A군

은 어찌할 바를 모르고 똥 마려운 개처럼 제자리를 빙빙 돌다 아무 건물에나 올라가 뛰어내려 죽었다.

흥분의 고조 + 방향의 부재

우리도 A군과 같다. 우리도 갈 곳을 잃었다. 여자들이 우리에게서 사랑을 앗아갔다. 그렇다면 이제, 사랑에 투여되던 우리의 에너지는 어디로 가야 하는가. 사랑이 불러일으킨 우리의 흥분은 어디로 가야 하는가.

농구는 아니다.

세상은 우리에게 말한다. 농구하라. 빡쳤는가? 농구하라. 울고 싶은가? 농구하라. 죽고 싶은가? 농구하라. 죽이고 싶은가? 농구하라. 압력 – 증기 – 배출 – 이론은 모욕이다. 압력솥이 폭발하지 않도록 배출구를 통해 증기를 빼내듯, 농구를 통해 남성 내부에 고인 화의 기운을 누출시켜 파국을 막겠다는 발상은 이성적 존재로서의 우리를 무시하는 처사다. 우리의 이성을 퇴화시키려는 이데올로기다. 세상은 농구하는 우리를 보며 말한다. 밥통 같은 놈! 압력솥 폭탄을 이용한 연쇄 테러가, AAMAAmerican Anger Management Association가 압력 – 증기 – 배출 – 이론을 주창한 직후에 일어났다는 것이 과연 우연일까? 농구에 저항하라.

그럼 어쩔 텐가. 누워만 있을 텐가. 누워서 상상만 할 텐가. 상상은 안전하니까. 나쁜 상상과 나쁜 행동은 다르니까. 상상 '속'에서 죽이고 강간할 수는 있지만, 상상'으로' 죽이고 강간하지는 못하니까. 택시 기사의 목을 뒤에서 조르는 '상상'을 하는 것은 괜찮다. 지하철 에스컬레이터에서 두 줄 서기 하는 사람을 밀어버리는 '상상'을 하는 것은 괜찮다. 사고행위융합오류는 오류일 뿐이다? 하지만 언제까지 상상이 우세할까. 상상이 끝나고 행동이 시작되는 시점, 작은 불씨가 확 번져 걷잡을 수 없는 산불이 되는 순간, 결국 칼을 들고 초등학교 교문 앞에 서게 하는 격발의 타이밍이 영원히 오지 않으리라 누가 감히 보장할 수 있는가. 상상이 커지고 커지다 픽 터져 현실의 발치까지 줄줄 흘러들길 내심 기대한 적 없는가? 상상을 믿지 마라.

여자를 믿는다는 기획, 여자들이 믿을 만한 가치가 있는 존재라는 것을 증명하기 위한 우리의 실험은 실패했다. 이제 우리는 어떻게 해야 하는가. 어디로 가야 하는가.

우리는 사랑을 위해 뭐든 할 수 있었다. 이제 사랑도 잃고, 사랑하는 사람도 잃은 우리에게 남은 것은 뭐든지 할 수 있는 상태뿐이다. 뭐라도 하지 않으면 미칠 것 같은 초조뿐이다.

당신의 '뭐든지'를 무엇으로 채울지 생각하라. '뭐든지'의 무한

성과 에너지의 폭발성이 스스로를 절벽으로 몰지 않도록 생각하고 또 생각하라. 인간이어라, 계속 인간이어라. 우리가 인간이기를 포기할 때, 우리의 방황하는 에너지는 우리 자신을 죽이거나, 여자들을 죽이거나, 여자들을 죽인 후 우리 자신을 죽인다.

우리가 왜 여자들을 죽이면 안 되는가. 여기, 나의 답이 있다. 나의 매니페스토manifesto가 있다.

1

만일 '살인자들의 무덤'이 있다면,

그곳은 두 곳으로 나뉠 것이다. 여자를 죽인 자들이 묻힌 A구역과 남자를 죽인 자들이 묻힌 B구역. 나는 살인자들의 묘만을 모아둔 묘지공원을 상상하며 내가 그곳에 묻힌다면 어디에 묻히고 싶은지 매일 생각한다.

만일 살인자들의 무덤에 매표소가 있다면,

매표소 밖, 잡초만 무성한 버려진 공터에 영아를 죽인 살인자들의 무덤이 있을 것이다. 거기에 묻힌 여자들은 모두 자기 아이를 낳자마자 죽였다. 시대마다 방법이 달랐는데 에도 시대 대기근 때에는 입을 줄이기 위해 엄마가 아기를 멍석에 말아 목을 무릎으로 눌러 죽였다.

살인 마마들과 그들의 손에 죽은 아기들이 한데 묻힌 그곳은, 일종의 맛보기 샘플이다. 관람객들은 본격적으로 살인자들의 무덤을 구경하기에 앞서, 과일가게에서 맛만 보시라고 이쑤시개를 꽂아둔 과일을 집어먹듯, 그곳을 휙 둘러보고 떠난다.

버려진 공터에 잠든―사실 살인 마마들은 만성 수면 부족에 시달린다. 성난 아기들이 무덤을 맨발로 푹푹 밟으며 돌아다니기 때문이다―, 살인 마마들은 분명 살인마들이지만 다른 살인마들만큼 대우를 받지는 못한다. 그들은 다른 시대에 태어났더라면 살인하지 않았을지 모르고 그렇기에 그들의 영혼은 빛나는 '카인의 별'에서 오지 않았다.

그런데 왜 에일린 워노스가 여기 있지?

에일린 워노스는 시도 때도 없이 무덤에서 일어나 하늘로 총을 난사한다.

"내가 여기에 묻히다니!"

의리파 레즈비언 연쇄 살인마인 그녀가 거칠게 울부짖는다.

"22구경 리볼버로 남자 일곱을 쏴 죽인 내가, 이런 하찮은 살인자들 옆에 묻히다니! 단지 여자라는 이유만으로!"

살아서 억울했던 에일린 워노스는 죽어서도 원통하다.

그나저나, 여기?

정말 여기?

계집들이나 묻힌 여기?

그런 여자라도 여자는 여자이니 그 한가운데 의자왕처럼 눕고 싶다고? 제발, **더 나은 묫자리를 지향하라!**

만일 살인자들의 무덤에서 시위가 일어난다면,

이제 당신은 매표소를 지나 여자를 죽인 자들이 묻힌 A구역으로 들어갈 것이고, 바로 거대한 빌딩숲을 보게 된다. 지평선 끝까지 (전)애인/부인 살인자 전용 납골 빌딩이 뻗어 있다. 당신은 심심풀이로 하나를 골라 들어가본다. 아무 이름이나 대자 컨베이어 벨트에 유골함이 실려온다. 유골함 뚜껑에는 이렇게 적혀 있다. '분류: 배우자 살해'.

"형씨, 동그랑땡 가져왔어?"

상자에서 유령이 나와 묻는다.

"아니."

"아무도 나를 안 찾아와. 제삿밥도 안 줘. 썩을 것들."

바로 그가 가족을 죽였다. 그런데도 자기가 죽인 가족이 자기 제사상을 차리지 않아 화가 난다.

건물 밖으로 나오자 시위가 한창이다. (전)애인/부인 살인자 무리가 피켓을 들고 행진하고 있다. *1000인 합사가 웬 말이냐! 우리에게도 뼛가루 통을 한 통씩 달라! 1인, 1통! 1인, 1통!* 멀리 화장터에서 뼛가루가 섞인 검은 연기가 쉴새없이 피어오른다.

살인자들의 무덤 측은 방법이 없다고 말한다. 너무 많은 남자가 애인과 부인을 죽였다. 전 애인과 전 부인을 죽였다. 그들의 부모와 자매와 개를 죽였다. (전)애인/부인 살인자를 하나씩 묻기에는 땅이 부족하다. 그래서 20세기 이후에 입소하는 (전)애인/부인 살인자는 납골 빌딩을 이용해야 하며, 납골함 하나에 1000명이 수용된다. **우리도 사람이다! 인격적으로 대해달라! 1인, 1통! 1인, 1통!** 화장터에서 일하는 노인이 쓰레받기로 골분을 모으다 시위대를 돌아본다. 쓰레받기에 이 뼈, 저 뼈 섞인다. 노인은 대충 한 통을 만들고 나머지는 나무에 뿌리고 변기에 내린다. 노인은 이해할 수 없다. 왜 저들은 자신들이 통 하나를 차지할 만하다고 여길까? 그들은 희소성이 없다. 그들은 개인이 아니라 추세다. 남편이 아내를 죽이면 앵커는 말한다. "올해 들어 벌써 서른여섯번째입니다!" 관람객은 납골 빌딩숲을 잰걸음으로 지나간다. 기념사진 한 장 찍지 않는다. 어쨌든 그들이 유영철, 정남규는 아니지 않은가? **더 나은 묫자리를 지향하라!**

만일 살인자들의 무덤에서 묘터 선구입이 가능하다면,

유영철 무덤의 옆자리는 얼마나 비쌀까? 휴 헤프너가 구입한 매릴린 먼로 무덤의 옆자리보다 비쌀까? 왜냐하면 유씨는 살인의 수재, 살인의 왕이니까. 많이 죽였고, 잔인하게 죽였으니까.

관람객은 유씨의 무덤이 일찍 등장해 실망한다. 고만고만한 살인자들의 무덤을 지나 클라이맥스로 등장할 줄 알았는데 고작 A구역이라니! 그러나 여기서 유씨는 어려운 초등학교 산수 문제를 푼 고등학생일 뿐이다.

'주변에서 바로 찾지는 않는 여자'*의 목을 잠시 쥐었다가 놓는 일은 얼마나 쉬운가! 하물며 망치로 머리를 치는 일은 얼마나 더 쉬운가! 모기의 날갯짓을 따라 허공에 손뼉을 치며 돌아다녀본 적 있는가? 인간의 머리는 모기의 머리보다 수백 배 크다. 모기를 잡을 수 있다면, 인간의 머리통쯤은 일도 아니다.

모기와 인간은 다르다? 모기를 때려잡듯 인간을 때려잡을 수는 없다? 휴머니즘이라는 견고한 경계가 있다? 심장의 차가운 부분—노인이 오는 것을 보고 재빨리 엘리베이터 닫힘 버튼을 누르는 부분—을 지속 확장하고, 심장의 따뜻한 부분—서점에서 가장 헐한 책을 골라 사는 부분—을 지속 축소하면, 우리도 금세 유씨를 따라잡을 수 있다. 휴머니즘을 극복할 수 있다. 그래봐야 A구역, 여자를 죽인 자들의 구역. 멈추지 마라. 더 큰 꿈을 꾸어라. **더 나은 묫자리를 지향하라!**

---

* 흔히 대중매체에서 언급되는 '아무도 찾지 않는 여자' '가족도 찾지 않는 여자' 같은 표현이 불러일으키는 불필요한 비극성을 중화하고자 필자가 직접 개발한 표현으로, 향후 상기의 표현이 널리 퍼질 경우를 대비해 최초의 발원지가 여기임을 밝혀두는 바이다.

만일 살인자들의 무덤에서 무덤 하나를 파내야 한다면,

나는 총잡이의 묘를 고를 것이다. 미국 텍사스주와 달리 경북 영주에서 사람을 쏴 죽이면 나무위키에 이름이 등재된다. 대한민국에서 총은 과대평가되고 있다.

나는 총이 칼보다 구하기 어렵다는 이유만으로 우대받는 현실에 반대한다. 총에 씌워진 오라를 벗겨야 한다. 무기는 형식이며, 사랑, 거리, 집중의 문제다. 나는 칼을 옹호한다.

야마구치 오토야(이하 Y)가 풍채 좋은 일본사회당 위원장을 칼로 찔렀을 때, Y는 위원장의 몸속으로 거의 빨려 들어갔다. 위원장의 찢어진 복부 속으로 팔까지 쑥 들어가면서, 마치 유체 이탈자가 본래의 신체에 귀환하듯, Y는 상대의 몸으로 돌격했고, 순간 둘은 하나였다. 지독히 사랑하는 연인의 몸을 찢고 그의 몸안에 틀어박히고 싶어하는 것처럼 보일 정도로 둘은 하나였다. 칼은 그토록 돌진하고 몰두하며 틈이 없고 성의가 있다. 칼은 총처럼 멀찍이 떨어져 아님 말고, 하는 식으로 자기 보신하는 무기가 아니다. Y에 비하면 문세광(이하 MSG)은 얼마나 한심한가!

1960년 Y는 암살에 성공했고, 1974년 MSG는 실패했다. Y는 칼을 사용했고, MSG는 총을 사용했다. Y는 단상 위로 뛰어올라갔고, MSG는 단상 아래서 허둥댔다. Y는 쾅 부딪쳤고, MSG는 허우적대며 자신의 허벅지, 벽, 여자의 머리를 쏘았다. Y는 몰두했고, MSG는 요행을 바랐다. 총이니까, 쏘다보면 뭐 하난 맞겠지. Y는 남자를 죽이겠다고 하고 남자를 죽였고, MSG는 남자를 죽이겠다고 해놓고 여자를 죽였다. 그런데 어째서 MSG가 B구역, 남자를 죽인 자들이 묻힌 곳에 있는가? 나는 납득할 수 없다.

살인자들의 무덤 측은 명예직 운운한다. MSG는 어쨌든 남자를, 그것도 큰 남자를 죽이려고 했다. 여자를 죽였지만, 제법 큰 여자였다.

그러나 나는 의구심이 든다. MSG는 처음부터 남자를 죽일 생각이 없었던 것이 아닐까? 나, 남자 죽일 거요, 말만 해놓고 자신도 자신의 맹세를 믿지 못한 것이 아닐까? 봤죠? 나, 하긴 했어요, 결과야 어찌되었든 간에…… 식의 소시민적 예의바름! 당신은 그런 부류가 되고 싶은가? 남자를 죽이기로 해놓고 여자를 죽이는, 아버지를 때리고 싶지만 어머니를 패는, 영원히 하향 지원하는, 제발,

쥐겹다!
쥐꼬리만한 야심들!

나는 짜증을 내며 A구역을 벗어난다. 그리고 B구역 초입에 널린 홧김/술김 살인자들의 무덤을 지나, 토끼풀을 뜯어, 지존파(이하 JJ파)의 무덤에 바친다. JJ파는 B구역의 응달에 묻혀 있다.

크게 되고 싶었지만 크게 되지 못한 이들. 자신들이 정한 이름

으로도 불리지 못한 광산 노동자, 건설 노동자, 노름꾼, 전과자. JJ파의 본래 이름은 '마스칸'. '야망'이라는 뜻의 희랍어로 알고 지은 그 이름처럼 그들은 야망 찼고, 정신도 그 야망에 맞게 무장했다―지리산에서의 동계 살인 훈련 계획: 칼 한 자루, 물 한 병으로 버틸 것. 근데 부자를 몰랐다. 부자의 눈빛, 부자의 패브릭, 부자의 거주지 지리를 몰랐다. 그리하여 엉뚱한 사람만 죽이고 다녔다. 부자인 줄 알고 잡으면 부자가 아니었다.

그들의 재능은 다른 곳에서 발현되었다. 건설 노동 일로 익힌 기술로 사제 감방과 시체 소각로를 직접 만들었다. 누가 시체를 소각장 끝까지 밀어넣을 수 있도록 바닥에 레일과 롤러를 달자는 아이디어를 냈을까? 건물 밖에 난 송풍기 주변의 조적과 미장 솜씨는 훌륭했다…… 그러나 거기까지였다. 그들은 무능했다. 능력이 야심을 따라잡지 못했다. 야비했다. 실수를 인정할 줄 몰랐다. 부자인 줄 알고 잡았는데 부자가 아니었던 이들도 무르지 않고 모두 죽였다. 나는 그들을 연민하지만, 그들 옆에 묻히고 싶지 않다.

……그리고 당신은 B구역의 기라성 같은 살인자들의 묘를 차례차례 지나 마침내 가장 좋은 자리에 묻힌 자를 발견한다. 우리의 별 같은 영웅들, 야마구치 오토야, 마크 채프먼, 시르한 비샤라 시르한…… 그 끝에 그가 잠들어 있다. 퍼져 있던 시선이 집중되는 소실점, 소박하고 위엄 있는 나무 아래.

이제 처음의 질문으로 돌아갈 차례다. 당신은 어디에 묻히고 싶은가? 당신은 각오했을 것이다. 어차피 나도 죽는다. 죽을 거, 한 명 데리고 가리라. 어떤 한 명을 데리고 갈 것인가. 지옥 길 동반자로 택한 그 한 명에게 너의 온 존재를 걸어라. 모든 에너지를 폭발시켜라. 타협하지 말아라. 더 높고, 더 귀하고, 더 아름다운 묫자리를 지향하라.

나는 정했다. 나는 남자를 죽일 것이다. 모두가 죽이고 싶었지만 죽이지 못한 남자를 죽일 것이다. 그 남자를 죽인 사람은 B구역의 가장 넓고 양지바른 곳에 묻히게 될 것이다. 살인자 중의 살인자, 남자 중의 남자가 될 것이며, 감옥으로도 무덤으로도 팬레터가 날아들 것이며, 옥중 결혼뿐 아니라 옥중 재혼도 하게 될 것이다.

사람들은 이렇게 말할 것이다. 저 사람의 야심과 추진력과 철두철미함이었다면 여자 스물둘, '주변에서 바로 찾지는 않는 여자'라면 서른 명쯤은 일도 아니게 죽일 수 있었을 거라고. 그런데도 여자를 죽이지 않고 남자를 죽였으니, 대략 서른 명의 여자가 그의 손에 살아남아 오늘도 크고 작은 일상을 꾸리고 있는 거라고. 그는 할 수 있었지만 하지 않음으로써, 하지 않음을 베풂으로써, 결국 해버린 자들을 우습게 만들었다고. 이것이 진정한 살인의 마스칸이 아닐지. 신실한 벗으로서 당신께 요청하나니, 이 말을 기억할 것.

적의 수준이 곧 나의 수준이다.

당신의 구남 O

"레이디, 밑줄을 그으면 어떡해!"

나는 밑줄을 치지 않기로 약속하고 챕터 0에 이어 챕터 1을 읽을 수 있었다. 내가 챕터 1을 읽는 동안 사장은 내가 어디에 밑줄을 쳤는지 꼼꼼히 살폈고 보이는 내가 챕터 1을 넘기기만을 기다리며 에그 테이블에 기대 이케바나 화병에 꽂힌 꽃을 만지작거리고 있었다.

나와 보이는 수요일마다 도서관에 갔다. 도서관은 우리가 사장이라고 부르는 남자가 폐업 위기의 동네 책방을 인수해 만든 곳으로 밤에만 열고 이름만 도서관인 서점이었다. 사장은 책을 빌려주는 게 아니라 팔면서 이름은 도서관이라고 지었다. 우리는 사장의 작명을 우습게 생각했는데 쇼핑몰에 .org 도메인을 다는 것처럼 상업에 공익을 어색하게 끼워 넣은 것 같아서였다. 그러나 .org 쇼핑몰이 .com 쇼핑몰보다 기부를 더 하면 더 했지 덜 하지 않듯 도서관 서점이 서점 서점보다 인심이 넉넉한 것도 사실이었다. 지나가던 부랑자가 창문을 두드리면 사장은 창밖으로 와인을 따라줬다. "불란서에서는 겨울에 노숙자에게 도서관을 개방하지. 모름지기 도서관은 모든 시민에게 열려 있어야 하니까."

겨울이 오면 사장은 와인이 아니라 뱅쇼를 건넸다. 누구나 창문을 두드리면 따뜻한 술이 나왔다. "과일은 한살림. 팔각과 정향은 SSG." 뱅쇼 재료를 내려놓으며 사장이 말했다. "내 뱅쇼 만들 때도 같은 데 거 써. 내 입이라고 상질 쓰고 남의 입이라고 하질 쓰고 그런 짓 안 해. 사람 입에는 같은 걸 똑같이 넣자는 주의라. 동일 개구開口, 동일 퀄리티quality랄까?" 보이와 나는 노숙자의 입에 들어가는 술에 값비싼 유기농 과일을 쓰는 것이 몹시 아깝게 느껴졌다. 우리 것이 아닌데도 그랬다.

우리는 사장의 호의가 헤퍼서 싫었고, 그러느니 차라리 호의의 각을 좁혀 우리에게 더 큰 호의를 베풀어주길 바랐다. 사장이 창너머로 근사한 술을 건넬 때 우리는 우리의 것을 뺏기는 기분이었다. 그렇게 느끼기 싫었는데 정신을 차리고 보면 그런 기분이었다. 도서관에서 우리는 자주 우리 자신이 품은 마음 때문에 스스로 다쳤고, 초라해지지 않으려 무척 애를 써야 했다. 이러나저러나 사장은 부자였다. 책 판매에는 관심이 없고 우리에게 고급 와인을 공짜로 주었으며 서점의 가구도 모두 고가의 빈티지 제품이었다. 어떤 이들은 도서관에 들어오자마자 의자로 돌진해 앉아만 있다 갔다. 그들은 팔걸이를 쓰다듬으며 "이게 이런 느낌이구나……" 감탄하다 나갔다. 사장이 부어주는 와인을 얻어먹을 때, 우리도 그 의자에 앉아 마셨다.

우리가 사장이 펼치는 양대 공익사업(와인 보급과 의자 체험)의 최대 수혜자이기는 했지만 받기만 한 것은 아니었다. 사장은 "들어간 건 부추와 기름뿐인 싼 맛 나는 부침개"를 좋아했고 이렇게 말하곤 했다. "반드시 등가교환일 필요는 없어. 그래도 교환 자체는 중요해. 관계에서, 자존의 기초랄까?" 그래서 우리는 도서관에 가기 전에 여러 교회를 전전하며 '부침개 전도회'에 들렀다.

교회의 뜨거운 계단에 앉아 땀을 흘리며 어떻게 저게 가능할까 싶을 정도로 느리게 부치는 부침개를 기다렸다. 전도사는 부침개를 부치며 찬송하고 봉독하고 동성애를 혐오했다. 우리는 잠자코 들었다. 그리고 뒤집개에서 스티로폼 접시로 부침개가 흘러내리자마자 두말없이 돌아 나왔다. 그들이 우리를 붙잡아놓을 수 있는 시간은 부침개를 부치는 시간뿐이었다. 밤이 되면 나와 보이와 사장은 도서관에 모여 입에 묻은 부침개 기름으로 와인을 무지갯빛으로 더럽히며 책에 대해 이야기했다.

내가 「살인자들의 무덤」을 발견한 곳은 '벌거벗은 노트북에 스티커를!' 박스 옆에 있는 '자유투GO' 박스에서였다. "진짜 여기에 뭘 던지고 가는 사람이 있긴 있네." 나는 쪼그려앉아 박스에서 건져올린 구겨진 소책자를 건성으로 넘기며 말했다. 지하철에서 흔히 건네받는 종교 홍보물이었다.

"그 박스 무시하지 마." 사장이 말했다. 커피 내리는 소리가 들리더니 곧 도서관이 커피 향으로 가득찼다.

"국정원 직원도 가끔 와서 보고 가는 박스야."

사장이 입 모양으로 '커피?' 하고 물어 나는 고개를 끄덕였다.

"국정원?"

"응, 거기에 지금의 가장 급진적이고 미친 정신이 다 들어 있거든."

급진과 미친…… 나는 리플릿 사이에서 종이컵 두 개를 솎아냈다. 가장 흔한 것 중 하나가 혈서였다. 사람의 상상력이란 거기서 거기다.

"여기 있는 거 다 읽었어?"

내가 「나, 안달리 강박쵀의 아들, 시간 저항자, 비숙달 자기 색정질식unskilled autoerotic asphyxiation을 옹호하며」를 넘기며 물었다. 핸드폰 문자에서도 오탈자와 비문이 눈에 띄면 스트레스를 받는 사장이 웃으며 말했다.

"거기 있는 것들은 존재하는 데 의의가 있어. 읽을 순 없지. 문장이 엉망인걸."

"요즘 애들은 영화를 너무 봤어."

내가 안달리 강박쵀의 아들 도봉구 e.w.w의 글을 읽으며 말하자 보이와 사장이 꼰대라고 뭐라고 했다. 하지만 나는 자격이 있었다. 적어도 그 둘보다는. 보이와 사장은 서른둘이고, 나는 작년에 마흔을 지났다. '마흔을 지나다.' 나는 사람들이 우리 커플에게 나이를 물으면 그렇게 대답하곤 했다. 조리를 신고 동네 슈퍼마켓 앞을 터덜대며 스쳐가듯 생물학적 나이 차이도 그렇게 무심히 지난 다는 듯이.

보이와 나는 트위터에서 만나 연인이 되었다. 사장이 나를 레이디로, 애인을 보이로 부르는 이유는 우리의 트위터 네임이 각각 하드보일드 레이디, 콜드블러드 보이이기 때문이었다. 처음 만났을 때, 우리의 트위터 네임을 들은 사장이 눈썹을 치켜올리며, "저의 고등학교 시절 홀리 트리니티도 스티븐 킹, 대실 해밋, 트루먼 커포티였답니다"라고 했는데 우리는 무슨 말인지 몰랐다. 집에 가자마자 홀리 트리니티부터 검색해보니 성 삼위일체라고 나왔다.

간신히 이름을 외운 세 소설가의 책을 그후로 오랜 기간에 걸쳐 빌려 읽었다. 보이와 내가 운명이라면 그래서 운명이었다. B를 알면 A를 아는 게 당연한데 A도 모르고 심지어 B도 모른 채 마구잡이로 A와 B를 알아서, 그 알 듯 모를 듯한 상태에서 용어 C, 은어 D를 미리 꿔 쓰고 아주 오랜 시간에 걸쳐 갚아나가지만 여전히 모르기도 해서.

"……그게 대체 뭔 소리야?"

언젠가 사장이 웃어서 나도 웃으며 말했다.

"나라고 알간?"

"하여튼 자긴 엉뚱해."

하하하. 우리가 그렇게 찧고 까부는 동안에도 보이는 멍하게 있었다. 보이는 원래 말이 없다. 내가 "연하남의 과묵함에는 나이 차이를 상쇄하는 효과가 있다지?" 하고 놀려도 웃기만 할 뿐이었다.

"왜 밑줄 못 치게 해? 어차피 비매품 아니야?"

내가 「살인자들의 무덤」을 펄럭이며 말했다. 보이는 책을 보고 있었다. 서가에서 약간 떨어져 뒷짐을 지고 책을 보았는데, 그 거리 때문에 어렴풋이 부근만 알 수 있을 뿐 보이가 정확히 어떤 책을 보고 있는지 알기 어려웠다.

"혹시 모르잖아."

뒤에서 들려온 사장의 목소리에 보이의 몸이 굳었다. 사장은 보이를 집요하게 보고 있었다. 보이가 자리로 돌아오자 사장이 태연히 내 쪽으로 고개를 돌리며 말했다.

"우리의 구남 O가 정말 전두환을 죽일지. 그럼 「살인자들의 무덤」 값이 얼마나 뛰겠어? 근데 오늘 자기가 원본을 훼손한 거라고. 다행인 건 그날이 와도 내가 그걸 절대 안 팔 거라는 거지. 안 팔고 액자에 넣어서 기증."

"이게 전두환 얘기라고?"

내 말에, 사장이 어이가 없다는 표정을 지었다. 그러곤 '모두가 죽이고 싶었지만 죽이지 못한 남자'라고 적힌 문장을 짚으며 말했다.

"전두환 죽이러 가자는 얘기잖아."

"난 여자가 쓴 줄 알았는데?"

나는 서둘러 정정했다.

"여자라고 전두환을 못 죽이는 건 아니지만……"

"웬 여자?"

"여기."

나는 손가락으로 살인 마마들과 그들에게 살해돼 무덤을 뛰어다니는 아기 군단이 적힌 부분을 가리켰다.

"여자가 아니면 살인 마마에게 이렇게 관대할 수 없는데……"

사장이 핸드폰을 건넸다. 화면에 1999년 7월 22일자 동아일보 기사가 떠 있었다.

신창원 '전쟁' 상대는 전두환·노태우씨

신이 경찰 조사 과정에서 '그들에게 전쟁을 선포한다'고 밝힌 대상은 전두환 노태우 두 전직 대통령이었다. (……) 이 계획을 구체화하기 위해 (……) 서울 서대문구 연희동 일대를 한 시간 정도 둘러보았으나 경찰의 삼엄한 검문검색에 위협을 느껴 정확한 위치를 확인하지는 못했다.

신은 압수된 수기에 "죽어야 할 사람은 누구인가…… 1000명이 넘는 무고한 시민을 살해하고 학생들과 뜻있는 사람들을 고문한 힘있는 자들…… 아직도 자신들에게 잘못이 없다고 생각하는 그들에게 전쟁을 선포한다"고 적어놓았다.

"다들 한 번씩 담갔다 나오는 통과의례 같은 거구나, 전두환."

나는 연희동 골목을 쏘다니는 신창원을 상상했다. 전직 대통령을 죽이고자 골목길을 헤매고 다니는 신창원. 무슨 옷을 입었을까? 얌전하게 입었어도 목걸이는 포기 못했겠지. 멋쟁이였으니까. 그는 비장하게 걸으며 자신을 누구로 상상했을까. 폭탄을 품은 독립운동가? 트렌치코트를 입은 레지스탕스? 어쨌든 고독하고 정의롭고 (알고 보면) 복잡한 범죄자. 그의 내부에서 웅장하게 울려퍼졌을 웅대한 착각이 불쾌하기보다 민망했다.

"그거 알아?"

사장이 보이와 내가 가지고 온 책을 뒤적이며 말했다.

"예전에는 망상도 정치적이었어. 귀에 도청 장치를 달아났다, CIA가 감시한다, 그 정돈 했지. 자존심이 강했달까? 마스칸이 있었지. 적어도 자신을 정부가 도청하고 CIA가 감시할 만한 거물로 상상할 줄 알았지. 살인도 그래. 봐, 90년대까지만 해도 곧 죽어도……"

나는 범죄와 병을 자연스레 연결 짓는 사장의 태도가 거슬렸고 그래서 와인을 퍼마셨다.

"요샌 꿈들이 너무 작아. 요즘 애들이 살인에서 야심 부려봐야 뭐겠어, 아이돌 죽이기밖에 더 하겠어? 정신이란 게요, 사회의 공기를 직방으로 흡수해. 흔히 요새를 기대 감소 시대라고 하지만 내가 볼 때는 아니야. 기대 감소가 아니라 '오직 기대' 시대야. 기대만 하는 시대야. 태어날 때부터 팔짱 딱 끼고 이러는 거지. 저기, **엄마 아빠**가 그러는데, 세상이 나한테 뭘 좀 주기로 했다는데요? 그럼 세상은 이렇게 말하지. 죄송합니다만, 사은품 증정은 종료되었습니다! 세상은 주지 않아. 원래 그래. 그러면 세상에 대한 기대를 접어야 하는데 애석하게도 그러지 못하지. 그 결과 주지 않는 세상과 줄지 않는 욕망 사이에서 부대껴 미쳐 돌아가는 오탄 발사형 범죄자만 들끓게 된 거야. 그들은 정작 죽여야 할 사람은 못 죽이고 쓸데없는 사람만 분풀이로 잔뜩 죽이고 다니는 오탄 발사자들, 영원히 타깃 조준에 미스가 나는 잔챙이들이지. 재미없어. 요즘은 다 너무 잘아. 꿈도 잘게 품고 사고도 잘게 치고 죄도 잘게 짓고. 구남ㅇ의 말대로 적의 수준이 나의 수준인데 내 수준도 적의 수준도 동반 폭락한 거야. 간만에 세상을 뒤덮는 범죄 한번 보고 싶다! 파팽 자매 알아? 걔들과 지존파가 비슷한데 걔들도 일할 때 쓰던 식칼로 **주인**의 눈알을 도려냈거든?"

나는 말없이 사장을 보았다. 사장은 실컷 죽여놓고 자신이 죽인 것이 성에 안 차 화가 난 사람 같았다. 자신이 죽인 것도 경멸하고 그런 하찮은 것을 죽인 자신도 경멸하는 환멸에 찬 얼굴이었다.

사장은 다시 우리가 가져온 책으로 주의를 돌렸다. 언제부턴가 우리는 매주, 그 주에 읽은 책에서 가장 인상 깊었던 부분을 표시해 도서관에 가지고 왔다. 그리고 밤이 깊도록 사장과 그에 대한 토론을 했다.

우리가 공들여 책을 골라 토론거리로 가져온 까닭은, 사장의 이상을 실현하기 위해서였다. 사장은 과거 자신이 주최한 책 모임을 돌아보며 사람들의 수동성에 대해 짜증을 부리곤 했다.

"다들 그저 떠먹여주길 바라. 더 똑똑한 사람이 혼자 커리큘럼을 짜고 양질의 독서 목록을 제공해주길 바라. 독서는 그것과 정확히 반대로, 자치 정신을 기르기 위함인데."

그리하여 우리는 강제성 띤 자발성으로 매주 책을 가져왔고, 그것은 그것대로 괜찮았다. 그러나 보이는 사장의 은근한 장악을 싫어했다. "사장 새끼는 취지가 너무 많아 짜증나." 언젠가 보이는 말했다. 사장은 우리에게 어떤 책이든 상관없다고 말했지만, 우리는 늘 골치를 썩어가며 책을 골랐다.

보이와 나는 말하지 않아도 알았다. 부침개가 먹고 싶다면 부침개가 다 부쳐질 때까지 전도사의 이야기를 들어야 한다. 와인이라고 다를까. 우리는 책에 관해 이야기하기 시작했다.

사장이, 보이가 우리끼리 있을 때 "사장 새끼 책 점 치는 거 진짜 짜증나"라고 했던 바로 그 행동을 했다. 사장이 물었다.

"그래서, 이 책에선 어떤 부분이 제일 좋았어?"

보이는 그걸 '책 점'이라고 불렀다. 사장이 독후감을 빙자해 우리의 수준과 사연을 알아내려는 수작이라는 것이었다.

"점? 점쟁이, 할 때, 그 점?"

"어."

"사장이 왜? 우리가 뭐 특별하다고?"

"심심하니까."

"뭔 소리?"

"심심해서. 우리가 특별해서가 아니라 자기가 심심해서 그런 짓 하는 거라고."

나는 보이가 어리다고 생각했다. 사장이 우리에게 책에서 마음에 드는 장면과 구절을 물어 그것으로 우리의 내면을 부당하게 읽는다 한들 뭐 그리 대수냐 싶었다. 그러나 보이는 프라이버시에 예민했고, 보통 사람보다 프라이버시의 범위가 넓었다. 나는 정말 신경이 쓰이면 제대로 된 신호 대신 소음을 보내면 된다는 주의였다. 그러나 보이에게는 책에서 어디가 좋았다는 신호뿐만 아니라 대놓고 아무 말이나 하는 소음도 프라이버시에 속했다. 나는 사장이 책 점을 치면 바로 답했다. 보이가 딴짓하는 듯 보여도 사장이 책 점을 치면 피가 끓어오르는 것을 알았기 때문이다.

"여기."

내가 마이클 코넬리의 『라스트 코요테』267쪽에 붙은 포스트잇을 떼자 사장이 코를 박고 읽었다. 해리 보슈 시리즈의 하나인 『라스트 코요테』에서 주인공인 해리 보슈 형사는 삼십 년 전에 살해된 자기 어머니의 미해결 살인 사건을 조사중이다. 보슈의 어머니인 마저리 로우는 쓰레기통에 처박힌 채 시체로 발견되었다. 보슈는 단서를 얻기 위해 삼십 년 전 어머니 사건을 담당했던 형사인

제이크 매키트릭을 찾아간다. 그는 은퇴한 뒤 고향에서 조용히 낚시하며 살고 있다. 두 사람은 배를 타고 먼바다로 나가고⋯⋯

"아아, 여기!"

사장이 소리를 질렀다. 그리고 눈을 반짝이며 앞뒤를 발췌독했다. 불쑥 찾아온 해리 보슈. 그를 의심하는 전직 형사 매키트릭. 속없이 후배 형사가 찾아왔다고 기뻐하며 둘에게 낚시를 권하고 샌드위치까지 싸주는 매키트릭의 아내 메리. 조류를 따라 평화로이 흘러가는 배. 검찰총장과 포주와 부패 형사의 어쩌고저쩌고. 튀어오르는 돌고래. 보슈에게 겨누어진 매키트릭의 베레타 22.

"재밌는 델 골랐네."

끓어오르는 보이의 피. 나는 보이의 잔에 와인을 부었다. 그러곤 짠, 소리를 내며 잔을 부딪쳤다. 우리는 와인의 시간 아래 있었다. 보이가 와인을 한입에 털어 넣었다.

"뭐가 그렇게 재밌어?" 내가 물었다.

사장이 소리 내어 책을 읽기 시작했다.

"아 참, 잊은 게 있군. 메리를 실망시키고 싶진 않아."

그는 냉장 박스로 걸어가서 뚜껑을 열고 아내가 만들어준 샌드위치를 꺼내들었다.

"배고프지 않나?"

"안 고픈데요."

"나도 그래."

그는 비닐봉지 속에서 샌드위치를 꺼내어 뱃전 밖으로 던져버렸다. 보슈가 그를 지켜보며 물었다.

"제이크, 권총을 겨눌 때는 저를 누구로 생각했습니까?"

매키트릭은 아무 대답 없이 비닐봉지를 깨끗하게 접어 냉장박스 안에 도로 넣었다. 허리를 펴고 보슈를 바라보며 그가 말했다.

"몰랐어. 그냥 여기로 싣고 나와 저 샌드위치처럼 바다에 던져버릴 생각이었지. 남은 평생 동안 여기 숨어 살면서 누군가가 나를 죽이려고 보낼 사람을 기다리고 있었던 것 같아."*

"하나, 둘, 셋, 하면 말하는 거야."

사장이 장난스러운 얼굴로 보이와 나를 번갈아 보며 말했다.

"만약 당신이 살해당한다면, 누구에게 살해당하시겠습니까. 하나, 둘, 셋, 지금 바로 떠오른 그 얼굴을 말해!"

보이가 와인 잔을 뒤집었다.

"큭."

사장이 멋쩍게 웃으며 『라스트 코요테』 옆에 「살인자들의 무덤」을 놓았다.

---

* 마이클 코널리, 『라스트 코요테』, 이창식 옮김, 알에이치코리아, 2015, 267쪽.

"내가 오버하는 걸 수도 있지만, 오늘 이 두 글을 만났다는 게 운명 같지 않아? 저기 어디서," 사장이 서가 쪽으로 손을 휘저었다. "책의 신이 우리에게 이 둘을 내려준 걸 모르겠어?" 그러고는 자연스럽게 보이의 와인 잔을 다시 뒤집었다. 테이블 아래에서 새 와인을 꺼내려다가 책 뒤에 숨겨둔 와인을 가져왔다. 보이의 잔에 와인을 따르며 입 모양으로 '먹어봐' 하고 말했다. 보이가 독배를 마시듯 정말 비싼 와인을 들이켰고 그렇게 우리는 다시 와인의 시간으로 들어갔다.

"「살인자들의 무덤」이 장차 내가 누구를 죽일 것인가에 관한 글이라면, 『라스트 코요테』는 누가 나를 죽이러 올 것인가에 관한 글이잖아. 앞의 질문이 미래를 향해 있다면, 뒤의 질문은 과거를 보고 있지. 고향에서 조용히 낚시하며 은퇴 생활을 즐기는 전직 형사 매키트릭은 망망대해를 보며 끝없이 자문했어. 누가 나를 죽이러 올 것인가. 그건 죄를 묻는 질문이지. 내가 누구 손에 죽을지 상상하는 건, 내가 누구에게 죄를 지었는지 돌아보는 것과 다르지 않아."

사장이 천장을 올려다보았다.

"그런 상상 해본 적 없어? 일요일 밤에 재활용 쓰레기를 잘 분류해 버리고 가벼운 마음으로 뒤도는데 앞에 그 사람이 있는 상상. 보는 순간 아, 왔구나, 묘한 안도감이 드는. 그래, 다른 사람이 아니라 네가 나를 죽인다면 나도 인정, 쌈인정, 하며 편해지는 마음."

나는 사십 년 뒤에 보이가 사장을 찾아오면 사장이 그럴 줄 알았다며 신나 할지, 어이없어할지 궁금했다. "아아, 브루투스, 너라면 인정! 쌉인정!"일까, "어? 브루투스, 니가 왜?"일까.

보이는 그때도 말을 하지 않을 것이다. 속으로만 생각할 것이다. 너는 결국 책 점 때문에 죽는구나. 남이 책장에서 무슨 책을 보나 엿봐서, 함부로 남의 마음을 짐작하고, 수준을 가늠해서 그래서 너는 오늘 죽는다.

그때 나는 어디에 있을까. 똑똑똑. 천장에서 물방울이 떨어졌다.

"나는 상상이 아니라 진짜 왔어. 군대 후임이 칼을 들고 집 앞에 온 적이 있어."

보이가 어두운 표정으로 말했다.

그날은 눈이 왔다고 한다. 보이와 후임은 놀이터 벤치로 자리를 옮겼다. 두 사람이 앉은 자리 바깥으로 눈이 쌓였다. 칼을 쥔 피부가 찢어질 듯 얇고 빨간 손. 두 사람은 오랜 시간 이야기를 나누었다. 중간에 후임이 눈밭으로 칼을 던졌다. 마음이 약한 친구였다. 휴가 때면 친구들에게서 '죽을 각오로 한 놈만 죽어라 조져, 그래야 무시 안 당해, 한 놈만 딱 한 놈만' 같은 소릴 늘 들을 만큼. 보이는 자신이 그 '한 놈'이라는 사실을 모르지 않았다.

후임이 맥주를 사달라고 했다. 보이가 맥주를 사러 떠났다. 보이는 맥주를 사러 가며 잠시 눈밭의 칼을 보았으나 그대로 두었다. 멀리 차버리거나 집어 챙기지 않았다. 후임이 변심하여 다시 칼을 든다 한들 어쩔 수 없는 일이었다. 보이가 편의점에서 맥주를 사왔다. 그사이 그가 앉았던 자리에 얇게 눈이 쌓였다. 끝없이 내리는 눈. 후임은 여름 조리를 신고 있었다. 발가락 사이로 눈송이가 끼었다가 바로 녹아내렸다. 그래, 네가 나를 죽이면 나도 인정, 쌉인정……

"자긴? 자긴 누구야?"

사장이 웃는 얼굴로 나를 보며 물었다.

일요일 저녁, 나는 재활용 쓰레기를 분리수거한다. 페트병을 밟자 '콰직' 소리가 난다. 인간이란 참 이상도 하지. 왜 내가 내는 '콰직' 소리는 상쾌한데 남이 내는 '콰직' 소리는 짜증날까? 어이없어하면서도 손발은 부지런히. 캔은 여기, 종이는 저기. 분리수거를 마치고 가벼운 마음으로 이케아 가방을 메고 돌아서는데 그가 있다. 생전 처음 보는 사람. 내 과거, 내 잘못, 내 인생과 아무 상관 없는 사람이. 망치를 들고.

마이클 코널리는 매키트릭의 아내 메리가 샌드위치를 싸는 장면을 묘사하지 않았다. 그것은 나의 상상으로 메워야 한다.

메리: (기쁜 일이야! 남편에게 손님이 찾아오다니! 어제도 남편은 치통 때문에 잠을 설쳤어. 침대에서 조용히 일어나려 했지

만, 난 느낄 수 있었지. 하지만 닥터 브로더릭은 분명 남편의 이에 아무 이상도 없다고 했는데…… 우울증이 아닐까? 클로이 부인의 두통처럼. 아니지. 클로이 부인은 정말 뇌수술을 했지. 우울증이 아니라 머리에 진짜 문제가 있었어. 어쩌면 남편도 정말 이가 아픈 걸지도 몰라. 감자 샌드위치가 좋겠군. 햄은 질겨서 이에 무리가 갈 수도 있으니까. 하지만 손님도 으깬 감자를 좋아할까?)

샌드위치는 바다에 던져졌다. 남편은 아내의 샌드위치를 배 밖으로 던지며 말한다. 누구든 저 샌드위치처럼 바다에 던져버릴 생각이었다고. 나는 그런 구절을 읽을 때, 샌드위치가 된다. 보이와 사장은 참회하고, 보슈와 매키트릭은 추리하는데, 나는 샌드위치가 된다. 구남 O는 선언하고, 사장은 전두환을 발견하는데, 나는 샌드위치가 된다.

하드보일드 레이디가 뛰기 시작한다. 거대한 샌드위치가 그녀를 쫓고 있다. 바다 이끼에 뒤덮인 샌드위치. 무엇도 그녀를 붙잡지 못한다. 그녀는 점점 더 빨라진다. 무감해진다. 잔인해진다. 자유로워진다. 휙, 아내가 공들여 싸준 샌드위치를 바다로 던질 수 있는 사람이 된다. 휙, 잘린 머리를 구덩이에 던질 수 있는 사람이 된다. 머리 위에선 물방울이 영원히 똑똑똑. 하드보일드 레이디가 달리면서 고개를 든다. 천장이 길게 찢어져 있다. 터진 하늘에서 고개를 내민 여자들이 눈을 커다랗게 뜨고 눈물을 흘린다. 그 너머로 뒤집힌 무덤이 끝없이 펼쳐져 있다.

무릎을
붙이고
걸어라

카리타스 콘벤투알 베네딕토
우리는 하루를 잘 수 있고
파티마 파무칼레 카타콤
우리는 열흘을 잘 수 있다네

〈아이들의 기도〉 중에서

일 년에 한두 번, 더는 절대 아니고, '모후母后로부터의 통신'을
들었다. 동시 통역사의 목소리는 여전히 맑고 피치 높고 호소력이
있었다. 삼십 년 전과 똑같았다. 다만 시간이 흐를수록 통역이 능

숙해져 외국어와 한국어, 통역해야 할 말과 통역한 말의 간극이 줄었다. 이제는 말 그대로 '동시' 통역이었다.

이제, 라 해봐야 작년이다. 어제 나는 통역사가 바뀌었다는 것을 알았다. 어떤 젊은 여자가 더듬대며 모후의 말—을 통역한 외국어—을 한국어로 서툴게 통역하고 있었다. 출발어는 수다한데 도착어는 터무니없이 짧았다.

그래도 나는 '모후로부터의 통신'을 들으며 수백 개의 은박 돗자리가 반짝이는 광장을 상상할 수 있었다. 웃통 벗고 통곡하는 남자들과 그들의 빨갛게 탄 가슴도. 촌스러운 치마를 입은 여자들과 그들의 손가락 춤도. 그들 틈에서 초보 통역사는 식은땀을 흘리고 있을 것이다. 정말이지 모두 어제 일처럼 생생했다. 그렇게나 오래된 일인데도.

내 기억이 이토록 또렷한 이유는 한때 내가 율리의 전기를 쓰려 했기 때문이다. 내가 율리를 마지막으로 본 것은 초등학교 5학년 여름방학 때로 처음 본 것도 그때였다. 그로부터 십여 년 후, 다시 말해 지금으로부터 십여 년 전, 내가 막 서른이 되고 소록도에서 어떤 소년의 시체가 떠오른 해에 나는 율리의 전기를 쓰겠다고 다짐했다.

받아쓰기. 그게 내가 전기에 붙인 이름이었다. 이런 식이었다. 오늘은 잊지 말고 게으름 피우지 말고 율리를 받아쓰자, 받아서 쓰자…… 그렇게 말하면 정말 율리를 손에 받아든 채 글을 쓰는 것 같았다. 엄지공주 같은 율리를 손바닥에 올리고 소중히 여기며 글을 써나가고 싶었지만 잘 되지 않았다. 붙들고 있다가 놓고, 묵혔다가 다시 잡기를 수년, 결국 율리의 전기는 미완인 채 내 컴퓨터 한구석에 처박혀 있다.

나는 『아이들의 종교—율리의 영웅적 삶과 그 여파(가제)』의 화자를 복수로 설정했었다. '아이들'이 그것이었는데 예를 들어 아이들은 *자고 있지 않았다. 자기로 되어 있었지만 이런 말이 들리니 잘 수 없었다,* 같은 식이었다. 형식 실험 같은 것은 아니고 실제로 나는 율리를 아이들과 함께 만났고 그래서 율리를 생각하면 으레 그애들, 연락이 끊긴 오랜 친구들, 꼬마 M.R.이 떠오른다.

꼬마 M.R.은 매리지 리바이벌Marriage Revival에 참여하는 부부의 자녀를 일컫는 말이었다. '결혼 회생 모임'이라고도 불린 그 성당 모임은 우리가 대여섯 살일 때부터 시작돼 매주 토요일마다 열렸다.

우리 부모들은 젊은 시절 결혼생활의 위기를 겪었고 M.R.에 매달렸다. 그들은 토요일 저녁마다 돌아가며 한집에 모여 기도하고 울고 와인을 마시고 대화법을 배웠다. 그동안 우리는 방에서 보드게임에 열중했다. 일찍 자기로 되어 있었지만 이런 말이 들리니 잘 수 없었다.

"부부가요, 완전히 끝나면요. 끝난 척 서로 간 보는 게 아니라 정말 끝나면요. 어떻게 알 수 있게요?"

"싸우다가 방귀를 뀌었는데 웃음이 안 나오면 정말 끝난 거래요. 뽀옹, 했는데 피식 안 웃고 피곤한 얼굴로 하던 얘기 계속하면 그땐 정말 끝. 완전 끝."

거실에서 불안한 웃음소리가 터졌다. 우리는 오도카니 앉아 떠올렸다. 어땠더라? 아빠가 방귀 뀔 때 엄마 얼굴. 엄마가 방귀 뀔 때 아빠 얼굴.

신자들이 우리에게 유독 잘해주었던 것이 기억난다. 그때는 무슨 행사든 끝나면 봉사 단원이 백설기를 나눠주었는데 우리에게만 하나를 더 주었다. 우리는 밋밋한 단맛이 도는 따뜻한 백설기를 하나는 먹고 하나는 봉지째 돌리고 다녔다. 그러다 성당을 나오며 다 같이 쓰레기통에 버렸다.

그 무렵 우리뿐 아니라 모든 중상위층 가톨릭계 아이들과 많은 중하위층 가톨릭계 아이들이 해외로 성지순례를 떠났다. 어린이 성지순례단이 유행하던 때로 아는 집끼리 초등학교 입학 전부터 순례계를 부어 애들이 슬슬 말을 안 듣기 시작할 무렵—4, 5학년—방학 기간을 이용해 서유럽의 D나 P로 보냈다. 여행사 브로슈어에는 이렇게 적혀 있었다. 귀신 잡는 해병! 사춘기 잡는 성령!

우리는 동유럽의 시골 마을 M으로 갔다.

M도 D, P만큼 유명했지만 악명에 가까웠다. 교황청은 M을 공식 성지로 인정하지 않았다. 우리가 순례를 떠났던 해에는 M을 둘러싼 갈등이 더욱 들끓었는데 교황이 M이 속한 나라에 방문했기

때문이었다. 전 세계 신자가 긴장된 마음으로 교황을 지켜보았다. 그는 방방곡곡을 다녔는데 M 바로 옆 마을에 들러 축성하고 발길을 돌려 또다른 M 바로 옆 마을로 향했다. 교황은 M만 도려낸 듯 피해 갔다. 그는 마치 M의 땅을 밟지 않기 위해, M 외의 모든 땅을 밟기 위해, M을 부정하기 위해 거기 간 것 같았다. 신자들이 두 패로 갈라졌다. 이제 대다수 신자에게 M은 '사이비'였다. 소수에게 M은 버려졌기에 더욱 신성해졌다. M.R.은 소수파였다.

버려진 땅은 버려진, 혹은 자신이 버려졌다고 믿는 이들을 끌어당긴다. 버려졌다는 막연한 감각—하지만 누구로부터? 배우자로부터? 이혼을 인정하지 않는 가톨릭교회로부터?—이 우리 부모로 하여금 우리를 그곳으로 내몰게 했다. M을 향한 경멸과 열광이 들끓던 해, 우리는 그곳에 갔다.

어느 날 세 명의 아이 앞에 성모님이 나타나셨고 기후 위기를 걱정하며 피눈물을 흘리셨다. 그것이 M이 성지로 인정받아야 할 이유였지만, M에서 성모님이 흘린 피눈물은 인정받지 못했다. 우리가 머물 무렵 어디서나 분통을 터뜨리는 이들을 볼 수 있었다. 그들이 생각하기에 M이 공식 성지가 되지 못한 까닭은 서유럽이 아니기 때문이었다.

우리의 성지순례를 처음부터 끝까지 책임지며 인솔한 사람은 비오 신부였다. 그는 여행사가 중개해 우리 부모들이 후원한 젊은 신부로 한쪽 다리를 절었다. 호주머니에 넣고 다니던 묵주가 완전히 으깨질 정도로 큰 교통사고를 당한 적이 있다고 했다. 비오 신부는 본당이 아닌 가톨릭계 보호관찰소에서 사목했고 삼사 년에 한 번 휴가를 얻어 순례길에 올랐다. 우리 부모들이 경비를 댔고 대신 신부가 여행 기간 동안 우리의 영적이자 실질적 보호자 노릇을 했다. 어른들로서는 가이드 비용을 이중으로 내지 않을 수 있어 좋았다.

비오 신부는 성직자 겸 가이드로서 한 손에는 성물을, 한 손에는 스티로폼 상자를 들었다. 상자에는 김치가 들어 있었다. 연근조림, 깻잎무침, 오징어채볶음도. 그 어떤 성스러운 땅일지라도 애들 음식만은 한식을 먹여야 했기에 우리 부모들이 손수 만들어 보낸 것이었다. 멀리서 로만 칼라를 보고 존경의 눈인사를 던지던 외국인이 가까이 와서 김치 쉰내에 인상을 찌푸렸다. 비오 신부는 얼굴을 붉혔다.

M에서는 여행사의 현지 직원인 안젤라가 기다리고 있었다. 우리는 여행사가 빌린 독채에서 삼 주간 지낼 예정이었다. 그러니 문이 열렸을 때 우리가 놀란 것은 당연했다.

대머리 여자 뒤에서, 안경 여자가 고개를 빼고 말했다.

"찬미 예수님! 환영합니다!"

대머리 여자를 뒤에서 안고 있던 안경 여자가 팔을 풀고 앞으로 나와 비오 신부에게 악수를 청했다.

"안녕하세요? 안젤라예요."

두 사람이 인사하는 동안 대머리 여자는 인사도 없이 들어갔다. 나는 그렇게 젊은 여자가 머리카락이 없는 것을 그때 처음 봤다. 그녀가 율리였다.

"아뇨, 여기에."

안젤라 아줌마의 지시에 따라 비오 신부가 카펫이 깔리지 않은 맨바닥에 스티로폼 상자를 내려놨다. 아니나다를까 바닥에 곧 김 칫국물이 뱄다.

우리는 캐리어 손잡이를 쥔 채 거실에 서서 집을 둘러보았다. 중앙이 뚫린 이층집이었다. 일층에서 올려다보면 곧장 천장이 보였고 그 밑으로 이층 복도가 둘러져 있었다. 이층 복도 안쪽으로 방이 여러 개 있었으며, 그 방을 또다시 발코니가 감쌌다. 집은 원 세 개가 포개진 형태였다. 둥근 중앙을 이층 방이 감싸고 그것을 다시 발코니가 감쌌다.

"어, 거기."

안젤라 아줌마가 이층을 손가락으로 죽 그으며 말했다.

"거기가 너희들 방이야. 2인 1실. 말씀 뽑자."

안젤라 아줌마가 주머니를 벌려 쪽지를 뽑게 했다. 쪽지에는 방 번호와 우리 각자에게 '화두'가 되어줄 성경 구절이 적혀 있었다.

우리는 캐리어를 들고 계단을 올랐다. 이층 복도에서 내려다보니 거실에서 담소를 나누고 있는 안젤라 아줌마와 비오 신부의 정수리가 보였다. 거실은 텔레비전은커녕 소파도 없이 텅 비어 있었다.

방은 벽부터 이불까지 온통 하얗고 가구는 매트리스, 옷장, 장궤틀뿐이었다. 매트리스의 머리맡을 바로 붙여둔 벽에 돌을 깎아 만든 십자고상이 걸려 있었다. 우리는 방에 들어가자마자 일단 베개부터 옮겼다. 원래대로라면 발치였을 매트리스 끄트머리에 베개를 놓고 머리를 대고 누워 벽에 걸린 돌 십자고상을 바라보았다. 왠지 자다가 십자가가 머리 위로 떨어질 것 같았다. 머리통이 깨지느니 발이 으깨지는 편이 나으리라. 우리는 거꾸로 누워 발가락을 꼼지락대다 몸을 아치형으로 들어올렸다. 머리를 젖히자 세상이 반전되었다.

'악마 걸음.'

우리는 그것을 그렇게 불렀다. 당시 성당 주일학교 학생들 사이에서 영화 〈엑소시스트〉의 비디오가 돌았다. 우리는 눈을 까뒤집고 몸을 뒤로 젖혀 두 팔과 다리로 계단을 내려가는 주인공의 '악마 걸음'에 매료되었다. 성당에서 신부님이 자리를 비우면 너도 나도 몸을 뒤로 활처럼 구부려 금지된 성당 중앙 통로를 네 발로 질주하곤 했다.

우리는 먼 나라의 낯선 침대에서 괜스레 후굴 자세를 취했다가 털썩 내려왔다. 등에 올록볼록한 물건이 닿았다. 이불을 들추자 묵주가 나왔다. 지렁이색 나무 묵주였다. 우리는 얼른 냄새를 맡았다. 로사리오! 장미 묵주였다!

아래층에서 안젤라 아줌마가 부르는 소리가 들렸다. 계단을 타고 스팸 굽는 냄새가 올라왔다. 배추, 총각, 물. 식탁에는 총 세 종의 김치가 있었다.

우리는 M에서의 생활에 빠르게 적응했다. 숙소에서 걸어서 오분 거리에 있는 성당은 증축 공사중이었다. 성당은 그 자체로 거대한 예수상 같았다. 특히 밤이면 건물 전체가 가림 천으로 덮이고 타워크레인이 양옆으로 튀어나와 영락없이 팔 벌린 예수 같았다. 공사중인 성당을 대신해 성당 앞 광장에서 하루에 세 번 미사가 거행되었다. 새벽에 한 번, 오후에 한 번, 밤에 한 번. 우리는 두 번만 갔다(마지막 미사는 집에서 드렸다).

회색빛 푸른 새벽. 이슬에 젖은 잔디밭에서 첫 미사를 드리려는 이들이 제자리 뛰기를 하며 추위를 쫓고 있었다. 그들의 얼굴은 환히 빛났고 우리는 졸린 눈으로 그들을 멍하니 보았다. 우리는 은박 돗자리를 꺼내 깔고 앉았다. 엉덩이만 겨우 가릴 만큼 야박하게 작은 돗자리였다.

멀리 신부님의 손이 오르내렸다. 우리는 신부님의 말을 알아들을 수 없었다. 그러나 리듬은 알 것 같았다. 한가한 새벽 광장에 알 것 같은 기도의 리듬으로 알 수 없는 기도 소리가 울려퍼졌고 우리는 입을 벌려 안개를 들이마셨다. 안개는 영혼 같았고 갑자기 *성령으로 인하여 동정 마리아께 잉태되어 나시고* 하는 구절이 떠올라 입을 다물었다.

우리는 새벽 미사를 마치고 집으로 돌아와 아침을 먹었다. 아침 메뉴는 달걀, 베이컨, 호밀빵, 동치미였다. 묵주기도를 드리고 간식을 먹었다. 간식은 설탕 뿌린 누룽지튀김, 뱅어포, 무화과였다. 다시 묵주기도를 드렸다. 우리는 하루종일 식사와 기도를 반복했다. 우리의 하루 묵주기도 목표량은 100단이었다. 안젤라 아줌마는 우리의 손을 쓰다듬으며 말하곤 했다.

"성당 다니는 사람이라면 누구나 알아본단다. (성호를 그으며) 영광스러운 묵주 굳은살."

우리는 똥을 눌 때도 묵주를 가지고 들어갔다. 묵주 끝에 달린 십자가가 변기에 부딪혀 똥 떨어지는 소리와 함께 팅팅 울렸다.

우리는 오후 미사를 드리러 광장에 다시 갔다. 광장은 사막의 은색 기지 같았다. 뜨거운 태양 아래 수천 명이 모여 있었다. 그들이 깔고 앉은 은박 돗자리가 어마한 빛을 발했으며 그 빛은 하늘에서도 보일 듯했다. 미켈란젤로가 그린 〈아담의 창조〉 속 맞닿은 손가락처럼, 성모님이 발하는 빛에 화답하듯 지상에서도 돗자리 반사광을 모아 빛기둥을 우뚝 세우는 듯했다. 바로 그 돗자리 빛이 '성모 발현'이라는 착각을 일으키는 것이라고 과학적인 사람들은 말했지만 그 말은 우리의 영혼을 스치지 못했다. 사람들은 자기 엉덩이 밑에서 솟구치는 빛에 얼굴을 그을리며 눈을 감고 중얼댔다. 더위를 먹은 사람들이 일광화상을 입은 살갗의 껍질을 뜯으며 이상한 말을 하기 시작했다. 우리는 그들 주위를 날아다니는 '갈라진 혓바닥'의 귀여운 날갯짓을 보았다. 우리는 더위를 먹은 줄 모르고 더위를 먹었고 헛것을 보면서도 헛것인 줄 몰랐다. 우리는 오줌이 마렵지 않도록 물을 조금씩 마셨다.

미사는 두세 시간 동안 이어졌다. 저녁나절의 서늘한 바람과 함께 하늘이 온화한 오렌지빛으로 물들었다. 다들 지쳐갈 무렵 베이스 연주자가 제단 위로 뛰어올랐다. 그는 신부님 앞으로 슬라이딩해 무릎을 꿇고 헤드뱅잉을 하며 슬랩 속주를 선보였다. 신부님이 잠시 놀라더니 팔을 벌려 그를 환영하는 일이, 매번 반복되었다. 베이스 독주 뒤로 기타 독주와 드럼 독주가 이어졌다. 종교 제례의 록 콘서트화. 다시 열기가 끓어올랐다. 촌스러운 치마를 입은 젊은이들이 환호성을 지르며 우스꽝스러운 손가락 춤을 추었다. 우리는 그들을 멍하니 보며 앉은 자리 주변의 풀을 뜯었다. 베이스 연주자가 입은 티셔츠에는 찢어진 청바지 사진과 함께 'PRAY HARD'라는 명령이 적혀 있었다. 그가 헤드뱅잉을 멈추고 머리를 단정히 묶었다. 영성체 의식의 시작을 알리는 몸짓. 록 공연이 끝나고 진정한 핵심인 영성체 의식으로 들어가면서 광장은 대조의 힘을 받아 더욱 엄숙해졌다.

미사가 끝나자마자 우리는 달려나갔다. 이미 공원에는 긴 줄이 늘어서 있었다. 우리는 집으로 돌아가는 길에 공원에 들러 예수님을 보고 갔다. 예수님은 어디에나 계시지만 청동 예수님은 그 공원에만 계셨다. 우리는 줄을 섰고 비오 신부는 벤치에 앉아 눈을 붙였다. 우리는 우리 뒤에 몇 명이나 있나 연신 고개를 돌리며 까불댔고 '오늘의 돌'을 신중히 고르기도 했다. 우리 차례가 가까워오면 개다리춤을 추었다. 앗싸라비아 콜롬비아 닭다리 잡고 뜯어 뜯어 울고 있는 사람들 속에서. 청동 예수님은 점쟁이가 수정 구슬을 감싸듯 가느다란 손을 모은 자세였다. 우리는 파마 기계에 들어가듯 예수님의 손안에 머리를 끼워 넣고 외쳤다. *셀프! 안수! 파워!* 하하하. 우리는 웃기까지 했는데…… '병자를 고치시는 청동 예수님' 안에서.

그때 우리 부모는 젊었고 우리에게는 소아암에 걸려 링거 바늘을 머리에 꽂은 아픈 형제도 없었다. 언젠가 우리 자신이 아프리라고는, 기억보다 훨씬 근사해 보이는 '병자를 고치시는 청동 예수님'의 사진을 지갑에 넣어 다니리라고는 상상조차 하지 못했다. 그래서 아픈 사람들, 아픈 사람을 사랑하는 사람들 앞에서 개다리춤을 출 수 있었다. 그리고 리어카에서 산 구운 옥수수 알맹이를 뱉으며 담벼락을 그림자로 물들이며 집으로 돌아왔다. 자기 팬티는 자기가 빨았다.

이것이 M에서 지낸 우리의 '공식' 일정이었다. M에서는 하루가 단출하고 진했다. 일정이라고 해봐야 미사와 기도뿐이었지만, 그 일을 아이는 물론 어른도 소화하기 힘든 강도로 해내야 했다. 어쩌면 아이였기에, 어릴 적에는 말도 안 되게 긴 공룡 이름을 손쉽게 외우는 것처럼, 학대에 가까운 M에서의 생활을 견딘 것인지도 몰랐다. 아이 때는 하나에 미칠 줄 아니까.

취침 시간이 되면 남아의 이마에는 비오 신부가, 여아의 이마에는 안젤라 아줌마가 굿나잇 키스를 해주었다. 불이 꺼졌다. 우리는 아래층에서 들려오는 소리에 귀를 기울이며 힘차게 골반을 들어올렸다. 고개를 젖히자 세상이 뒤집혔다. 발코니의 빨래가 거꾸로 휘날렸다. 어느덧 어른들의 말소리와 그릇 부딪히는 소리가 사라지고 아래층이 침묵에 잠겼다. 우리는 일어나 창문을 열었다. 차가운 밤바람과 시끄러운 귀뚜라미 소리가 밀려왔다. 우리는 창문을 넘어 발코니로 나갔다. 이불을 두른 작은 몸들이 갓 짠 치약처럼 창문에서 흘러나왔다.

율리는 발코니 난간에 기대 성당 – 예수님을 보고 있었다. 어둠 속 성당 – 예수님은 조명을 받아 희미하게 떠 있었다. 우리는 어디서나 예수님을 발견할 수 있었다. 구름 – 예수님, 이끼 – 예수님, 무지갯빛 국 기름 둥둥 – 예수님. 우리는 아주 어릴 적부터 성당에 다녔고 모든 사물에서 예수님을 뽑아낼 줄 알았다. 우리의 어린 시절은 성모님이 가짜라는 '교회 애들'과 벌이는 성전의 연속이었다. 그런 우리가 율리를 알아보지 못할 수는 없었다. 우리는 처음 본 순간부터 율리의 정체를 알아차렸다. 율리가 대머리가 아니라면, 그러니까 탈모나 항암치료로 머리카락이 저절로 빠진 게 아니라면, 율리는 우리가 익히 아는 가톨릭 **구전설화** 속 인물일 수밖에 없었다.

　매일 밤 율리는 발코니에서 머리를 밀었다. 우리는 어른들이 잠들면 율리에게 갔다. 율리의 발치에 앉아 삭발식을 지켜봤다. 율리는 겁박하는 간수처럼 한 손으로 자신의 머리통을 꽉 잡은 채 다른 손으로 머리를 삭삭 밀어나갔다. 사실 더 밀 머리도 없었다.

　"너희 너무 안 자."

　율리가 말했다.

　"아닌데……"

　율리의 핀잔에 우리가 기어들어가는 목소리로 말했다.

　"아니긴 뭐가 아니니. 너희 거의 안 자잖아. 한 시간은 자나 모르겠다."

　"아닌데…… 정말 아닌데…… 우리 많이 자는데……"

　"오늘은 자자. 응?"

　면도기에서 흘러내린 거품이 바닥에 떨어져 순식간에 사라졌다.

　"오늘은 자고, 내일 해. 내일 하자."

　우리는 말없이 버텼다.

　"싫으니?"

　우리는 말없이 버텼다.

　"알겠다."

　그걸로 끝이었다. 율리는 자신의 주장을 쉽게 내던졌다. 누가 자신을 꺾으려는 낌새만 보여도 바로 꺾였다. 자신을 꺾으려는 사람보다 꺾이지 않으려는 자신의 의지가 더 끔찍하다는 듯이 즉각 수동적이 되었고 우리는 우리 마음대로 할 수 있는 만만한 율리가 좋았다.

우리는 개다리춤을 추며 주먹 박수를 쳤다. 아래층에서는 절대 들릴 리 없는 주먹 박수 소리, 주먹 마디가 탓, 탓, 부딪히는 소리가 잠시 솟았다 꺼졌다. 우리는 공원에서 주워온 '오늘의 돌'을 꺼냈다. 패가 돌았다. **일장일석**─疊─石. 트럼프 카드가 바람에 날아가지 않도록 우리는 카드를 돌로 눌렀다.

우리는 매일 밤 발코니에서 카드를 쳤다. 카드에 미쳤었다. 패가 돌고 부모님의 선물값이 돌고 잠에 취한 아이가 한참 후에야 '원 카드……' 하고 외쳐도 카드 노름에 혼을 뺏긴 우리는 행복했다. 우리는 입에 주먹을 박은 채 환호성을 질렀다.

몇몇 아이들은 끝내 포커 규칙을 이해하지 못했다. 나머지 아이들이 원카드 게임이 시시하다며 '멍청이들'을 버리고 포커 게임으로 옮겨 타자고 말해도 율리는 단호히 원카드 게임에 머물렀다.

아이들이 하나둘 카드를 떨어뜨리며 의자 팔걸이에 다리를 걸치고 잠들면 비로소 율리의 강론이 시작되었다. 오직 잠들지 않은 아이만이 율리의 말씀을 들을 수 있었다.

"왜 포프가 우리를 미워하냐고?"

율리가 말했다.

"M이 서유럽이 아니어서? 동유럽의 시골 마을이라서? 아니. 기후 위기라는 성모님의 메시지가 너무 정치적이어서? 아니. 교회가 두려워하는 것은 M이 아니라 마리아야. 갈수록 세력을 넓혀가는 마리아 파워야. 앞으로 교회는 M이든 어디든 성모 발현 성지를 인정하지 않을 거야. 2033년이 되면 말이지."

자던 아이들이 눈을 번쩍 떴다. 아이들도 예언을 즐길 줄 안다.

"바티칸에서 성물 크기 제한령을 선포할 거야. 그러면 성당 반장이 줄자를 들고 다니며 모든 신자의 집에 방문해 성물 크기를 잴걸? 그리고 예수상보다 큰 성모상은 압수해갈 거야. 무슨 말인지 아니?"

우리는 알았다. 우리 각자의 집에도 대형 성모상이 있었다. 동양적인 동그란 얼굴을 한, 유명 조각가가 만든 대형 성모상이 유행하던 때였다. 비싼 성모상인 만큼 대개 거실의 가장 좋은 자리를 차지했다. 어느 날 가정방문을 나온 신부님이 혼잣말하듯 말했다. "성모님이 너무 크시다…… 다들 성모님만 너무 크셔……" 그때 그는 성모상이 아니라 텔레비전 위에 걸린 작고 헐벗은 십자고상을 보고 있었다.

그 외에는 온통 이해하지 못할 말이었다. 율리는 여러 신기한 이야기를 들려주었다. 우리는 뜻 모를 사도신경을 토씨 하나 틀리지 않고 외우던 실력으로 율리의 말을 일단 외웠다(지금은 반대다. 이해는 하는데 암기가 안 된다). 우리가 부모를 원망하자 율리가 말했다.

"맞아, 어른들은 나쁜 짓을 해. 너희의 가슴을 찢어놔. 하지만 슬퍼 마. 억울해 마."

우리는 위로를 받는 데 익숙했다. 부모 흉을 실컷 보면 누구든, 자신이 우리 부모보다 나은 부모라는 기분에 취한 그 누구든 우리를 가엾게 여겼기 때문이다. 그러나 이어진 율리의 말은 예상과 달랐다.

"너희는 클 거야. 자랄 거야. 그럼 너희도 다른 사람의 가슴을 찢어놓을 수 있어. When I was a child, I used to talk as a child, think as a child, reason as a child; when I became a man, I put aside childish things. 어릴 적의 일은 뒤로하고. 우리는 죽는 날까지 죄의 항상성을 향해 나아간단다."

동이 트고 있었다. 멀리 한 남자가 광장으로 의자를 날랐다. 의자는 전날 구멍이 팬 자리에 다시 박혔다. 이제 곧 아래층에서 어른들이 깨어나고, 첫번째 미사가 시작될 참이었다.

*

당신도 **말의 시간차공격**을 당하는가? 나는 요새 자주 말의 시간차공격을 당한다. 오래전에 들은 별것 아닌 말이 멀쩡히 몸을 돌아다니다 갑자기 내장을 찢는다. 그러면 나는 시간차공격을 당한 배구 선수처럼 속수무책이다. 상대편 공격수가 뛰어서 나도 뛰었는데, 어느새 공격수는 사라지고 발이 땅에 닿는 순간, 다음 공격수가 스파이크를 때려넣는 것 같다. 말의 강타. 나는 그저 당할 뿐이다. 도끼날 아래 장작처럼. 게다가 배구와 달리 말의 이차 공격은 수년, 심지어 수십 년 후에 비로소 시작되기도 한다.

처음에는 남이 나에게 했던 말 때문에 잠을 이루지 못했다. 무색무취였던 말이 뒤늦게 악취를 풍겨 때늦은 앙심을 품게 했다. 그러다 다행히―계속됐다가는 유치원 시절 문방구 아주머니를 수소문해 칼을 들고 찾아가게 된다―점차 내가 남에게 했던 말 때문에 괴롭게 되었다.

그러나 시간은 오묘하다. 오묘하게 치사한 것이다. 분명 내가 남에게 한 악담인데 마치 내가 들은 악담처럼 느껴진다. 과거로 돌아가 이번에는 내가 상대가 되어, 어린 내가 하는 나쁜 말을 꼼짝 못하고 듣는 것이다. 내가 한 말에 나 자신이 상처받는 격으로―오, 몹쓸 중년이여, 거지같은 회상이여―그러니까 이런 말, 어린 시절 우리가 우리 부모에게 했던 말, '엄마 아빠가 성불구여서 우리가 이 모양 이 꼴이 된 거라던데요?' 같은 말 말이다.

어쩌면 당신은 '성불구'라는 말을 모를지도 모르겠다. 온전치 못하다는 뜻의 불구는, 부정적인 일을 비유할 때 쓰이기도 했지만 어쨌든 오래전에 사용이 끝났다. 어렸을 적에나 듣곤 하던 말이다. 게다가 '성'불구라니! 지금에야 부부지간의 섹스리스가 흉이 아니지만 '제2의 킨제이 보고서'라고 불린 「21세기 인간의 성행동: 성 불황에서 성 가뭄으로Sexual Behaviors in the 21st Century: From the Sex Recession to the Sex Drought」가 발표되기 전까지 섹스리스, 특히 육 개월 이상 지속되는 부부의 비성교 상태는 병까진 아니더라도 어떤 결여를 의미했다. 그때는 모든 부부에게 행복한 성생활이 기대됐다. 설사 인생이라는 현장 연구를 통해 즐겁고 영속적인 섹스 라이프 따위 누구도 못 누리고 산다는 걸 알더라도 머릿속에 들어앉은 이데아 속 부부만은 구름 위에서 신나게 뒹굴고 있었다. 그 성적으로 성왕한 가상 커플이 섹스리스 부부들을 괴롭혔다.

무언가 빈 느낌. 그게 뭔지는 모르지만 여하간 있어야 할 것이 없는 느낌. 공허감. 그렇게 섹스(리스)가 부부 생활의 모든 공허와 결핍을 떠맡았고, 그토록 무거워진 섹스가 제대로 가동될 리 만무했다. 더군다나 우리 부모들은 90년대에 가톨릭교도로서 신혼생활을 해야 했다. 그들은 혼전 순결을 철저히 지켰고 그것이 불러올 후폭풍, 오랜 기다림 끝에 찾아올 지고의 쾌락—매스미디어에 따르면 다들 이미 누리고 산다던—을 기대했건만 정작 마주한 것은 엉성하게 삐걱대는 뻣뻣한 육체와 바싹 마른 덤불 두 개였다.

왜 성 프란치스코는 장미 가시 위를 구른 걸까? 무엇을 끊으려고? 우리는 무엇을 기대한 걸까? 섹스는 머릿속에서만 걸쭉하게 빛날 뿐 몸으로 내려오자 그저 당황스럽고 어색할 뿐이었다. 우리의 부모는 승인 도장을 받았다. 혼인이 성사되었으니, 이제 하십시오! 쾅, 쾅, 쾅. 신의 승인을 받은 부부는 그러나 뻣뻣이 굳어 눈만 멀뚱댈 뿐이었다.

그러자 이번에도 교회가 팔을 걷어붙이고 나섰다. 교회는 부부를 〈부부 생활 리서치 The Good Sex Guide〉의 세계로 몰아넣었다— M.R.에 가입해 가장 먼저 해야 할 일은 〈부부 생활 리서치〉 비디오를 사는 것이었다. 성적 냉담자인 그들은 갑작스러운 신의 변심에 충격을 받았다.

(율리에 따르면, 이 같은 성적 금기의 돌연한 붕괴, 확 트임, 콸콸 흘러넘침, '저스트 두 잇'은 여전히 혼전 순결을 공고히 하기 위함이다. 교회는 말하고 있는 것이다. '여러분, 오래 기다리셨습니다! 다 함께 카운트를 외쳐봅시다! 쓰리, 투, 원! 자, 이제부터 하십시오! 마구 하십시오! 막 하십시오! 인내의 과실을 따먹으십시오! 느끼십시오! 누리십시오! 그리고 인정하십시오! **기다림**이 최고의 전희였음을!')

기다림은 무가치했다. 약속의 땅은 오지 않았다. 그러나 이제 교회는 출산의 신성함을 말했다. 가장 자연스러운 마찰로 아기를 품을 것. 그리하여 우리 부모들은 동정녀 마리아께 울며불며 매달렸다. 울면서 「성가정을 위한 성생활」을 탐독했다. 체위 사진 아래 적힌 문장을 손으로 짚어나가며.

부부여, 육적으로 해방되어라!

어느 여름밤의 M.R. 모임이 떠오른다. Q 아줌마가 사람들의 주목을 받으며 조용조용 말하고 있었다. Q 아줌마는 두상이 정말 작았는데 보통의 머리를 줄였다기보다 수아르족이 허리춤에 두르고 다니던 쪼그라뜨린 적의 머리통을 키운 쪽에 가까웠다. 그 기묘하게 작아 우아한 머리통을 연신 흔들며 Q 아줌마가 바캉스로 놀러 간 계곡에서 겪은 일을 이야기하기 시작했다.

"그 계곡이 안 그랬거든요, 제가 불자일 때만 해도요."

Q 아줌마가 개종한 사이 계곡도 개변했다. 과거 신성한 기운을 내뿜던 계곡은 영험함을 잃고 물길을 따라 평상이 줄줄이 놓였고 그 위에서 사람들은 술을 마시고 화투를 치고 배를 까고 한숨씩들 잤다.

Q 아줌마는 계곡의 세속화에 대한 반발로 닭볶음탕을 시키지 않았고 결국 평상이 아닌 평상 밑 축축한 진흙땅에 돗자리를 깔고 앉아야 했다. 돗자리에서 뒤돌면 평상 다리 사이에 처박아둔 음식물 쓰레기가 보였다. 거기서부터 Q 아줌마 가족이 앉은 방향으로 음식물 쓰레기 국물이 흘러내려 땅을 얇게 파며 악취의 작은 도랑을 만들었다. 물컹한 돗자리 아래서 김칫국물 섞인 흙탕물이 찍찍 올라왔지만, Q 아줌마는 등을 꼿꼿이 세우고 와인을 마시며 계곡을 감상했다. 한낮의 계곡은 어둡고 물가의 아이들은 입술이 파랬다. 아이들은 번갈아 서로의 머리를 물속으로 집어넣었고 겁이

많은 아이는 끝내 산기슭의 나무뿌리를 놓지 못했다. 족구를 마친 남자들이 계곡으로 뛰어들었고 너른 바위에 기어올라 대자로 누웠다.

"우리 형제님 다리는 안 그러거든요? 근데 그 남자들은 다리가 아주 징그러웠어요."

Q 아줌마가 치를 떨며 M.R. 부부들을 향해 말했다. Q 아줌마가 말한 '형제님'은 그녀의 남편으로, 성당에서는 그렇게 부르기도 한다.

"밤이 되자 남자들의 징그러운 다리에 여자들의 상스러운 다리가 얽혔어요. 초저녁부터 사람들이 평상에서 춤을 췄어요. 모기장까지 걷어 올리고 춤을 막 춰대는데 누가 누구 마누라고 누가 누구 신랑인지도 모르게 막 붙었다 떨어졌다 비벼대고 저흰 너무 놀라가지고 관광버스에서 그런 짓을 한다는 얘기는 들었지만 막상 보니 너무 놀라고 충격을 받아서 소리쳐야 하는데 여기 애가 있다고 애가 보고 있는데 무슨 짓들이냐고 소리쳐야 하는데 너무 놀라서 몸에 힘이 하나도 안 들어가고."

Q 아줌마는 트로트 음악에 맞춰 열정적으로 춤추는 사람들을 응원했다.

'더 뛰어, 제발, 더 뛰어.'

평상에서 물놀이에 지친 아이들이 자고 있었다. 어른들의 쿵쾅대는 발이 아이들의 몸을 아슬아슬 비켜갈 때마다 Q 아줌마는 아쉬워했다.

'그냥 밟지. 그냥 애 배를 콱 밟아버리지.'

하지만 댄서들의 스텝은 능수능란했고 Q 아줌마는 자신의 악독한 바람에 놀라 계곡으로 시선을 돌렸다. 새가 물에 부리를 담그고 있었다. 등뒤에서는 지옥이 펼쳐지고 있는데 자연은 고요하기만 했다.

사람들이 평상에서 내려와 군무를 추기 시작했다. 이랴, 이랴, 말 모는 소리를 내며 서로의 허리를 잡고 엉덩이에 얼굴을 박고 스모 선수처럼 다리를 크게 벌리며 돌았다. 잠에서 깬 아이가 어른들의 군무를 멍하니 바라보았다.

"우연히 딸애를 버스에서 본 적이 있어요. 애가 버스 바닥에 주저앉아 울고 있었어요. 모르는 여자의 무릎을 안고 울고 있었어요. 무서워요, 너무 무서워요, 아줌마가 지옥에 갈까봐, 나는 너무 무서워요, 미니스커트를 입어 훤히 드러난 무릎을 안고 외치며 울고 있었어요. 여행을 마치고 집에 온 날부터 나는 여행 가방을 끄르지도 못하고 누워만 있어요. 우리 형제님도 충격을 받았는지 밤에 돌아다니질 않나 수풀을 뒤지지를 않나 가정이 엉망이 되었어요. 관광버스에서 그런 짓을 한다는 이야기는 들었지만 막상 보니 너무 놀랍고 무서워서……"

아직도 그 밤의 가여운 열기가 생생하다. 우리 부모들은 토요일 밤마다 모여 섹스 이야기를 했다. 섹스 이야기만 했다. 다른 이야기인가 싶다가도 잘 들어보면 섹스 이야기였다. 미친 듯 그 짓 얘기만 했다. 새빨간 눈으로 밤새 섹스 얘기를, 그것도 잘 안 된단 얘기를 줄창 했다. 슬프리만큼 에둘러서.

우리가 그들의 우회 화법을 온전히 이해한 건 아니었다. 심지어 그들 자신도 자신들이 무슨 말을 하고 있는지 알지 못했다. 그러나 방문에 등을 대고 엿들을 때 아랫도리가 저릿하던 감각과 수시로 들락날락하던 화장실에서 쪼르륵, 한 줄기 겨우 나오던 가느다란 오줌 줄기를 기억한다.

몸을 축 늘어뜨린 우리를 업고 반들반들해진 얼굴로 의기양양하게 새벽길을 걷던 우리 부모들. 그들은 마치 한 것 같았다. 한 것보다 나았다. 그들은 확신했다. 우리는 정상이야, 우리는 이상하지 않아, 목석도, 임포도 아니야, 우리도 남들처럼 살 줄 알아, 즐길 줄 알아, 아니라면 어떻게 이런 얘길, 섹스 얘길 내놓고 할 수 있겠어? 가여운 성불구자들……

그들은 끝내 '몸으로 대화하는 법'을 익히지 못했다. 그들은 부끄러웠다. 사실은 내내 부끄러웠다. 서로 몸을 만지려 하면 와락 웃음부터 터졌고 마구 웃다가 돌아누워 두려운 얼굴을 감췄다. 그들은 자신들의 수줍음에 수치심을 느꼈고, 그 수치심이 몸을 묶었다. 신이 그들의 어떤 부분을 영원히 분질러놨던 것이다. 그리하여 그들은 소망했다. 다시 금지해주기를. 신이 다시 한번 그들의 쾌락을 금지해주기를. 기쁘게 복종할 수 있도록.

*

"언니는 얼마 줬어요?"

우리가 물었을 때, 율리는 우리에게 카드에서 딴 돈을 돌려주고 있었다.

"수억 깨졌죠?"

정말 수억일 수도 있었다. 우리 부모들은 우리를 M에 고작 삼 주 보내는데도 오랫동안 곗돈을 부어야 했다.

"언니도 단체 할인 받았어요? 우리는 받았어요. 엄마가 그러는데 그래도 우리는 정말 싸게 잘한 거래요."

우리라고 마음이 편한 것만은 아니었다. 부모가 어렵사리 돈을 모아 힘들게 성지순례를 보내줬는데 밤새 카드나 치고 앉았으니 괴로웠다. 하느님도 벌을 내리실 것 같았다. 우리는 하느님이 자고 있는 비오 신부를 쥐도 새도 모르게 죽일까봐 카드를 치다 말고 아래층으로 내려가 신부의 코밑에 손가락을 대다 오곤 했다.

"우리집 잘살아. 부자야."

율리가 말했다.

그즈음 우리는 율리에 대해 몇 가지를 더 알게 되었다. 안젤라 아줌마에 따르면 일단 율리는 고아가 아니었다. 암에 걸린 것도 아니었다. 게다가 부모가 그녀를 사랑한다는 것, 사랑하기에 이곳으로 보낼 수밖에 없었다는 것, 율리가 자꾸 마약 갱생 공동체로 도망치려 한다는 것, 그러므로 율리가 혼자 집밖에 나가려고 하면 어른들에게 꼭 알려야 한다는 것 등등.

"율리, 마약 해요?"

"아니."

"그런데요?"

안젤라 아줌마가 입술을 삐죽대며 말했다.

"마약중독자 정도는 되어야 자기랑 체급이 맞는다는 거겠지. 죄의 체급이."

안젤라 아줌마가 우리를 쓰다듬었다.

"있잖니, 사람이 응? 너무 내 탓이오 내 탓이오, 하잖아? 그것도 꼴사납다. 자기를 미워하는 짓 같지만 실은 자기가 좋아 죽겠는 짓거리거든. 나중에, 아주 나중에 무슨 말인지 알게 될 거다. 그러니 우리는 손 씻고 저녁이나 먹자."

우리는 순례가 다 끝나갈 무렵에야 율리의 '내 탓이오'에 얽힌 사연에 대해 알게 되었다. 율리는 자신의 이야기에서 가장 중요한 것, 듣는 이의 마음을 뒤흔드는 것, 알고 나면 이전 것들이 바뀌는 것, 그 비장의 핵核을 맨 마지막에 배치했다. 한때 그것은 이야기의 효과를 노린 것으로 생각되었지만, 어느 순간 우리 눈에는 어른으로 보였던 율리도 그래봐야 갓 스물을 넘긴 나이였으므로 단지 죄를 고백하기가 무서웠을지도 모른다고 생각하게 되었다.

밤하늘을 보며 강론하던 율리. 율리는 우리의 영혼에 항구적인 영향을 끼치려는 듯 세고 크게 말하지 않았다. 한참 후에야 깨닫게 되는 신발 속 모래처럼 조곤조곤 말했다. 가청한계를 겨우 웃도는 그 작지만 끊임없는 소리에 우리는 완전히 잘 수도 깰 수도 없이 몽롱하게 홀렸다.

"너희가 열둘?"

"열둘."

"열둘이면 몇 학년이지?"

"5학년."

어느 날, 율리가 우리의 나이를 물었다.

"5학년이면 육칠 년 남았구나. 실앗이기까지."

우리는 가만히 있었다. 율리가 설마, 하는 눈으로 물었다.

"너희 실앗이기, 알지?"

"아아! 시라시기! 난 또 뭐라고!"

한 아이가 큰 소리로 말하자 다들 아, 아, 그거, 하고 아는 체했다.

우리는 레위기나 욥기처럼 '시라시기'가 있는 줄 알았다. 시라시라는 사람이 있을 것이다. 어쨌든 오래전에 죽은.

"알죠, 그분. 예수님 배신한 분. 배신했다가 돌아오신 분."

"배신?"

"네, 배신."

"누구?"

"시라시."

"시라시?"

"시라시. 그분. 배신했다가 돌아오신 분…… 아닌가? 안 돌아오셨나?"

이럴 때면 우리는 '사도신경 줄'로 돌아갔다. 영성체를 앞두고 신부님 앞에서 사도신경을 토씨 하나 틀리지 않고 외웠는지 검사 맡기 위해 줄을 서 기다릴 적마다―전능하신 천주 성부, '천주'의 창조주를 저는 믿나이다……―온몸이 땀에 흠뻑 젖었다.

"써봐."

율리가 손바닥을 내밀었다. '시라시'라고 쓰자 율리가 웃으며 '실앗이'라고 고쳐주었다.

"시라시 아니고 실앗이."

율리의 가벼운 웃음이 밤하늘에 터졌다.

"합성어야. '실'은 한자, '앗이'는 우리말. '실'은 방실房室, '앗이'는 앗아오다, 에서 나온 교환하다, 라는 뜻. 방을 빌리고 갚는다는 뜻. 왜 품앗이 있잖아, 거기서 나온 말이야. 품앗이가 품을 주고받는다는 말이잖아. 실앗이는 방을 주고받는다는 의미야. 웬만큼 사는 천주교 가정이면 반드시 실앗이기가 찾아오기 마련이야. 고2, 늦어도 고3 땐 와. 우리도 왔었고. 너희도 올 거고. 걔네한텐 안 왔고."

율리가 껑충껑충 뛰었다.

나쁜 기억이 뚝뚝 떨어졌다.

"걔네가 누군데요?"

"걔들."

껑충껑충.

"불타 죽은 애들."

그날 밤, 가림 천은 걷혀 있었다. 팔 벌린 예수 같던 미완의 성당은 황량한 철골로 돌아와 있었다. 환영을 벗은 철골이 삐걱댔다.

"왜요?"

"응?"

"왜 죽었어요?"

율리가 발코니를 둘러보며 말했다.

"옥상이 없어서. 여기 반만한, 아니 십분지 일만한 옥상도 없어서. 그래서 죽었어."

율리가 중학생이던 시절, 율리와 친구들은 옥상이 없어 방황했다. 여러 건물을 올라가보았지만 소방법 저촉에도 불구하고 바로 그들 자신 같은 애들 때문에 옥상 문이 잠겨 있었다.

그들은 부모가 잠들면 집에서 빠져나와 밤길을 쏘다니며 놀 곳을 찾아 헤맸다. 새벽 거리를 뛰어다니다 폭주족을 보면 숨었고 산에 오르려다 들개가 고개를 내밀면 도망쳤고 공원의 이슬 맺힌 잔디를 차고 다니다 유릿조각을 발견하면 꼼꼼히 주웠다. 시멘트 양

성중인 빈 가게에 고양이를 들여보내기도 했다. 그들은 둘둘 말린 밤의 장막을 펼치듯 앞으로 힘껏 달려나갔고, 밤이 역습하듯 폭주족과 들개와 유릿조각을 휘두르면 뒤돌아 또다시 힘껏 달렸다.

어느 날, 율리와 친구들이 큰 소리로 수다를 떨며 걷는데 길이 사라졌다. 길 끝에 고물상이 나오더니 그 뒤로는 담이었다. 정면이 가로막힌 대신, 대각선으로 너른 터가 보여 율리와 친구들은 그쪽으로 건너갔다.

막상 가보니 생각보다 기둥이 컸다. 고가도로를 지탱하는 교각은 작은 도로 하나를 뽑아 세운 듯 압도적인 크기였다. 율리와 친구들은 위를 올려다봤다. 금방이라도 머리 위로 차들이 뚝뚝 떨어질 것 같았다.

그들이 도착한 곳은 고가도로 밑으로, 인도도 차도도 아닌 그곳에는 주차된 차들만 가득했다. 불법 차고지인 그곳에는 온갖 차가 있었는데, 흙먼지를 뒤집어쓴 덤프트럭과 촌스러운 커튼이 달린 관광버스와 러시모어산의 큰 바위 얼굴을 닮은 근사한 '추레라'와 온갖 톤의 탑차와 이 거대한 차들 사이에 있으니 아기처럼 보이는 봉고가 있었다. 늙은 개처럼 기름을 뚝뚝 흘리는 탱크로리도 있었다. 머리 위 고가도로를 달리는 차들의 진동에 작은 물웅덩이들이 일제히 흔들리고, 그 속에서 죽었는지 살았는지 알 수 없는 까만 벌레가 휘돌았다.

아직 동이 트지 않은 새벽, 하나둘 사람들이 나타났다. 율리와 친구들은 드럼통 뒤로 숨었다. 시동 소리가 연이어 울리더니 일대가 환해졌다. 잠들어 있던 차들이 일제히 깨어났다. 차창에서 종이컵이 쏟아졌고 백미러에 달린 묵주와 염주가 운전자의 얼굴을 쳤다. 운전자들이 커다란 운전대를 돌려 천천히 고가도로 밑을 떠났다. 맨홀 뚜껑을 부수고 도로를 꺼뜨리며 차는 고가도로로 나아갔다.

율리와 친구들이 드럼통에서 나왔다. 이제 공터에 남은 것은 버려진 탑차 하나뿐이었다. 안이 쓰레기로 가득찬 그 차는 거대한 화이트보드 같았다. 누군가 드럼통 위에 서서 탑차의 먼지를 긁어썼다.

가나안 10003

나머지가 장난스럽게 그 아이를 향해 절하며 외쳤다.

"가나안 만세!"

"가나안 만세!"

"가나안 만만세!"

율리와 친구들은 종교의식을 패러디했다. 경박한 패러디를 통해 자신들의 신심을 비웃고, 그럼으로써 깊은 곳에 숨겨둔 고지식한 신성을 보호했다. 마침내 그들은 거할 곳을 찾았다. 날이 밝아오자 그들은 집으로 돌아갔고, 학교에서 졸거나 공부했다.

그리고 밤이 되어 다시 고가도로 밑으로 모여들었다. 차들도 돌아와 있었다. 하루일을 마친 운전자들은 한잔하러 떠났다. 그들은 집에 돌아가 잘 것이었다. 율리와 친구들의 부모들이 그러하듯이. 부모가 잠들면 아이들은 집에서 빠져나와 밤을 휘젓고 다닌다.

만약 머리 위의 도로가 무너진다면, 그들은 허공을 올려다보며 생각했다. 그래서 바닥까지 시야가 뻥 뚫린다면. 사람들은 볼 수 있을 것이다. **팔 하나 간격**으로 칼같이 주차된 차들과 그들 주인의 주차 실력에 대한 자부심을. 덩치 큰 중기 차의 문 열리는 각도에 맞게 차들이 아름답게 서 있었고 그 간격이 팔 하나 길이였다. 그 '팔 하나'가 엄밀히 말해 율리와 친구들의 가나안이었다.

율리와 친구들은 고가도로 밑, 차들의 섬에서 밤새 놀았다. 차체에 등을 기대고 둘러앉아 기도하고 카드 치고 술 마시고 싸우고 울고 웃고 처음에는 키스를 나중에는 페팅을. 쌍쌍이 차 사이로 들어갔다. 차문과 차문 사이. '팔 하나'의 가나안. 그들은 뒤가 낭떠러지인 양 몸을 꼭 붙이고 누웠다. 나방이 날개를 접듯 서로 마주보며 꼭 안았다. 높다란 중기 사이, 누에고치같이 아이들이 알알이 들어찼다.

머리 위의 도로가 무너진다면, 그래서 바닥까지 시야가 뻥 뚫린다면, 사람들은 볼 수 있을 것이다. 차의 지붕 사이, 깊이 팬 틈에서 서로를 부둥켜안은 아이들을. 머리가 붙어 나온 불량 성냥처럼 하나로 보이는 그들을.

사람들은 이런 것도 볼 수 있으리라. 불현듯 시동이 걸리면 똑똑, 노크 소리를 들은 보닛 안의 고양이처럼 화들짝 놀라 튀어나오는 그들을. 경찰 버스 앞에 누운 성난 활동가처럼 때로 그냥 버티기도 하는 그들을. 바퀴에 머리가 짓이겨져도 괜찮아, 얼굴이 뭉개져도 상관없어, 오장육부가 찢어져도 좋아, 사랑해, 사랑해! 우리를 내버려둬! 질질 끌려나오는 그들의 잔돌 붙은 뒤통수와 휘발유에 젖은 등을.

"후회하지 않느냐고?"

율리가 말했다.

"후회해. 누구나 지나고 나면 사춘기를 후회하잖아. 하지만 어쩔 수 없었어. 나쁜 호르몬 때문에. 우리는 사랑이 하고 싶었을 뿐이야. 하지만 우리가 어디서 사랑을 할 수 있었겠어? 옥상은 잠기고 산에서는 산모기가 무는데."

몇 년 뒤, 그들은 가나안을 떠났다. 그들은 수험생이 되었고, 부모들은 수년간 부은 곗돈으로 자녀의 대입 성공을 기원하는 성지순례 여행을 떠났다. 부모들은 관광버스가 터키의 끝없이 펼쳐진 해바라기 밭을 지날 때 비틀대며 말했다.

"역시 애가 수험생이 되니 빌게 되네요. 저도 제가 이럴 줄 몰랐어요. 역시 신앙은 기복."

포르투갈 **파티마**, 터키 **파무칼레**, 로마 **카타콤**. 그들은 세계 각지로 떠났다. 여행 내내 묵주를 돌렸다.

부모들이 떠나자 집이 비었다. 율리와 친구들은 돌아가며 빈집에서 했다. 스테파노 아저씨네 안방과 요세피나 아줌마네 거실에서 했다. 침대와 바닥과 싱크대에서 했다. 자개장롱의 번쩍이는 학의 시선 아래서 했다. 한국의 성지는 하루를 벌어주었고 외국의 성지는 열흘을 벌어주었다. *카리타스 콘벤투알 베네딕토/우리는 하루를 잘 수 있고/파티마 파무칼레 카타콤/우리는 열흘을 잘 수 있다네.* 기도문에도 나오는 그 유명한 실앗이기, 안온하고 임시적인 성소가 오랜 기다림 끝에 찾아온 것이다.

그렇다면 '가나안'은 어떻게 되었을까?

가나안은 대물림되었다. 화장실에서 하던 애들과 계단에서 하던 애들과 방파제에서 하던 애들에게로. 율리와 친구들은 PC 통신 게시판에 '가나안을 졸업하며'라는 글을 올렸다. 갈 곳 없는 애들이 고가도로 밑으로 몰려들었다. 그곳은 새로운 성지, 축제의 땅이 되었다. 글씨 위에 글씨가 덧쓰이고, 버려진 탑차는 모세의 증언판이 되었다. 울고 웃고 싸우고 춤추고. 처음에는 키스를 했고 나중에는 탱크로리가 폭발했다.

"후회하지 않느냐고? 후회해. 누구나 지나고 나면 사춘기를 후회하는 법이니까……"

그 이야기를 들려줄 때의 율리는 가볍고 한심하고 추저분해 보였다. 그것은 우리가 집에 갈 때가 되었기 때문이었다. 애지중지한 장난감일수록 마지막에는 더 지긋지긋한 것처럼 율리는 우상에서 하질 인간으로 신속하게 추락했다. 우리는 돌아가고 있었다. "어땠어?" 초조하게 묻는 부모에게 활짝 웃으며 '묵주 굳은살'을 만져보게 하는 아이로. 마약 갱생의 집, 죄의 체급이 맞는 그곳으로 끊임없이 도망가려는 여권 뺏긴 죄책감 중독자, 내 탓이오, 내 탓이오, 내 큰 탓이로소이다, 메아 쿨파Mea Culpa의 화신, 주님의 딸, 율리의 **전언**을 이해하기에는 너무 어린 열두 살 난 아이로.

그리하여 한국으로 돌아오는 비행기에서 이런 속삭임이 오갔던 것이다.

"어쨌든 율리가 암은 아니잖아, 그치?"

"그치."

"우리 엄마가 그러는데."

"환희의 신비 5단. 마리아께서 잃으셨던 예수님을 성전에서 찾으심을 묵상합시다."

"하느님 믿던 여자애가 미치면 머리부터 민대."

우리는 처음부터 율리가 가톨릭 **구전설화** 속 인물이라는 것을 알았다. 착한 성당 여자아이가 돌면 머리부터 민다고들 했다. 어느 날 갑자기 부모 앞에 삭발하고 나타난다고 했다. 무슨 공식처럼 꼭 그렇게 머리부터 민다고. 빡빡이 시기를 거치고야 만다고. 반항이 포박의 증거라는 것도 모르고, 미사포로 꼭꼭 가리던 머리를 밀어버린다고. 1982년에는 K교구의 마리아. 1990년에는 L교구의 소화데레사. 2003년에는 H교구의 율리아나. 뱀눈을 한 착한 주의 딸이 제 손으로 제 머리를 미나니.

엄마와 아빠는 술에 취해 해롱대며 말하곤 했다.

"다른 건 다 해도 좋으니 머리는 밀지 마라. 아빠, 안 놀랜다. 엄마, 기절 안 해. 원래 크게 떠난 사람이 더 크게 돌아오는 법이다. 탕아는 반드시 돌아온다. 까슬까슬 자란 머리카락을 멋쩍게 긁으며."

그들이 보기에 성당 다니는 여자애의 삭발은 하찮은 것이었다. 자기 딴에는 충격을 노린 것이지만 더없이 식상한 행동이었다. 수면 무호흡에 빠졌던 엄마가 컥, 소리를 내며 강시처럼 벌떡 일어나 말했다.

"……뱀눈을 한 착한 주의 딸이 제 손으로 제 머리를 미나니…… 밀어봐. 절대 못 벗어나. 우리는 영혼의 뿌리 끝까지 붙잡혔어."

그 미침, 돎, '사고 치는 여자애'라는 이미지에는 성적인 뉘앙스가 배어 있었다. 말 아래 섹스가 뱀처럼 기어다녔다. 양손을 모으고 얌전히 기도하던 미사포 쓴 여자애가 어느 날 삭발하고 나타나 '나쁜 짓'을 하고 돌아다닌다는 설화는 우리를 공포에 떨게 했다. 우리는 울며 빌었다(그때는 기도만 하면 울었다). 주님, 제발 나쁜 호르몬이 나오지 않게 해주세요, 사춘기를 막아주세요, 무섭습니다, 무섭습니다!

*

우리가 다시 만난 것은 고등학교 2학년 겨울방학이었다. M.R. 모임은 우리가 초등학교를 졸업하기 전에 해체되었다. 모임 안에서 일어난 여러 건의 불륜 사건이 직접적인 이유가 되었다. 불륜이 발각된 사람 중에 뻔뻔한 주장을 하는 이도 있었는데 이런 식이었다.

"모든 부부 동반 모임은 플라토닉 스와핑 모임 아닙니까? 부부 동반은 부부 교환의 암어 아닙니까? 솔직히 다들 상상하셨잖습니까. 저이가 내 남편이라면, 저이가 내 와이프라면, 상상했잖습니까. 우리는 그동안 부부 교환의 설렘을 품고 모임에 나왔습니다. 그 환상 없이, 그 상상 속 재배치 없이, 이떤 부부가 토요일 밤마다 안락한 소파를 등지고 종교 모임에 나올까요?"

꼬마 M.R.의 재결성을 추진한 사람은 부모 모두 불륜 소동에서 비켜나 있던 해맑은 애였다. 우리 자신의 성공적인 대입을 기원하기 위하여 기도 모임을 갖자고 했다. 우리는 어릴 적 다니던 성당이 내다보이는 카페에 모였다. 다들 뿔뿔이 이사를 가서(마지막 토요 모임 때 결정된 '불륜 커플 분리 정책'에 따라 이사를 갔다) 오랜만에 옛 동네에 가게 된 것이었다. 한 명 한 명, 추억의 인물이 등장할 때마다 우리는 깜짝 놀랐다. 우리는 서로를 보고 깊은 충격에 빠졌다.

우리는 놀란 마음을 진정시키기 위해 일단 보드게임부터 했다. 어린 시절, 토요일마다 방에 갇혀 했던 그 게임이었다. 그러나 방콕에 호텔을 짓고 콩코드 여객기를 구입하면서도 정신은 온통 몸에 쏠렸다. 우리는 아주 어릴 적부터 서로를 알았다. 어린 시절의 몰골을 알았다. 우리는 스스로에게 외쳤다. 정신 차려! 쟤는 황비홍이야! 샤프로 손톱 밑을 후벼파 손톱 때를 빨아먹던 그 황비홍이라고! 그러나 나쁜 호르몬은 황비홍의 이차성징을 촉진해 어깨를 넓혔을 뿐 아니라 황비홍을 보는 눈에도 특별한 필터를 끼웠다. 방콕에 호텔을 짓고 콩코드 여객기를 구입하면서도 자꾸 음경 해면체로 혈류가 모이고 질에서 윤활유가 분비되었던 것이다.

　성적 긴장감, 이라고 부를 수 있을 가슴을 조이는 통증을 몰아내고자 우리는 보드게임을 집어치우고 추억을 파먹기 시작했다. 안젤라 아줌마! 비오 신부님! 묵주 굳은살! 스팸 파티! 하하하! 우리는 M에서의 기억을 가장자리에서부터 파 내려가기 시작했다. 그렇게 중앙에 커다란 구덩이를 팠고, 그 안으로 율리를 던져 넣었다. 우리는 암묵적으로 율리에 대해 말하지 않았다. 오로지 율리만 떠올리고 있으면서도 그 외의 모든 것에 대해 말하며 구덩이 밖으로 기어나오려는 율리를 삽으로 쳐서 떨어뜨렸다. 그러나 결국,

　"……아직 있더라고."

　"설마."

　"'모후로부터의 통신'이라고 성지순례 전문 여행사에서 파는 테

이프가 있어. 모후의 말을 이탈리아어로 통역한 것을 다시 한국어로 통역한 테이프인데 목소리가 율리더라고. 우리가 율리 목소리를 잊진 못하잖아."

"결국 못 빠져나왔나보네."

우리가 한국으로 돌아오던 날, 율리도 공항에 배웅을 나왔다. 율리는 안젤라 아줌마와 나란히 손을 흔들다가 슥, 우리 쪽으로 건너와 태연히 우리 뒤에 줄을 섰다. 마치 자신도 곧 한국으로 돌아갈 것처럼. 당황한 우리와 달리 안젤라 아줌마는 웃으며 계속 손을 흔들었다. 율리의 차례가 되자 출국 심사장 직원이 율리의 어깨를 돌려 제자리로 보냈다. 율리 역시 언제 그랬냐는 듯 제자리로 돌아가 흔들다 만 손을 마저 흔들었다. 그 자연스러움, '의례화된 탈출'의 평화로움에 우리는 조용히 충격을 받았고 M을 떠나는 모두가 그러하듯 우리도 못 본 척 원래 있던 세상으로 돌아왔다.

"카리타스 콘벤투알 베네딕토."

누군가 킥킥대며 선창했다.

"우리는 하루를 잘 수 있고."

"파티마 파무칼레 카타콤."

"다음주에 가."

"어디로?"

"파티마, 이 주."

파티마로 성지순례를 떠난 부모에게서 국제전화가 왔다. 한국만큼은 아니지만 포르투갈도 춥다고 했다. 한국은 영하 13도였다.

"고구마 어니까 베란다에서 고구마 들여놓구, 세탁기 어니까 세탁기 쓰지 말구, 혼자 있다고 보일러 아끼지 말구, 곧 만나자. 사랑한다, 우리 딸."

우리는 보일러를 신생아를 키우는 집만큼 세게 틀어났다. 오십 평대 아파트는 훈기가 돌다못해 바닥이 절절 끓었다. 우리는 겨울 이불뿐 아니라 여름용 인견 이불까지 죄다 꺼내 거실에 쌓아놓고는, 파티마로 성지순례를 떠난 부모가 딸에게 건 전화를 숨죽인 채 스피커폰으로 다 함께 들었다. 그리고 통화가 끝나자마자 인터넷 검색을 시작했다. **포르투갈, 내전, 테러, 지진.**

우리가 아침마다 모여―독서실에 간다고 하고 나왔다―제일 처음 하는 일이 간밤에 포르투갈에 불행이 닥치지 않았는지 확인하는 일이었다. 애들 사이에서 그런 소문이 돌았다. 성지에서 내전이 터지는 바람에 부모가 조기 귀국했고 폭탄을 피해 돌아온 그들을 맞은 것은 자식의 들썩이는 맨 엉덩이라는 또다른 폭탄이었다, 고…… **띡-띡-띡-띡, 띠리리, 쾅!** 나체 상태로 꼼짝 못하고 부모가 현관문 비밀번호를 누르는 소리를 듣고 있는 자식에게도, 그 순간은 영원 같았으리라. 포르투갈에서는 반정부 시위가 거세지고 있었다. 그러나 그것은 리스본 같은 도시의 일로, 파티마는 평화로웠다. 우리는 가벼운 마음으로 집밖으로 나왔다. 뇌 주름 사이사이로 얼음물이 흐르는 듯한 추위였다. 그러나 우리는 어깨를 펴고 동그란 파카를 부스럭대며 우리만의 소박한 성지순례를 시작했다.

물고기 카페부터 시작하자!

한때 우리는 물고기 카페에 자주 갔다. '물고기'라는 이름부터 마음에 들었는데, 로마제국이 그리스도교를 박해하던 시기에 신자들끼리 신분을 확인하기 위해 사용했던 비밀 암호 '익투스(물고기)'를 연상시켰기 때문이다. 그곳은 특이하게도 카페 좌석마다 높은 칸막이가 있어 일어서지 않는 이상 뒷좌석을 살필 수 없었다. 심지어 통로 쪽에는 좌우로 접히는 파티션이 있어 사방이 막힌 형태였다. 물고기 카페의 주인은 스팽글 청바지를 즐겨 입던 여성으로, 바에 기대 천장에 달린 화면으로 야구 중계만 볼 뿐 칸막이 안에 있는 우리에게 아무런 관심도 두지 않았다. 우리는 그곳에서 즐거운 시간을 보냈다.

그러나 카페는 곧 망했고 어느 날 가보니 문 앞에 연체 고지서가 쌓여 있었다. 우리는 무관심한 주인의 은혜에 보답하고자, 종종 폐업한 카페에 들렀다. 문 앞에 쪼그려앉아 여러 연체 고지서 중에서 가장 금액이 낮은 것을 챙기고, 지난번에 가져갔던 고지서의 완납 영수증을 문에 붙였다. 우리는 잠시 물고기 카페 주인을 위해 화살기도를 바쳤다. 그동안 모은 용돈으로 그녀가 연체한 수도세와 전기세를 냈지만 하나도 아깝지 않았다.

우리는 다음 순례지로 걸음을 옮겼다.

CCTV가 고장난 복지관—"게으른 공무원에게 축복을!"—**버스 뒷좌석**—"졸음 운전자에게 축복을!"—**예술 영화관**—"지루한 영화에 축복을!"—**군부대**—"지뢰 매설자에게 축복을!"—**공원**—"고전적인!"—**그리고 바다**—"아베크족을 위한 차별 없는 대자연에 무한한 축복을!" 우리는 아이들에게 든든하고 비밀스러운 잠자리가 되어준 성지들을 경건히 순례하고 마지막으로 **고가도로 밑**으로 향했다. 그곳은 여전히 불법 차고지였다.

누가 먼저랄 것도 없이 우리는 차 밑으로 기어들어갔다. 어두컴컴한 차 밑. 우리의 영혼이 그들의 영혼과 겹쳤다. 씻지 않은 손으로 서로를 만지는 열정. 괜스레 차의 볼트를 비트는 수줍음. 말을 듣지 않는 몸. 앞으로 고분고분할 일만 남은 몸의 일시적 해방기. 음경 해면체로 혈류가 모이고 질에서 윤활유가 분비되고. 실려 나오는 까만 시체들.

아이야, 육적으로 해방되어라!

우리는 차창의 딱딱하게 굳은 먼지를 손톱으로 긁어 썼다. 치솟은 불길로 한때 검었던 교각은 이제 다른 기둥보다 더 깨끗했다. 우리는 그곳에 헌화했다.

"주님, 너무 일찍 죽은 가여운 영혼들에게 안식을 내려주소서."

순례를 마치고, 우리는 신대륙을 발견하기 위해 탐험을 떠났다.

벌써 저녁 무렵이었다.

눈발이 날리기 시작했다.

오늘은 S 아파트.

우리는 계단을 뛰어올라갔다. 사람들은 추위를 피해 모두 집에 있었고 복도에는 휘요오오, 휘요오오 소리를 내는 회오리바람과 비스듬히 날리는 눈발뿐이었다. 문고리에 걸린 요구르트 주머니가 세차게 돌아가고 자전거들이 자빠졌다. 우리는 눈 날리는 텅 빈 복도를 뛰어다녔다. 휘요오오, 휘요오오. 삼층. 팔층. 십오층. 옥상은 잠겨 있었다. 우리는 잠긴 옥상 문 앞에서 불만을 터뜨렸다.

"불나면 바로 여기에 시체가 쌓일 텐데?"

바닥을 콱콱 밟으며 말했다.

"바로 여기, 옥상 문을 못 열어 죽은 사람들의 원혼이 쌓일 텐데?"

문틈으로 바람이 밀려들었다. 밖은 더 추울 것이다. 그래도 옥상이 낫다. 눈이 없으므로. 우리를 버러지 보듯 보는 눈이 없으므로……

우리는 한 층, 한 층 계단을 내려오며 꿍얼댔다.

"우리가 뭐라고. 죽음보다 무서운가?"

한 쌍, 한 쌍, 갈라지기 시작했다.

"아아!"

십삼층 계단에서 비명소리가 들렸다. 숨죽여 웃는 소리가 이어졌다.

"야, 조용히 해."

그보다 아래 어딘가에서 누군가 말했다.

"크크."

더 아래에서 누군가 킥킥댔다.

한 층, 한 층, 내려가며 한 쌍, 한 쌍, 갈라지며 우리는 계단을 점거했다. 비상계단 층층이 아이들이 누에고치처럼 알알이 들어 찼다.

"너네 거기서 뭐하는 거니?"

갑자기—칠팔층쯤에서—여자의 목소리가 들렸다. 아기를 업은 여자가 한 손에 얼어죽은 화분을 들고 우리를 보고 있었다. 모든 층이 쥐죽은듯 조용해졌다.

"더럽게 뭐하는 짓이니? 너희 여기 사는 애들 맞아?"

아기의 얼굴은 보이지 않았다. 왠지 모자 안에 아무것도 없을 것 같았다. 돌 같은 게 들어 있지 않을까? 여자가 몸을 돌리자 아기의 머리통이 기울어졌다.

"너희 여기 애들 아니지? 저기 애들이지?"

여자가 난간 밖을 가리켰다.

"저기서 온 거지?"

아이들이 쏟아져나왔다. 삼층에서, 팔층에서, 십오층에서. 빛을 만난 벌레처럼. 잘못 부은 쌀알처럼. 흩어지며 도망쳤다.

"다시는 오지 마라. 그때는 경찰에 신고할 거야."

여자가 피곤한 목소리로 말했다. 외풍 방지용 스펀지가 바닥을 쓸고 짤랑, 짧은 차임벨이 울리고 다시 휘요오오, 바람소리만 텅 빈 복도를 메웠다.

'가여운 개들.'

달리며,

우리는 개를 생각했다.

사람이 뿌린 물 한 바가지에 소스라치게 놀라 떨어지는 개들. 흘레붙다 떼어진 그들의 분노를 한몸인 듯 느꼈다.

우리는 팔차선 도로를 그냥 건넜다. 우리는 **저기**로 갔다. 길 건너 영구 임대 아파트 단지. 우리는 101동부터 차례대로 옥상 개폐 여부를 확인했다. 시찰 나온 공무원처럼 엄숙하게.

"폐閉! 패敗! 406동도 폐했습니다! 패했습니다! 택했습니다! 죽음보다 방지를! 한낱 탈선 방지를!"

우리는 퉤퉤거리듯 폐패, 거리며 단지를 돌아다녔다. 모든 옥상이 잠겨 있었다. 문고리가 어찌나 차갑던지! 마지막 동에 도착했을 때는 이미 늦은 저녁이었다. 다른 동과 한참 떨어진 마지막 동은 후미지고 쓸쓸했다. 뒤로 시커먼 산이 우뚝 솟아 있었다. 산을 타고 세찬 바람이 내려왔다. 우리는 활짝 열린 아파트 현관으로 끊임없이 빨려 들어가는 눈을 보았다.

한 할머니가 보행 보조기를 밀며 미끄러운 현관을 위태롭게 빠

져나오려 하고 있었다. 보행 보조기 양 손잡이에 커다란 비닐봉지
가 매달려 있었다.

"도…… 도와줘."

쥐어짜는 듯한 목소리가 흘러나왔다.

"똥강아지들아, 할미 좀 도와줘."

우리는 온몸을 떠는 할머니를 멀뚱히 바라보았다.

"나는 수요일에 죽을 거야. 이 씨팔 것들이."

할머니는 울기 직전이었다.

"이 씨팔 것들이 나더러 이걸 다 어쩌라고."

'수요일: 재활용 쓰레기 배출일을 지킵시다!'라고 적힌 안내판
아래, 쓰레기가 한가득이었다. 어차피 다시 못 쓸 터였다. 제대로
씻지도, 라벨을 떼지도 않은 노인의 재활용 쓰레기는 바로 소각장
행일 것이었다. 그러니 할머니 말마따나 분리수거는 노인 학대였
다. 눈도 오는데. 미끄럽고. 도와줄 사람은 아무도 없고.

우리는 꼼짝도 하지 않고 할머니를 보고만 있었다.

할머니가 있는 힘을 다해 비닐봉지를 바닥에 내려놓았다. 비닐
봉지가 바람에 날려 쓰레기가 쏟아졌다.

"어쩌면 좋아. 괴로워. 너무 괴로워. 똥강아지들아, 제발 이것 좀
버려줘. 난 넘어지면 바로 죽어."

똥강아지들.

"할머니는요?"

우리 중 하나가 맑은 목소리로 물었다.

"할머니는 우릴 어떻게 도울 건데요?"

똥강아지들.

흘레붙다 물벼락 맞은 똥강아지들.

그때 작은 돌풍이 일어 스티로폼이 할머니를 덮쳤다. 쓰러진 할머니는 스티로폼 아래서 일어나지 못하고 버둥거렸다. 우리는 할머니의 사투를 잠시 구경하다 건물 안으로 들어갔다.

개開!

옥상이 열려 있었다.

우리는 얼어죽은 비둘기 사체를 집어던지며 터질 듯한 기쁨으로 외쳤다. **착한 사람들!** 여기는 착한 사람들이 산다! 사마리아인의 후예가 산다!

우리는 계단을 뛰어내려갔다. 복도를 질주했다. 정신없이 뛰며 허겁지겁 쓰레기를 품에 안았다. 집집마다 복도에 음식물 쓰레기 봉지를 내놨다. 볼썽사납게. 그래도 죽는 것보단 낫다. 버리러 나갔다가 자빠지면 죽으니까. 정강이뼈가 조각나면 붙지 않을 테니까. 눈도 오고. 미끄럽고. 도와줄 사람은 아무도 없고. 아기 머리통만한 **음쓰.** 꽝꽝 얼어 냄새도 나지 않는 **음쓰.** 야무지게 끝까지 채워 새끼손톱만한 리본이 달린 독거노인의 1리터짜리 **음쓰.**

우리는 복도를 달리며 음쓰를 수거했다. 땀이 죽죽 났다. 나중에는 파카를 벗어 네 귀퉁이를 잡고 음쓰를 떼로 옮겼다. 올망졸망한 음쓰들이 파카에 실려다녔다. 열이 펄펄 나고 오한으로 속이 뒤틀렸다. 그래도 우리는 날아갈 듯 계단을 오르내리며 아파트의 모든 음쓰를 날랐다. 온 집의, 온 층의, 온 세상의, 음쓰! 복되도다! 마음이 착한 사람들!

아파트 현관 앞에 음쓰 동산이 생겼다. 우리는 음쓰 동산을 흐뭇하게 바라보며 율리의 강론을 떠올렸다.

"······어른들은 나쁜 짓을 해. 너희의 가슴을 찢어놔. 하지만 슬퍼 마."

우리는 어느새 M으로 돌아가 있었다. 돌로 눌러둔 카드 끝이 바람에 팔랑였다.

"너희는 클 거야. 자랄 거야. 그럼 너희도 다른 사람의 가슴을 찢어놓을 수 있어. When I was a child, I used to talk as a child, think as a child, reason as a child; when I became a man, I put aside childish things. 어릴 적의 일은 뒤로하고. 우리는 죽는 날까지 죄의 항상성을 향해 나아간단다."

우리는 다시 '사도신경 줄'로 돌아가고.

"뭐? 항상성 몰라? 열두 살이면 배우지 않니? 그거 알아야 하는데. 아니다, 모르면 배우면 되지. 어렵게 생각할 것 없어. 우리에게는 일정한 균형 상태를 유지하려는 본능이 있어. 한쪽으로 치우치지 않은 평평한 시소를 떠올려봐. 시소가 오른쪽으로 기울려고 하면 왼쪽을 누르고, 왼쪽으로 기울려고 하면 오른쪽을 누르고, 쉴새

없이 평행을 맞추려는 미지의 손이 있다고 상상해봐. 그게 항상성이야. 그리고 전 지구적 죄의 수위도 마찬가지란다. 항상성을 유지하려고 하지. 누군가 죄를 지어 죄의 수위를 올리면, 다른 누군가 죗값을 치러 죄의 수위를 낮추지. 두 사람은 서로를 모르지만 균일한 죄의 총량을 향해 함께 달리고 있는 거란다."

율리의 얼굴에 은은한 미소가 떠올랐다. 일견 온화해 보이지만 확신에 넘치는 집요한 종교인의 미소였다.

"아."

율리가 감격한 듯 하늘을 올려다보며 감탄했다.

"너희는 신이 뭐라고 생각하니? 신은 1을 만드는 분이야. 1.5가 되면 추를 내리고 0.5가 되면 추를 올려 영원한 1, 그 아름답고 항구적인 평형상태를 유지하는 조정 장치가 신이야. 봐, 지금도 저기서 우리로서는 알 길 없는 셈법으로 추를 올려놓고 계셔."

우리도 그녀를 따라 하늘을 올려다보았다. 빨간 기중기 불빛이 어둠에 점점이 떠 있었다.

"큰 바퀴는 세계의 죄, 작은 바퀴는 인간의 죄. 우리는 각자의 작은 바퀴를 굴리며 살아간단다. 죄를 지을 때마다 귓바퀴에서 도로로, 죄의 바퀴가 굴러가는 소리가 들려. 자기 바퀴만 보는 사람은 죄책감에 깔려죽고, 남의 바퀴만 보는 사람은 억울함에 깔려죽지. 큰 바퀴를 봐야 해. 나의 바퀴와 너의 바퀴가 이루는 큰 바퀴, 그 큰 바퀴의 근본적인 계산을 봐야 해. 모든 게 계산하심의 일부란다. 우리의 모든 잔 바퀴질은 큰 바퀴의 구름에 복속되고 우리는 그저 하루하루 크고 작은 죄를 짓고 갚으며 다 함께 힘을 모아 전 지구적 죄의 항상성을 향해 나아가는 것이란다. 그리고 누군가 흙으로 돌아가는 날, 그 사람의 죗값은 정확히 제로가 된단다. 깨끗하게 죽을 수 있단다."

우리는 환상을 보았다. 미켈란젤로가 그린 아담과 맞닿은 하느님의 손이 구부러지면서 계산기를 두드렸다. 하늘 전체가 거대한 숫자판이었다.

율리는 그 환상 없이 살아갈 수 없었다. 율리와 친구들은 선의로 다른 아이들에게 고가도로 밑을 알려주었다. 율리는 이해했다. 여름 아스팔트에 등가죽이 까져도, 겨울바람에 뼛속까지 얼어붙어도 그들에게는 사랑할 곳이 필요했다. 율리와 친구들은 따뜻한 집에서 성심을 다해 기도했다. 어서 모두 어른이 되기를. 모두에게 집이 주어지기를. 사랑할 수 있기를. 율리는 고가도로 밑에 불법 주차된 탱크로리가 폭발했다는 뉴스를 집에서 보았다.

율리는 몇 차례 자살을 기도했다. 네 탓 아님, 'It's not your fault'의 순진과 나태는 그녀를 짜증나게 할 뿐이었다. 순수하고 엄격한 결과론이 그녀를 옥죄었다. 그러므로 그것은 사랑이었다. '죄의 항상성'론은 신의 뜨거운 내리사랑이었다.

어느 날, 율리는 계시를 받았다. 주변이 환해지면서 등에 죄를 지고 한곳을 향해 묵묵히 걸어가는 사람들의 이미지가 선명하게 떠올랐다. 그녀를 거의 죽음으로 내몰았던 죄책감도 서서히 사라졌다. 죄는 고정된 것이 아니야. 율리는 깨달았다. 내가 지은 죄가 다른 누군가의 죄 갚음으로 사라진다. 저기 누군가가 지은 죄가 여기 오늘 내가 치른 죗값으로 사라진다. 인류는 죄를 통해 묶여 있다. 그 무한한 죄의 교환 속에서 우리는 저마다 죄를 짓고 갚으며 살아간다. 그러다 죽는 날, 죄의 지수를 제로로 돌리며 깨끗한 상태로 잠든다.

그러니 지금 죽어서는 안 되는 게 아닐까? 나는 큰 죄를 지었고, 죄를 당겨썼고, 죄의 쿠폰을 모두 소진했으니, 남은 일생 오로지 부지런히 갚아나가야 하는 게 아닐까? 평생 전 지구적 죄의 총량을 줄이는 데 일조해야 하는 게 아닐까? 그래야만 겨우 용서받을 수 있을 것이다. 이제는 더이상 죄를 짓지도 갚지도 못할 죽은 사람들에게. 자신이 유도하고 자신은 쏙 빠져나온 곳에서 타 죽은 아이들에게. 그리하여 율리는 죽지 않고 스스로 M에 갇혔다.

지금의 나는 율리를 구원한 '죄의 항상성'이라는 아이디어가 잘못된 것임을 안다. 범죄자의 빤한 레퍼토리인 '평생 속죄하며 살겠습니다'의 다른 형태임을 안다. 율리의 생각은 한 사람이 저지른 죄가 전 인류의 죄 균형을 맞추기 위한 저울추에 불과하다는, 웅대한 자기합리화로 변질될 수 있다. 그러나 동시에 나는 본다. 그런 생각에 기대야 했던 율리의 어린 나이와 그녀의 보잘것없는 죄, 그리고 그에 비해 지나치게 무겁게 둘러멘 고지식한 죄책감의 크기를. 앵커는 말했다. *시신은 형체조차 알아볼 수 없게 되었습니다.* 율리는 놀랐다. 자신의 힘에. 영원히 남의 것일 줄만 알았던 남을 부술 수 있는 자신의 작고도 큰 힘에.

"여기는 얼마나 작으니?"

율리가 경이롭다는 듯 M을 둘러보며 말했다.

"얼마나 작아 죄를 짓기도 힘드니?"

율리. 율리아나. 본명real name을 잃고 본명christian name인 율리아나의 앞 두 자로 불리던 율리. 우리는 율리를 사랑했다. 카드를 가르쳐준 율리. 포커를 치고 싶지만 포커를 못 치는 애들을 위해 원카드에 머물던 율리. 부모에게서 버려진 율리. 여권을 빼앗긴 율리. 공항에서 손을 흔들던 율리. 마약 갱생 공동체로 달려가던 율리. 낡은 면도기로 머리를 밀던 율리. 하느님 믿던 여자애가 미치면 머리부터 민다던 설화의 주인공.

우리는 그녀를 너무 사랑했기에 그녀가 몹시도 가여웠다. 우리는 그녀의 죄를 대신 갚고 싶었다. 우리가 다시는 못 만날지라도, 율리가 우리의 대속을 영원히 모를지라도 하늘에는 기록될 것이었다. 미켈란젤로가 그린 〈아담의 창조〉 속 하느님의 곱은 손가락. 그 손가락은 분명히 카운트할 것이었다.

우리는 율리의 죄를 감해나갔다. 우리의 실, 그 안온하고 임시적인 성소를 할 곳 없는 아이들에게 넘겼다. 부모가 성지순례를 떠나면 모든 가톨릭 소년 소녀들의 집 현관 비밀번호가 풀렸다. 그들의 집이 뚫리고 그날은 할 곳 없어 죽은 사람은 아무도 없었다고 전해진다.

cf. 작가의 말

본 원고는 2021년 3월 문학 플랫폼 '문학3'(운영 종료 및 홈페이지 폐쇄) 웹에 연재되었습니다. 연재 후 출판사를 통해 독자 J에게서 항의 편지를 받았습니다. 답장은 쓰지 않았습니다. 아래의 인용문은 J의 편지에서 발췌한 내용입니다.

그리고 J,
나는 당신에게 소설의 마지막을 양보하려 합니다. 그것으로 답장을 갈음하겠습니다.

(……) 그러니까 가장 구린 부분은 제목이다. 너, 솔직히 네가 쓴 제목대로 안 걸어봤지? 왜? 너는 '발로 뛰는' 작가가 아니니까? 무릎 한번 붙이고 걸어봐라. 나는 해봤다. 예상대로 허벅지가 달라붙어 보폭이 획기적으로 좁아지더군. 전족을 당한 여자처럼 보행의 자유가 제약되어 주춤주춤 걷게 되었다. 네가 쓴 제목대로 실천해보니 네가 얼마나 비겁한 인간인지 절실히 알

겠더라.

너는 '청소년의 성 억압과 해방'을 주제로 내세우면서 마치 남자 청소년과 여자 청소년 사이에 차이가 없는 것처럼 굴지만 ('우리'라는 주어까지 사용해가면서!), 사실 '무릎을 붙이고 걸어라'가 '정조대'에서부터 내려오는 '가랑이를 벌리지 말라'는 명령, '성기 간수'의 변종임을 너도 잘 알고 있겠지. 그러니까 사실 네가 '육적으로 해방'되길 촉구하는 대상은 여성이 아니냐?

(……)

내가 필리핀으로 어학연수를 간 것은 고등학생 때로, 어머니와 아버지가 어렵게 돈을 모아 보내준 것이었다. 소설 속 아이들과 마찬가지로 부모의 노고를 우습게 여기며 대학생 사이에 껴서 한인 식당에서 삼겹살에 소주를 마시는 애들도 있었지만, 나는 열심히 공부했다. 그런 내가 'What time do your legs open?(당신의 다리는 몇시에 열립니까?)'라는 문장을 들은 것은 '원어민' 수업에서였다. 필리핀 선생들보다 적게 일하고 많이 버는 남자 원어민 선생이 나에게 저 문장을 말하였고, 나는 심각한 얼굴로 문장을 공책에 받아 적어 골똘히 들여다보기까지 했다. 내가 알지 못하는 속담인 줄 알고 부끄러웠다.

아이들의 낄낄거림이 한차례 지나간 후에야 나는 선생의 눈초리를 보고 사태를 파악할 수 있었다. 그의 파란 눈이 내 다리를 향하고는, 컴퍼스를 벌리듯 오른쪽으로 한 번, 왼쪽으로 한 번 움직였기 때문이었다. '당신의 다리는 몇시에 열립니까?' 그 말은 '언제 내 걸 네 가랑이 사이에 밀어넣을 수 있어?'라는 뜻이었다.

나는 선생의 말을 끝까지 못 알아들은 척했다. 그러나 애석하게도 무릎이 자동 반사처럼 절로 오므라졌다. 나는 이것이 네가 비웃는 '무릎을 붙이고 걸어라'라는 명령에 붙은 사용 설명서라고 생각한다.

(……)

여수가 고향인 친구에 따르면 어떤 여수 여자들은 버스커버스커의 〈여수 밤바다〉를 듣지 못한다고 한다. 그녀들은 여수 밤바다가 울려퍼지는 거리를 피한다. 명절에도 고향에 내려가지 못한다. 물고기 카페, CCTV가 고장난 복지관, 버스 뒷좌석, 예술 영화관, 군부대, 공원, 고가도로 밑, 그리고 바다. 네가 제시한 성 해방의 장소들은 동시에 집단 강간의 범죄 현장이 아닌가? 모세의 증언판에 비견되는 버려진 탑차에는 고통과 울분으로 적힌 다른 글귀도 적혀 있지 않은가? 그러니 누가 해낼 수 있을까? 과연 네가 해낼 수 있을까? 〈여수 밤바다〉를 못 듣는 여자와 파르투즈를 즐기는 카트린 M의 통합을. 너는 이렇게 이야기를 덧대며 에필로그를 지저분하게 지연시키고 있을 뿐인데.

모래 고모와

목경과 무경의

모험

1

본래 목경이 카페에서 남의 이야기를 엿듣는 부류는 아니었다. 그러나 누구나 만나곤 한다. 누가 듣거나 말거나 목청껏 말하는 무신경함을 넘어 카페의 모든 사람이 자기 말을 들어야 한다는 듯 심하게 거들먹대는 사람을.

목경의 옆 테이블 두 여자가 그랬다. 둘의 목소리에는 자아도취의 기색이 있었다. 자기들 대화에 서로뿐 아니라 카페의 모든 사람, 모든 식물, 심지어 물 단지까지 귀를 기울여야 한다는 식이었다. 아니면 당신들 손해라는 듯이. 그래서 목경은 부끄럼 없이 그들의 이야기를 들었다.

둘은 작가인 모양으로, 소설에 대해 말하고 있었다. 동생은 비판을 선수 치는 중이었다. 언니가 뭐라고 할세라 자기 소설의 결함을 알아서 불었고 자백의 몫만큼 언니의 위로를 받아내려 했다. 그러나 언니는 동생에게 맞장구칠 뿐 아니라 빠뜨린 걸 챙겨주기까지 했고―"얘, 그뿐이니?"―그러니 동생으로서는 자기비판에서 자기 옹호로 돌아설 수밖에 없었다.

"물론……"

물론 '물론'이겠지, 목경은 생각했다.

목경은 자신이 못됐다는 걸 알았지만 멈추지 않았다. 어쨌든 목경은 상중喪中이었다.

"핑계라고 하겠지만요, 일부러 그러는 것도 있어요."

동생이 오만한 투로 말했다. 보기에 따라 오만일 수도 아닐 수도 있었다. 침몰중인 자존심을 건져보려는 가여운 시도일 수도 있었다. 그러나 목경은 거기까지 생각하고 싶지 않았다.

"제 소설에는 '한 방'이 없다고들 하잖아요. 단편소설 특유의 좁은 지면 탓에 문장을 아껴 쓰며 굽이굽이 나아가다 순간 탁, 터뜨리는 에피파니라고 해야 할까요, 와우 포인트라고 해야 할까요, 그게 부족하다고 하잖아요. 모든 문장을 쭉 빨아올리며 꼭대기에서 탁 터뜨리는, 푹 꺼뜨리기도 하지만 그건 비위 약한 작가들을 위한 탁 터뜨림이고요. 여하튼 결정적인 한 장면, 사람의 마음을 쥐고 흔드는 한순간, 우리가 책을 덮고 고개를 젖혔을 때 공중에 떠 있는 그 뭐가 제 글에는 없대요. 근데요."

동생이 숨도 쉬지 않고 열렬히 말했다. 그러나 언니는 딴생각중이었다. 언니는 앞사람을 보고 있었다. 언니의 맞은편에 앉은, 세 여자 중 세번째 여자, 그때까지 한마디도 하지 않은 여자가 있었다. 여자는 두 사람의 대화에 관심이 없었고 오로지 자기 물건만 뚫어지게 보고 있었다. 테이블에 온갖 물건이 널브러져 있었다. 모두 담으려면 큰 비닐봉지 너덧 개는 필요할 성싶었다.

"근데요."

동생이 다시 말했다.

"저는 '한 방'을 못 치기도 하지만 안 치고 싶기도 해요."

"어째서?"

언니가 물었다.

"왜긴요. 딴 애들이 불쌍해서죠. 소설에 쓴 모든 문장이 그 '한 방'을 위해 쓰이는 것 같잖아요. 그 한순간을 들어올리기 위해 팔을 벌벌 떨며 벌을 서고 있는 것 같잖아요. 그렇다고 제가 뭐 소설계의 대장장이가 되어 모든 문장을 평평하게 두들겨 신scene들의 평등을 꾀하겠다, 그런 건 아니고요, 그럴 주제도 못 되고요, 그저 모든 자잘함을 지우며 홀로 우뚝 선 한순간을 지지하는 것을 찜찜해한다는 거죠."

"네가 못해서 그래. '결정적 순간'을 만들어내는 건 소신이 아니라 능력의 문제야. 할 줄 아는데 안 하는 거랑 못해서 못하는 건 깔이 다르단다."

"언니."

동생의 목소리는 부드러웠다.

"못해서 못하니까 좋은 거예요. 무능해서 귀한 거예요. 잘하는데 억지로 안 하는 사람은 반드시 흔적을 남겨요. 자기 절제라는 고귀한 희생에는 어쩔 수 없는 인위가 묻어난달까요? 하하하. 세상이 그렇게 공평하답니다!"

"얘들아."

세번째 여자가 두 사람을 불렀다.

"또?"

언니가 말했다.

"진짜 싫어."

동생이 말했다.

"얘들아, 미안한데 나한테 얘네를 올려줘."

세번째 여자가 테이블 위 물건들을 가리키며 말했다.

두 사람이 친구가 내민 팔에 물건을 쌓기 시작했다. 맨 아래 책을 깔고 크기 순서대로 쌓아나갔다. 곧 물건이 턱까지 찼고 그러고도 많이 남았다.

"나머지는 우리가 챙길게."

"아니야. 내가 다 옮겨야 해. 기다려줘. 다시 올게."

언니가 떨어진 물건을 주우며 말했다.

"돌겠네."

동생의 머리가 뚝 떨어졌다.

세번째 여자가 짐을 잔뜩 안은 채 갈지자로 걸었다. 카페 문을 나서자마자 스카프가 무겁게 떨어졌다. 스카프는 여자의 발뒤꿈치에 의해 다시 카페 안으로 밀어넣어졌다. 카페 직원이 스카프를 들어올리자 생고기가 떨어졌다. 두 사람이 달려가 카페 직원에게 사과하고 생고기를 받아왔다. 두 사람은 생고기를 머그잔에 담았다─일회용 종이컵을 사용하는 것은 친구를 배신하는 일이었다.

세번째 여자에게 정신의 문제는 없었다. 정신과 몸 사이 교신의 문제라면 모를까. 어느 날 세번째 여자는 선언했다. 영원히 일회용 비닐봉지와 용기를 쓰지 않겠다고. '되도록'은 안 된다. 그러기에는 너무 늦었다. 일절 쓰지 말아야 한다. 그러나 그녀가 가게 계산대에서 주로 깨닫는 것은 어깨에 천 가방이 걸려 있지 않다는 사실이었다. 그녀는 비닐봉지를 절대 쓰지 않기로 했지만 몸이 따라주지 않았다. 스티로폼 포장재를 대신할 유리 용기는커녕 천 가방도 챙기지 않기 일쑤였다. 그녀는 완고한 덜렁이었다.

틈 없는 정신과 틈뿐인 몸의 간극을 메운 것은 무수한 규칙이었다. 천 가방을 챙기지 않았다면 맨손으로 모든 물건을 옮겨야 한다. 유리 용기가 없다면 생고기든 굴이든 가지고 있는 것으로 싸야 한다─올드 셀린, 언니가 갈색 핏물이 밴 스카프를 펼치며 말했다. 그래야 버릇을 고칠 수 있다. 그리하여 세번째 여자는 종종 슈

퍼마켓 계산대에서 자기 때문에 계산 줄이 밀려 머리끝까지 화난 사람들을 향해 말했다.

"도와주세요. 물건을 저에게 올려주세요."

사람들은 골칫덩이를 치우기 위해 그녀의 팔에 물건을 쌓기 시작했다. 그러다 그만 재미를 느끼기도 했다. 애들의 생떼에서 시작해 어른들의 쾌락으로 끝나는 젠가 놀이처럼.

온갖 잡동사니를 위태롭게 품은 여자가 몸을 뒤로 젖힌 채 씩씩하게 걸었다. 사람들이 여자를 계속 쳐다보았다. 희한한 광경이었다. '하울의 움직이는 성'처럼 삐걱대고, 펠릭스 곤살레스 토레스의 사탕처럼 곧 허물어질 것 같은 짐 무더기 사람. "백 마디 말보다 이런 뇌리에 박힌 한순간이 결국 인간을 바꾸는 거 아닐까? 나만 해도 소나 돼지를 도축하는 영상을 보지 않고 있어. 보면 바뀌니까. 고기를 못 먹게 될 거야." 언젠가 세번째 여자는 그렇게 말한 적이 있었다.

목경은 세 사람의 소동을 지켜보다 머리가 아파 눈을 감았다. 장례식장에서 목경은 맹활약했다. 굵직한 일부터 사소한 일까지 도맡아 했다. 피곤했다. 게다가 장례식장은 공기가 나빴고 카페에 앉아 있는 지금까지 조문객의 검은 양말에 딸려온 먼지가 눈에 달라붙은 듯했다. 눈을 감자 물기가 돌면서 눈이 편해졌다. 그러자 어둠의 양끝을 긁으며 진자운동하던 시선도 어둠 속 한 점을 가만히 응시하게 되었다.

귀퉁이가 말리면서 불에 타 오그라지는 사진처럼 중심에서 하나의 이미지가 떠올랐다. 목경은 세번째 여자가 어둠을 가르며 다가오는 환상을 보았다. 그 구제할 길 없는 답답이가 산더미 같은 짐을 안고 뒤뚱대며 오고 있었다. 얼굴에 피 묻은 스카프를 성냥팔이 소녀처럼 두르고 림보 게임 하듯 허리를 한껏 젖힌 채.

'그러니까 이런 거란 말이지.' 목경이 눈을 뜨며 생각했다. 먼 훗날, 숨넘어가기 직전, 누군가 자신에게 오늘에 대해 묻는다면 목경은 이 이미지만을 기억할 것이다. 처음에 들었던 두 사람의 대화는 잊고.

2

목경이 상중이라고 해서 대단한 상을 당한 것은 아니었다. 고모가 죽었고 그마저 모르고 넘어갈 수도 있었다.

어느 집이나 그러하듯 목경의 집안에도 사고뭉치가 두 명 있었고 그중 한 명이 고모(다른 한 명은 무경)였다. 고모는 사 남매 중 막내로 부모와 같이 살았다. 보기에 따라 부모에게 얹혀산다고도 부모를 모시고 산다고도 할 수 있었다. 죽기 전 십 년 정도는 가족과 연락을 끊고 어딘가에서 살았다. 십 년이 길어 보이지만 아는 사람들은 알 텐데 후딱 지나간다.

어릴 적 목경은 고모를 '결혼 안 한 고모'라고 불렀다. 다른 별명으로는 '모래 고모'가 있었다. 그것은 고모 자신의 농담에서 유래한 것으로, 고모는 자기 형제의 출생 순서와 가치를 이렇게 설명하곤 했다. "목경아, 쌀보리 놀이 알지? 쌀에 손을 닫고 보리에 가만 있는 놀이. 쌀만 환영하는 놀이. 그걸 우리 형제에 대보면 이리된다. 큰오빠 쌀. 큰언니 보리. 작은오빠 쌀. 아들 둘에 딸 하나. 딱 좋았는데. 내가 기어이 나오고 말았어. 그러니 나는 보리에도 못 미치는 모래 아니겠니?"

환영받지 못한 막내딸. 처지는 자식. 결혼하지 않고 부모와 살며 무상으로 가사와 돌봄과 간병 노동을 제공하고도 끝까지 용돈 말고 자기 재산은 갖지 못한 사람. 종합병원 진료일이면 부모가 비굴한 얼굴로 거실 한 번 자기 얼굴 한 번 보며 "그래도 나 죽으면 이거 다 네 거 아니겠니" 거짓말하는 꼴을 봐야 했던 사람. 다 알면서도 "엄마, 가요" 웃고 말던 사람. 이따금 수틀리면 가출하곤 하다가 아예 사라져버린 집안의 사고뭉치. 고모의 마지막 모습은 이랬다. 엄마를 모시고 종로3가역 9번 출구에서 종로12번 마을버스를 기다리다 사라져 영영 돌아오지 않았다.

이렇게 말하면 목경의 고모가 불쌍해 보이겠지만 고모에게는 어떠한 상황에서도 자기 자신을 특별하게 보는 재주가 있었다. 고모와 목경은 '쌀보리 놀이'에 모래를 추가했다. 그들에게는 모래가 쌀이었다. 목경은 쌀 대신 '모오오래애애' 친근하게 늘여 발음하던 그 소리에 고모의 주먹을 잡고 기쁨의 비명을 지르곤 했다. 고모의 별명 '모래'는 두 사람의 비밀스러운 규칙이었다.

한때 고모는 목경의 집에서 살았다. 목경은 아직 학교에 다니지 않고 무경은 초등학교 5학년일 무렵이었다. 고모의 작은오빠인 목경의 아버지가, 어머니에게 가출한 동생의 소재지가 자신의 집임을 알리자 목경의 할머니는 이렇게 말하며 기뻐했다.

"나쁘지 않구나. 너에게도 막내에게도. 아귀가 잘 맞아."

당시 목경의 집은 또 한차례 권태가 불어닥치고 있었다. 목경의 부모는 나쁜 사람들은 아니었지만, 잘 질렸다. 서로에게뿐 아니라 자식에게도 주기적으로 질렸다. 권태기의 어망이 너무 넓어 부부뿐 아니라 자식에게까지 닿았고, 그럴 때면 그들은 목경과 무경의 얼굴을 골똘히 보며 '얘네는 누구지?' 싶었다. 두 사람은 밤늦게 들어오기 시작했다.

아버지야 직장에 다녔으므로 늦게 퇴근하면 그만이었지만, 자신도 직장에 다녔어야 했다는 것을 너무 늦게 깨달은 엄마는 아침부터 밤까지 무언가를 배우러 다녔다. 오전 운전, 오후 산악, 밤 영어.

부모에게 권태기가 오면 목경과 무경은 행복했다. 제한받던 과자와 금지당한 수사 프로그램. 자매는 빈집에서 혀가 얼얼하도록 과자를 먹으며 연쇄살인범의 '잔혹한' 범행 수법을 시청했다. 부모는 아주 늦게 들어왔다. 도주중인 살인자가 문 앞에 와 있을 것 같은 설렘과 공포의 시간, 밤 열한시 반, 계단을 타고 엄마가 흥얼대는 (어학원에서 'would'의 불규칙적 습관 용법을 위해 배운) 카펜터스의 〈Yesterday Once More〉가 들려오곤 했다. 한번은 거실에서 아이 목소리를 흉내내는 오싹한 소리가 들려 나가보니 엄마가 어둑한 식탁에 앉아 〈시애틀의 잠 못 이루는 밤〉 속 꼬마의 대사를 외고 있었다. "택시 기사가 엠파이어스테이트빌딩을 가리키며 꼬마 조나에게 물었습니다. '올라가서 뭘 할 거니? 꼭대기에서 침을 뱉을 거니?' 조나가 말했습니다. 'No, I'm gonna meet my new mother.'"

목경의 할머니가 '아귀가 맞는다'고 한 이유는 그 시점에 고모가 목경의 집에 들어간 것이 마침맞았기 때문이었다. 고모는 일종의 'new mother'로서 오빠의 집에 살며 조카들을 돌봤다. 할머니는 기발하게도 고모의 가출이 목경 가족 네 명뿐 아니라 고모 자신에게도 이득이라고 여겼다. 할머니가 보기에 모든 사람에게는 아이를 향한 일정량의 사랑이 있고 때로 그것은 바닥났다. 목경의 부모가 밖으로 도는 까닭도 아이 사랑 함량이 다 떨어졌기 때문이다. 반대로 목경의 고모처럼 아이가 없어본 사람은 종종 쌓인 아기 사랑을 풀어줘야 한다.

훗날 목경은 할머니의 그 사상이 남성의 '성욕 배출 신화'를 여성의 '모성 배출 신화'로 교묘히 바꾼 것임을 알았다. 여성의 모성도 남성의 성욕처럼 통제할 수 없으며 일단 불러일으켜지면 아무 아이를 붙잡고서라도 해소해야 한다는 사상이었다. 할머니가 자기 생각을 정말 믿었는지는 알 수 없지만 덕분에 목경의 아버지는 동생에게 미안해하지 않을 수 있었다. '다 저 좋아서 하는 일이다.' 그는 생각했다. '말랑말랑한 아이를 조몰락대고 싶은 자기 욕심을 채우려는 것뿐이다.'

갈급한 모성 배출 욕구 때문인지 고모는 목경과 끝내주게 놀아줬다. 목경은 하루에 한 번은 고모와 놀다가 흥분해 토했다. 반면 무경은 고모에게 관심이 없어 보였다. 무경은 사람보다 책을 좋아했다. 무경은 방에서 책만 읽었고 화장실에 갈 때도 자기 발을 보며 걸었다. 무경이 학교에 가면 두 사람은 무경의 방에 침입했다. 무경이 읽는 책의 제목을 적어 서점에서 찾아봤다. 대체 이 언니는 뭘 읽고 사나. 뭔 생각을 하며 사나. 목경은 물론 그런 건 관심 없었고, 오직 고모와 매일 똑같이 탐정놀이를 하는 것이 좋았다. 반복은 목경에게 깊은 위안을 주었다. 그런 목경과 달리 고모는 무경이 무슨 책을 읽는지 궁금해했다. 고모는 침대 밑에 기이한 자세로 기어들어가—무경에게는 자기 직전까지 책을 읽다가 잠이 임박해오면 빠른 손목 스냅을 이용해 읽던 책을 침대 밑으로 날리는 버릇이 있었다—구해낸 책을 골똘히 읽었다. 책이 아니라 책 주인의 머릿속을 들여다보는 듯이. 그런 고모를 재까닥 알아차리면 목경은 갑자기 배가 아팠다. 고모의 관심을 다시 제 쪽으로 옭아매고 싶었다.

어느 날 두 사람은 무경의 비밀 리스트를 찾았다. 침대에 올라가 뛰다가 우연히 천장에 쓴 글씨를 발견했다. 두 사람은 '천장의 리스트'를 적어 서점으로 뛰어갔다. 국회도서관에도 갔다. 모두 헛수고였다. 사서의 도움으로 그 리스트가 걸작이지만 한국에는 번역되지 않아 읽을 수 없는 책을 쓴 작가들의 이름임을 알았다. 무경은 『세계 추리소설 걸작선』 같은 책을 읽고 마음에 드는 작가를 모은 모양이었다. 책을 읽지 못하니 작가의 관상, 계보상의 위상, 구미를 당기는 소개 글 등이 선정에 영향을 미쳤으리라.

목경이 어린 나이에도 묘하다고 느낀 것은 무경의 리스트가 적힌 위치였다. 왜 천장일까. 침대에 누워 하염없이 올려다볼 수 있는 곳. 뒤늦게 생각해보면 그런 것이 다 징후였는지도 몰랐다. 목경은 언니를 따라 침대에 누워 천장―자기 방에는 고작 야광 별이 붙어 있는―의 글씨를 보면 어김없이 무섬증이 일었다. 목경은 자신이 왜 공포를 느끼는지 이해할 수 없었다.

목경은 나중에야 이해했는데 그건 천장의 리스트가 무한한 가능성을 지녔기 때문이었다. 읽을 수 있는 책이 상대적으로 단단한 현실이라면 읽을 수 없는 책, 읽을 수 없어 상상만 할 수 있는 책은 너무 많은 여지를 제공했다. 에도가와 란포―당시에는 책이 번역되지 않았거나 어쨌든 초등학생인 무경은 구하기 어려웠다―, 그 이국의 이름이 불러일으키는 무한한 가능성, 영감, 상상이 까만 폭포수처럼 쏟아져내려 어린 언니를 홀리고 짓누른 게 아닐까. 그러면서 언니는 점점 현실에서 멀어져 어딘가로 흘러간 게 아닐까. 수십 년 뒤 햄스터를 두 마리에서 백 마리로 늘리는 사람으로. 밥솥에 밥을 짓고 일 년 후에 열어보는 사람으로. 고모에 이은 집안의 두번째 사고뭉치로.

그러나 그것은 나중의 일로, 당시의 목경은 무경을 질투했다. 고모는 노는 건 목경과 놀지만 왠지 무경을 더 가깝게 느끼는 것 같았다. 그래서 목경은 걸음마하는 아이처럼 고모의 양손을 붙잡고 다녔다. 목경은 '똥꼬'가 가려워도 참았다. '똥꼬'를 긁으려고 손을 놓는 순간 언니가 고모의 빈손을 채갈 것 같았다. 아니면 기다렸다는 듯 둘의 손이 자동으로 붙거나. 고모가 집에 있는 동안 목경은 늘 피곤했는데, 호시탐탐 붙으려는 두 사람을 떼어놓는 데 기력을 다 써서였다. 그리고 목경의 예감이 옳았다.

그 일은 겨울에 일어났다. 세 사람이 시골로 짧은 여행을 갔을 때의 일이다. 원래는 고모와 목경만 가려고 했는데 무경도 같이 가게 되었다. 여행 허락을 구하는 고모에게 목경의 부모는 큰애도 데려가라고 했다. 고모가 차를 몰지 못해 세 사람은 버스와 택시를 이용하고도 엄청 걸었다. 고모는 멀리 파란 창고가 보이는 갈대밭 옆 갓길에 자매를 세워두고 '츄츄'를 데려올 테니 기다리라고 했다. 그리고 얼마 안 있어 '츄츄'를 둘러메고 나타났다.

목경이 '츄츄'가 엽총이라는 것을 알게 된 것은 갓길에서 한 시간은 족히 더 들어간 묘지에서였다. 산을 오르는 동안 '츄츄'는 총

집에 들어 있었으므로 목경은 접힌 이젤이라고 생각했다. 철제 울타리 문을 열고 들어가자 깔끔하게 손질된 봉분이 보였다. 높고 양지바른 무덤가에 서니 세 사람이 걸어온 길이 훤히 보였다. 며칠 전 내린 눈으로 멀리 보이는 산은 희었고 아랫길에도 잔설이 남아 있었지만 묘지의 눈은 모두 녹고 없었다. 산을 오르는 내내 '센베이' 모양으로 돌돌 말린 갈색 낙엽만 보다 묘지에 자라는 형광색 야생화 두어 포기와 추위 속에서도 자라는 푸릇푸릇한 잡초를 보자 목경은 기분이 좋았다. 세 사람은 햇빛을 느끼며 잠시 서 있었다.

탕.

나뭇가지가 흔들렸고 새가 날아갔다.

목경은 태어나 그런 소리는 처음 들었다.

"꾸우꾸 꿋구. 꾸우꾸 꿋구."

고모가 방금 놓친 멧비둘기의 울음소리를 흉내냈다. 총신을 꺾자 연기와 함께 탄피가 솟았다. 큰 '건전지' 두 알이 풀숲에 떨어졌다. 목경의 눈에는 12게이지 탄이 그렇게 보였다. 고모가 새 탄약을 약실에 '쏙' 밀어넣었다. 그것이 목경의 기억을 자극했다. 생각해보니 더 어릴 적에도 목경은 고모와 여행한 적이 있었다. 그때는 여름이었고 역시 엄마와 아빠는 없었으며 무경도 없었던 것 같다. 장마로 비가 엄청나게 왔고 텐트를 친 계곡가는 언제라도 무너질 것 같았다. 얇은 텐트 천 아래로 잔돌이 끊임없이 흘러내렸고 사방에서 천둥 같은 물소리가 났다. 목경은 너무 춥고 두려워 차라리 정신을 놓고 싶었다. 그리고 그것은 목경의 장기였다. 목경이 정신을 놓기 위해 온정신을 기울이자 서서히 열이 올랐다. 얼마 안 있어 목경에게, 집에서 종종 그러하듯, 은총 같은 고열의 혼미가 찾아왔다.

그후로는 기억이 가물가물했다. 고모가 목경을 발가벗기고 꼭 안은 채 엉덩이에 좌약 해열제를 '쓱' 밀어넣었던 것 같다. (이 부분에서 기억이 교차했다. 훗날 목경은 남자들이 약실에 총알을 넣는 것을 성행위에 비유하며 낄낄대는 것을 보고 불편한 기시감을 느꼈다.) 또한 목경이 기억하는 것은 고모의 몸에 맺힌 고모의 것인지 자신의 것인지 모를 짭조름한 땀방울을 빨아먹던 감각이었다. 목경은 고모와 함께 물에 휩쓸려 어딘가로 떠내려가 둘만의 생활을 꾸리길 남몰래 바랐었다.

"고모가 꿩 잡아올 테니 여기서 기다려."

고모가 자매에게 조끼를 입히며 말했다. 깨진 거울 조각을 붙인 조끼였다. 목경이 몸을 흔들자 빛이 어지러이 흩어졌다.

"고모가 아까 올라오면서 멧돼지가 파헤친 무덤 보여줬지? 엉망이었지? 여긴 멀쩡하지? 여긴 멧돼지 안 와. 그러니 딴 데 가지 말고 여기 있어야 해. 조끼 벗지 말고."

"나 눈 아파."

거울에 반사된 빛이 목경의 눈을 찔렀다.

"안 돼. 절대 벗지 마. 너흰 작아. 작은 것들이 풀 속에서 촐싹대다가 누가 꿩인 줄 알고 쏘면 어쩌려고. 빛이 나야 총에 안 맞지. 해가 지기 전에 돌아올게."

고모는 미러볼이 된 자매에게 『버섯 도감』을 남기고 숲속으로 사라졌다. 아무것도 못 잡으면 버섯이라도 끓여먹어야 하니까, 하고 말했지만 목경은 도감이 무경을 위한 고모의 배려임을 알았다. 아니나다를까, 무경은 금세 도감에 빠져들었다. 머리를 깊게 숙이고 세밀한 버섯 그림을 골똘히 보았다. 훗날 목경은 책에 파먹힌 무경의 얼굴을 떠올리며 '버섯은 밖에 있었잖아……' 하고 생각했다. 자신이 버섯 그림을 참고삼아 진짜 버섯을 찾아다닌 것과 달리 무경은 버섯 그림에 만족했다. 오히려 무경이 책에서 얼굴을 떼고 허공을 볼 때, 거기서 진짜 버섯이 생겨나는 듯했다. 나중에 목경은 사전에서 도감의 뜻을 찾아봤다. "그림이나 사진을 모아 실물 대신 볼 수 있도록 엮은 책"이라는 정의가 언니에게는 '그림과 사진이 실물, 현실 그 자체'라는 의미로 자리매김했다는 것을 알았다. 어쨌든 고모는 사냥하러 가고 언니는 책만 봤다. 목경은 심심했고 세 명의 사람을 만났다. 무덤에서 만난 세 사람은 다음과 같았다. 첫번째 사람은 앞뒤로 박수 치며 뒤로 걷는 사람이었다. 앞뒤로 박수 치며 뒤로 걷는 사람답게 그는 곁눈으로 자매를 끝까지 보면서도 둘에게 말을 걸지 않았다.

두번째 사람은 목경을 혼냈다. 상석에 누운 늙은 사냥꾼이 향로석에 발을 올리고 있는 목경에게 내려오라고 했다. 노인의 꾸지람에 목경은 삐쳤고 그래서 노인을 바라보는 시각이 다소 굴절되었다. 사실 그는 훌륭한 엽사였다. 수십 년의 사냥 경력에도 여전히 총구를 내리고 걸었고 수렵 모자도 제대로 썼다. 그러나 목경은 모자 아래 겹으로 접힌 노인의 살찐 목덜미만 볼 뿐이었다. 목경이 노인의 눈치를 보며 다시 누웠다.

"커서 크게 되실 아가씨네!"

노인은 웃으며 꿩을 죽이러 갔다. 고라니를 만나면 고라니를 죽일 것이었다. 사냥개가 주인의 주위를 뛰어다녔다. 개가 짖어도 노인은 제때 가지 못했다. 노인이 도착하면 새는 이미 멀리 날아갔다. 그는 그대로 요양 병원에 보내도 이상하지 않을 만큼 어기적댔고, 개는 작은 분수처럼 튀어올랐다. 둘은 아무것도 못 죽일 수도 있었다. 목경에게 옆 구르기 재주를 선보이기도 한 개는, 이제 주인이 군복 바지를 입으면 먼 곳으로의 산책을 기대했다.

세번째 사람은 무경과 같은 또래로 보였지만, 아니었다. 몸집이 작되 눈빛이 야무지고 성격은 까졌다. 중학생은 되었을 것이다. 고등학생일 수도 있었다. 만년 키 번호 1번으로 몸이 작아 가진 능력보다 미숙하게 취급되는 데 이골이 난 얼굴이었다. 그래, 나를 깔보셔, 애처럼 취급해보셔, 제대로 뒤통수를 갈겨줄 테니까, 외치는 듯한 영리하고 골난 표정. 그는 목경과 놀아줬다. 둘은 봉분 끄트머리를 파서 두꺼비집 놀이를 했다.

"두껍아, 두껍아, 헌 집 줄게, 새집 다오."

그는 무언가를 흙속에 파묻고 괜히 무경이 들고 있는 책을 툭 건드리고는 떠났다.

목경은 그를 따라갔다. 거울 조끼를 벗고 철제 울타리를 넘어 쫓아갔다. 그러나 결국 놓쳤고 갑자기 어두워진 산길에 놀라 다시 무덤을 향해 뛰기 시작했다. 멀리 개 짖는 소리와 하산하는 사냥꾼들의 조급한 총소리가 들렸다. 옛날이었다. 총기 난사 사건이 있기 전, 총기 반납이 허술하던 시절. 해가 지고 열시까지가 정말 재밌었다. 금지된 곳에 가서 금지된 것을 쏘았다. 축사의 소들은 밤중 총소리에 유산했고 열받은 주민들은 총기를 반납하고 나오는 사람을 몽둥이로 두드려 팼다. 목경은 뛰다 말고 서서 자기 몸을 만졌다. 구멍 난 데는 없었다. 그러면 다시 뛰었다.

고모가 돌아와 있었다.

"어디 갔었니? 빨리 가자."

이제 곧 사유재산인 '츄츄'는 다시 경찰서에 갇힐 것이었다.

"여기야."

다시 조끼를 입은 목경이 마을 방향을 가리키며 말했다. 고모는 산 쪽으로 걸어갔다. 산 쪽 울타리는 짐승이 침입을 시도했는지 우그러져 있었다. 울타리 너머로 산책로도 인공의 빛도 보이지 않았다. 그 너머로는 산의 깊고 어두운 내부가 시작되는 듯했다.

"고모, 거기 아니라니까."

"총 잃어버렸어. 찾아야 해."

"난 여기 있을래요."

무경이 말했다.

"안 돼. 위험해. 같이 있어야 해."

고모가 말했다.

목경은 자신의 이마를 짚어보았다. 차가웠다. 이번에는 고열의 은총이 제때 와주지 않을 모양이었다. 고모가 손전등으로 앞을 비췄다. 미러볼 자매가 흐리게 빛을 반사했다. 옅은 빛의 무리가 총을 찾아 어두운 산길을 걸었다.

푹 꺼진 마른 도랑에 남자 둘이 있었다.

"하이라이트를 놓치셨네!"

도랑 위 세 사람을 올려다보며, 빨간색 남방을 입은 남자가 말했다.

그는 방금 '하이라이트'가 끝난 것처럼 말했지만, 고모가 보기에는 아니었다. 멧돼지 꼴을 보니 그랬다. 세 사람이 서 있는 바로 그곳에서 두 사람은 도랑에 처박힌 멧돼지를 쐈다. 총부리를 아래로 하고. 전능감을 느끼며. 개들이 멧돼지를 도랑으로 몰았을 것이고, 총알이 멧돼지 목을 관통했을 때 연기가 피어올랐을 것이다. 개들은 피를 핥고, 멧돼지는 우스꽝스러운 짧은 다리로 개들을 밀었을 것이다. 그리고 지금 보는 것과 같이 딱딱해졌다. 다리를 들고 죽은 멧돼지는 뒤집힌 책상 같았다.

"죄송하지만, 저희를 도와주시겠어요?"

고모가 말했다. 손전등 불빛에 남자의 찡그린 얼굴이 비쳤다. 그는 파란색 남방을 입고 있었다. 고모는 얼른 손전등을 내렸다.

"도와주세요."

"하루에 두 번은 안 돼."

파란 남방이 말했다.

"뭔 도움이 필요하실까?"

빨간 남방이 멧돼지 이빨에 끈을 매며 물었다. 그는 친구보다 서글서글했다.

"총을 잃어버렸어요. 빨리 찾아야 하는데 밤인데다가 제가 애들까지 데리고 있어서요."

"애들을 맡아달라고?"

빨간 남방의 말에 목경은 놀라 주저앉았다.

"아니요, 같이 찾아주시면……"

"주시면?"

빨간 남방이 조정漕艇하듯 몸을 젖히며 말했다. 끈이 팽팽해졌다. 산기슭까지 사체를 끌고 가려면 끈이 빠지지 않아야 했다.

"우리는? 아줌마 총 찾아다니면, 우리는 언제 총 반납하고?"

고모가 대답을 망설이는 사이 파란 남방이 물었다. 그는 화를 주체하지 못했다. 그러나 고모는 그의 짜증 밴 질문보다 빨간 남방의 모호한 질문―"주시면?"―에 더욱 신경이 쓰였다. 망설이는 고모를 보고 빨간 남방이 넉살 좋게 말했다.

"오늘 이 친구가 까칠해도 이해해요. 낮에 된통 당했거든. 여자한테 당하구 애한테 당하구. 그래서 좀 예민해. 이렇게 하면 어떨까 싶은데. 어차피 밤에는 못 찾아요. 날 밝으면 같이 찾아줄게."

"선생님들 좋은요?"

"아, 우린 신경쓸 거 없어요. 이거 좀 떠서 갖다주면 파출소 사람들도 뭐라고 안 해. 당신 총포 소지 허가증도 취소 안 당하게 해줄 수 있어. 대신."

"정말 감사합니다."

"놀까?"

"미친 새끼."

"아침까지 우리랑 놀아줘야지."

"미친 새끼. 그렇게 당하고도."

"불쌍하잖아. 애들도 귀엽고."

빨간 남방이 자매를 보며 말했다.

"안녕. 삼촌 해봐, 삼촌."

무경은 〈사랑으로〉—담임선생님이 전교조였다—, 목경은 〈아빠의 얼굴〉을 불렀다. 다섯 사람은 모닥불에 둘러앉았다. 남자들은 불을 잘 피웠고 일단 노래부터 시켰다. 그들은 멧돼지 털을 벗기며 자매의 노래를 들었다.

"나 그 노래 너무 슬퍼."

빨간 남방이 손에 튄 털을 칼등으로 쓸며 말했다.

"어젯밤 꿈속에 나는 나는 날개 달고 구름보다 더 높이 올라 올라갔지요…… 죽은 애가 천국에서 자기 아빠를 내려다보며 부르는 노래잖아. 너무 슬프지 않아? 여기가 찌르르."

빨간 남방이 자기 가슴에 칼을 대며 말했다.

"요샌 왜 이리 마음이 싱숭생숭한지 모르겠어. 아까 낮에 무슨 일이 있었는지 알아?"

빨간 남방이 〈아빠의 얼굴〉을 따라 불러서 목경은 기분이 좋았다. 언니는 치사하게 이주호 작사 작곡의 〈사랑으로〉라는 어른 노래를 불렀다. 그렇지만 자신이 선택되었다.

목경이 가장 빨리 적응했다. 파란 남방은 좀 그랬지만 빨간 남방은 삼촌이라고 부를 수 있었다. 집에 가서 그릴 그림일기의 구상이 모닥불 위로 떠올랐다. 아이들의 그림에는 주술적 효과가 있다. 그래서 그림일기가 그렇게 중요한 것이다. 목경은 고모와 빨간 남방이 결혼하는 그림을 그릴 것이었다. 멧돼지가 주례를 보고, 삼촌은 빨간 턱시도를 입을 것이다.

무경은 화가 난 것 같았다. 무경은 눈이 나빠진다는 이유로 『버섯 도감』을 뺏겼다. 책은 모닥불에 던져졌다. 그후로 무경은 여봐란듯 말없이 앞만 봤다. 고모는 목경처럼 재밌게 '놀고' 있었다. 목경의 눈에는 그렇게 보였다. 그렇지 않다면 어떻게 누가 일 초마다 머리를 누르는 것처럼 고개를 끄덕일 수 있겠는가. 빨간 남방은 수다쟁이였다. 고모는 그의 모든 말에 윗점을 찍듯 고개를 끄덕였다. 리드미컬한 머리의 탄력을 받아 말들이 스타카토를 먹인 듯 통통 튀었다.

"예쁘긴 예쁜데 또 개년은 개년인지라."

끄덕끄덕.

빨간 남방이 들려준 이야기는 다음과 같았다. 오늘 빨간 남방은 좋은 만남을 가지고 있던 여성분을 산에 데리고 왔다(고모가 "여성분"이라고 하자, 파란 남방이 "분은 무슨" 하고 비웃었다. 그러나 여기서는 고모의 표현을 따르기로 한다). 그가 여성분을 속이려고 한 건 아니었다. 그는 분명 여성분에게 산에 가자고 했다. 사냥하러 간다고 하지 않았을 뿐이다. 어쨌든 여기는 산 아닌가? 여기가 바다는 아니잖아.

여성분은 총을 보고 놀란 모양이었다. 그래도 어찌어찌 잘 따라왔는데 총을 쏘는 것을 보고 사라졌다. 두 남자가 개의 부름을 따라 정신없이 도랑으로 달려가 멧돼지를 죽이고 돌아와보니 여성분이 없었다.

"여성분이 충격을 받으셨나보네요."

"분은 무슨."

파란 남방이 코웃음을 쳤다.

"나는 그런 년은 딱 질색이야. 다른 여자들은 사냥에 못 따라와

서 안달이야. 멧돼지 고기 누린내 잡는 특제 소스까지 만들어와. 개를 풀었어야 했는데. 애가 마음이 약해서."

처음에 둘은 여성분이 길을 잃은 줄 알았다. 스스로 내려갔으리라고는 상상하지 못했다. 파란 남방이 개를 풀자고 했다. 빨리 풀고 빨리 찾고 한 마리라도 더 잡자. 그러나 빨간 남방은 여성분을 놀라게 하고 싶지 않았다. 그들은 '좋은 만남'을 갖고 있었고 그 귀결이 코앞이었다. 그들은 목줄을 단단히 말아 쥐고 튀어 나가려는 개와 싸우며 여성분을 찾아다녔다. 허리뼈가 부러질 것 같았다.

여성분은 주차장에 있었다. 자기 차 옆에 신문지를 깔고 산나물을 다듬고 있었다. 날이 거의 저물었다. 다시 사냥하기는 글렀다.

"제 가방 주세요."

여자를 위해, 빨간 남방은 가방을 들어줬었다. 여성분이 가방을 받아들고 차 키를 꺼냈다. 슬로 모션처럼 천천히 차문을 열고 뒷좌석에 나물을 신문째 실었다. 그러곤 갑자기 차에 올라타 문을 잠갔다.

빨간 티코가 멀어졌다. 휘청이며 빠르게 나아갔다. 두 남자는 멀어지는 차를 보았다. 희한하게도 여성분의 머리가 보이지 않았다. 몸을 옆으로 완전히 꺾은 채 차를 모는 듯했다. 아주 멀어졌을 때, 일개 엽사가 아니라 사격 선수만이 실력 발휘를 할 수 있을 만큼 멀어졌을 때에야 뒤통수가 가물가물 올라왔다.

"나 너무 속상했잖아."

고모가 그 여성분이기라도 한 듯 빨간 남방이 고모에게 입을 삐죽대며 말했다.

"여자가 나를 못 믿었다는 거잖아. 암만 화가 나도 내가 자기를 쏘겠어? 남자는 말이야."

빨간 남방이 이번에는 자매를 보며 말했다.

"믿어주는 대로 행동하게 되어 있어. 저 인간이 나를 쏘겠구나, 하면 결국 쏘게 돼. 개를 풀 걸 그랬어. 해코지를 기대하셨으니 조금은 해코지해드렸어야 하는 거 아닌가, 기대에 부응했어야 하는 거 아닌가 싶어. 그리고 신뢰 얘기가 나와서 말인데, 돌아와보니 쓸개를 빼갔더라고."

두 사람은 다시 도랑으로 돌아왔다. 멧돼지 눈알은 까마귀가 파먹고 없었다. 그건 괜찮았다. 그러나 쓸개는 백만원을 호가했다.

"웬 꼬마가 도랑 주변을 얼쩡거렸대. 겁도 없이. 우리 계좌에서 백만원을 인출해간 거지. 오늘 나 너무 재수 사납잖아. 여자한테 엿 먹고 애한테 엿 먹고. 그래서 주신 것 같아."

봉분에 만든 두꺼비집 아래─목경은 지금도 헷갈린다. 손을 덮은 흙무덤은 두꺼비의 헌 집인가, 새집인가─, 쓸개가 개미떼에 뜯기며 부패중이었다. 목경은 쓸개를 훔쳐간 범인이 아까 자신과 놀아주었던 키 작은 오빠임을 알았다. 목경은 빨간 남방에게 말하고 싶었다. '그 오빠, 꼬마 아니에요, 중학생이에요.' 그러나 무언가가 목경을 가로막았다. 빨간 티코 여자가 몸을 꺾고 위태롭게 운전하며 느낀 감각. 고모가 고개를 끄덕이며 느끼는 감각. 목경은 사람을 얼어붙게 하는 공포의 감각을 배우고 있었다.

"그래서 주께서 당신을 주셨나봐." 빨간 남방이 수줍게 말했다. "오늘 주께서 나한테 너무하셨잖아. 그래서 좋은 몫을 주신 거지. 사냥하는 여자라니. 자기 멧돼지 잡아봤어? 자기 총 뭐 써?"

고모가 모델명을 말하자 빨간 남방이 박수 치며 웃었다.

"우리 자기 허세가 장난이 아니네. 덕배라니!"

"우리 고모 총 이름 그거 아닌데요? '츄츄'인데요?"

목경이 쏘아붙였다.

목경은 왠지 부아가 났다. 공포에 통달하기에 목경은 인내심이 부족했다. 짜증스러운 공포를 아이의 천진한 비현실감으로 밀어냈고 그러다 짜증이 좀 샜다. 목경은 덕배가 더블 배럴 샷건, 총의 종류를 의미한다는 것을 몰랐다. 생소한 외국어 낱말을 구수한 한국어로 바꾸어 은어로 삼는 사냥꾼의 문화도. 어쨌든 목경 때문에 '츄츄'가 발각되었다. '츄츄'는 사적인 것이었다. 고모가 내보이고 있는 딱딱한 가면 안의 것이었다. 빨간 남방도 그것을 알아차렸다. 그는 수색견이 실종자의 티셔츠 냄새를 맡듯 '츄츄'라는 고모의 사생활에 코를 박고 킁킁댔다.

"귀여워 돌아버리겠네. 총에 이름을 다 붙였어? '츄츄'가 무슨 뜻이야? 말해봐. 에이, 말해봐요. 무슨 뜻이냐니까?"

고모는 침묵했다. 기분 나쁜 티가 났다. 시시덕대던 빨간 남방의 표정이 바뀌었다. 어느덧 멧돼지는 네모가 되어 있었다. 각 뜬 고기는 파출소 사람들에게 전달될 것이다. 그들은 침묵에 빠져 모닥불에 시선을 고정했다. 불과 마주한 얼굴은 뜨겁다못해 따갑고 추위에 노출된 등은 무감각했다. 무경은 등이 뜨겁고 얼굴이 차가울 터였다. 무경은 모닥불을 등지고 어둠을 보며 앉아 있었다.

"떫어? 떫음, 가."

파란 남방이 고모에게 말했다.

"야, 왜 또 그래."

빨간 남방이 자신의 총을 쓰다듬으며 파란 남방을 말렸다. 파란 남방은 흥분을 가라앉힐 의향이 없어 보였다. 사실 빨간 남방도 친구를 말릴지 부추길지는 너 하는 거 봐서, 하는 얼굴로 고모를 뚫어지게 보고 있었다.

"아줌마, 안 말려. 가. 애들 데리고 가서 총 찾아. 왜 여기서 이러고 있어? 남의 불 쬐고 남의 호의 바라면서 왜 여기 이러고 앉았어?"

"아니, 그게 아니고요."

고모가 머리를 조아리며 말했다.

"할 수 있잖아."

파란 남방이 말했다.

"할 수 있는데 하기 싫은 거잖아. 만약 당신이 다리가 부러져서 걸을 수 없고, 산을 오를 수 없고, 총을 찾으러 갈 수 없다면 나는 목숨을 바쳐서라도 도와줄 거야. 그런데 아니잖아. 할 순 있는데 하기 싫은 거잖아. 그런데 내가 왜 당신을 도와야 해? 더군다나 당신이 우리에게 작은 기쁨도 주지 않는다면."

"그거네!"

빨간 남방이 외쳤다.

빨간 남방이 사타구니께에서 까닥이던 총을 멈췄다. 페니스의 연장인 듯 개머리판이 귀두 끝에 닿은 총이 허공에 약간 들린 위치에서 정지했다.

"나 알았어! '츄츄'의 비밀! 츄! 츄! 츄츄! 총이 당신의 서방이구나!"

빨간 남방이 웃으며 총을 위아래로 막 흔들어댔다.

총포·도검·화약류 등의 안전 관리에 관한 법률에 따르면 총포의 소지 허가를 받은 자는 그 총포를 총집에 넣거나 포장하여 보관·휴대 또는 운반하여야 하며, 보관·휴대 또는 운반시 그 총포에 실탄이나 공포탄을 장전하여서는 아니 된다. 2021년 12월 18일 낮 열두시 삼십분께 제주시 노형동 월산정수장 입구 교차로에서 육십대 수렵인 A씨가 신호 대기로 정차중이던 자신의 차량 안에서 총기 반납을 위해 엽탄을 제거하려다 총을 놓쳐 운전석 창문을 향해 엽탄을 발사했다. 「대낮에 빵, 계속되는 총기 오발 사고, 엽사들 왜 이러나」.

뭘 모르고 하는 소리다, 그것이 빨간 남방의 지론이었다. 책상물

림의 한심한 탁상공론이다. 멧돼지는 설맞으면 내장을 줄줄 흘리면서도 사람에게 달려드는 동물이다. 돌진하는 동물이다. 그런데도 법을 지킨답시고, 총을 '휴대'중이라고, 실탄을 빼놓아야 할까?

멧비둘기가 총소리에 날아갔다.

총소리가 마을까지 들렸을까. 축사의 소는 유산하고 주민들은 몽둥이를 들고 달려오고 있을까. 무경이 사라진 걸 깨달은 건 총이 발사되고 한참 뒤였다. 남자들은 두번째 수색에 나서야 했다. 개들은 생뚱맞게도 또 한 마리의 멧돼지를 도랑에 몰아넣었다. 그들은 그렇게 훈련받았다.

3

고모는 연고가 없는 지역의 작은 종교 공동체에서 죽었다. 목경은 구글에 해당 종교 공동체를 검색해봤다. 나오는 게 없었다. 고모의 사인도 단순 병사였다. 실제 그곳은 종교 집단보다 세속적인 생활 공동체에 가까웠다. 의지가지없는 사람들이 모여 낮 동안 각자 일하고 밤에 같이 부침개를 해먹는 곳이었다. 교주도, 의식도 없었다. 그러나 공동체 앞에 붙은 '종교' 자가 가족들을 수치스럽게 만들었고 죽음을 쉬쉬하게 했다. 그래서였을까. 목경이 장례식에서 가장 자주 들은 단어가 '기본'이었다. 어른들은 모두 '기본'으로 하라고 했다.

"큰아버지, 불러드릴게요. 수의 1호, 면 74퍼센트, 폴리 26퍼센트, 이십오만원. 수의 2호, 면 100퍼센트, 사십오만원. 수의 3호, 대마 100퍼센트, 백오십만원. 어떻게 할까요?"

"기본으로 하렴."

장례에서 기본은 최저가를 의미했다.

고모의 장례식에 무경은 오지 않았다. 무경은 집밖에 나가지 않는 사람이 된 지 오래였다. 목경에게 언니의 몫까지 하려는 강박관념이 있었을까. 가끔 자신이 가족 행사에 지나치게 열성적이라고 느낄 때 목경은 언니가 집에서 자신을 조종하고 있는 듯한 느낌을 받았다. 목경은 기둥에 기대 사람들이 하는 이야기를 들었다. 이따금 기둥에서 몸을 떼고 상조회사 직원의 속을 뒤집으며.

"아니요, 방울토마토와 귤요, 기본요. 그거면 충분해요."

"……기억나요? 필리핀에서 전화 왔었잖아요. 애들 고모가 다쳤다고."

"기억나요. 필리핀 사람들이 돈을 부치라고 했었죠? 얼마였죠?"

"이백요."

"피싱이었나요?"

"모르죠. 어쨌든 돈은 부쳤어요."

"대단하세요."

"애들 아빠는 보내지 말라고 했어요. 그 사람, 자기 동생을 끝까지 용서 못 했어요. 고모가 그 사람이 들어준 실비 보험을 날렸거든요. 애아빠가 십 년을 붓다가 책임감을 키워주려고 고모더러 내라고 했던 건데 안 냈죠. 한 달에 만육천원만 내면 되었는데. 자기 인생을 방치하는 사람에게 가장 맡기지 말아야 할 게 뭔지 알아요? 보험료예요. 무경이 건 우리가 평생 낼 거예요."

목경도 그날을 기억했다. 필리핀에서 전화가 왔던 날. 고모가 가족과 연락을 끊은 지 삼사 년이 지났을 무렵이었다. 수화기 너머로 사람들이 웃고 떠드는 소리가 들렸다. 파티중인 듯했다. 타갈로그어, 핑글리시Phinglish, 한국어가 뒤섞여 있었다. 어떤 사람이 서툰 한국말로 고모가 총에 맞았다고 했다. 치료비로 이백만원이 필요하다고. 목경의 아버지가 고모를 바꿔달라고 하자 아파서 못 받는다고 했다. 뜨문뜨문—목경과 부모는 거실에 있었고, 무경은 방에 있었다—코이카, 선생님, 디어dear 또는 디어deer, 이머전시emergency 같은 말이 들렸다. 목경의 아버지가 전화를 끊자 전화벨이 계속 울렸다.

목경의 아버지는 끝까지 전화를 받지 않았다. 대신 그는 화를 냈다. 화로 불안을 밀어냈다. 그는 고모의 무책임에 대해, 보험을 날린 것에 대해, 그래놓고 자신에게 미래에 MRI 촬영비와 방사선 치료비를 청구할 것에 대해, 돈을 주든 안 주든 괴로울 수밖에 없는 자신의 무력감에 대해 미리 분통을 터뜨렸다.

보이스 피싱 가능성을 제기한 사람은 엄마였다. 두 사람은 웅크린 채 필리핀 보이스 피싱, 필리핀 국제번호, 필리핀 총기 사고 등을 찾아봤다. 목경은 무경이 이 모든 소동을 듣고 있을지 궁금했다. '언니는 알잖아.' 당장 언니의 방으로 뛰어들어가 이 일에 대해, 오래전 겨울 여행에 대해 말하고 싶었다. '언니, 고모는 필리핀에서 사슴 사냥을 하나봐. 총에 맞았나봐.'

목경은 언니의 방으로 가는 대신 자신의 방에서 통장을 가지고 나왔다.

무경이 발견된 곳은 아파트 단지였다. 다음날 아침이었고, 빨간 남방과 파란 남방이 흥미를 잃고 돌아간 지 오래였다. 그들이 헤매고 다녔던 산의 끝자락에 있는 아파트였다. 목경과 고모는 언 계곡을 따라 아래로 내려왔다. 하류에 다다르자 건너편으로 아파트가 보였다.

밤에 눈이 왔다. 눈이 녹은 아파트 정문 쪽과 달리 뒤쪽은 여전히 눈밭이었다. 무경은 거기 있었다. 산에 면한 아파트 뒤편. 영구 임대 아파트 구역. 아파트 관리소 직원이 창고에서 염화칼슘을 꺼내려다 눈 쌓인 비닐 아래 '츄츄'를 안고 있는 무경을 발견했다. 총은 경찰서에 갇히고 무경은 고모에게 인계되었다. 멧돼지 고기를 받았는지 경찰은 고모를 그냥 보내줬다.

세 사람은 올 때 그랬던 것처럼 갈 때도 많이 걷고 택시를 타고 기차를 타고 그러고도 또 걸었다. 세 사람은 집에 올 때까지 말이 없었다. 목경이 한번 꾸우꾸, 했다가 다시 조용히 했을 뿐이다. 집에 오자 무경은 곧장 자기 방으로 갔다. 긴장이 풀린 목경이 슬슬 울음을 터뜨리려는데 고모가 무경을 쫓아갔다. 하는 수 없이 목경도 따라 들어갔다. 언니는 맞을 터였다. 그런 사고를 치다니 맞아도 쌌다. 그러나 고모는 무경을 때리지 않았다. 안아주지도 않았다. 둘은 대치하듯 멀리 떨어져 서로를 뚫어지게 보았다. 그런 두 사람을 목경은 침대에서 내려다보았다. 침대에서 뛰어봤지만 소용없었다.

  목경은 그 순간을 오래 기억했다. 고모와 무경 사이에 피어나던 묘한 거리 감각. 두 사람은 친하지 않았다. 앞으로도 가까워지지 않을 것이었다. 두 사람이 손을 잡거나 살을 비비거나 땀방울을 빨아먹는 일 따위 없을 것이었다. 그러나 서로를 못박힌 듯 강렬히 보는 눈빛에서 목경이 영원히 따라잡을 수 없을 원감遠感이, 깊은 이해가 일어나고 있었다.

  "왜 그랬니?"

  고모가 물었다.

  "나도 해봤어요."

  무경이 말했다.

  "할 순 있지만 정말 하기 싫은 일. 고모의 그 일을, 내가 했어요."

고모는 만화에 나오는 사람처럼 웃었다. 그러더니 이런 소릴—목경은 억장이 무너졌다—하는 게 아닌가.

"너는 내 딸이구나."

"고모, 나 열나요."

목경이 말했다. 그날이 목경이 고모에게 처음으로 존댓말을 쓴 날이었다.

4

물론 무경이 고모의 진짜 딸은 아니다. 너는 내 딸이구나. 그 말은 고모의 귀족 의식을 보여준다. 고모가 그 말을 했을 때 목경은 자신이 대관식을 보고 있음을 알았다. 누구도 모르는 고모의 비밀 원칙을 언니가 알아차렸다. 그리하여 고모는 자신이 아니라 언니에게 왕관을 수여한 것이다. 내적 기준이라고도 부를 수 있을, 고모의 비밀스러운 원칙을 알고 보면 고모의 가출은 다르게 보인다. 무경은 고작 열두 살의 나이에 그것을 알았을 뿐 아니라 더없이 간명하게 표현했다. 할 순 있지만 정말 하기 싫은 일.

그것은 할 수 없는 일과 다르다. 할 수는 있다. 할 수는 있는데 정말 하기 싫다. 때려죽여도 하기 싫다. 그러나 정말 때려죽이려고 달려들면 할 수는 있는 일이다. 그것은 가능이 아니라 선택의 영역에 속하는 일이다.

그 일을 대신 해준다는 것이 고모에게 어떤 의미였을까. 목경과 무경의 부모가 밖으로 돌았을 때, 자식을 굶겨 죽일 만큼 정신이 나가지는 않았지만 애들을 돌보기가 죽기보다 싫었을 때, 놓아지지 않는 정신이, 최소한의 양심이 저주처럼 느껴졌을 때, 차라리 불능이길 바랐을 때, 그럴 때 나타난다는 것이, 게다가 아무 설명 없이 생색 없이 철없는 가출의 형식으로 나타나 상대가 가장 바라는 것을 해준다는 것이 고모에게는 어떤 의미였을까.

좋은 마음만은 아니었을 거라고, 목경은 생각했다. 메리 포핀스처럼 날아다니며 '할 순 있지만 정말 하기 싫은 일'에 빠진 사람들 앞에 짠, 나타나는 고모에게는 오만한 고약함도 있었다. 그러나 목경은 무수한 의도 중에서 실오라기 같은 악의를 건져올리려는 결벽증을 버린 지 오래였다. 고모의 의도가 무엇이었든 사람들은 시간을 벌었다. 할 순 있지만 정말 하기 싫은 일이 (결코 하고 싶어지지는 않겠지만) 그럭저럭 하기 싫은 일로 바뀔 때까지 숨 돌릴 틈을 얻었다.

목경의 마음을 아프게 한 것은 언니가 너무 어린 나이에 그것을 알았다는 사실이었다. 겨울의 산에서 고모는 남방들의 어떠한 공격에도 웃으며 그들 너머의 어둠을 흘금거렸을 것이다. 산에서 얼어죽을 수도 있지만, 복수심에 불타는 멧돼지들의 송곳니에 치일 수도 있지만, 그래도 다리가 부러지지는 않았으니까, 말 그대로 발을 움직여 갈 수는 있으니까…… 고모는 몇 번이나 조카들과 모닥불가를 박차고 나와 숲을 헤매는 상상을 했다. 할 순 있지만 정말 하기 싫은 일. 때려죽여도 하기 싫은 일. 실은 너무 두려운 일. 왜 할 수 없는 일보다 할 수 있다고 믿는 일이 사람에게 더욱 수치심을 안겨주는 것일까. 무경은 고모의 그 일을 해주었다. 고모는 무경이 그 일을 해주었을 때 자기 안에 있는 구원을 바라는 마음을 보았다. 대체 언니는 어떤 눈을 지녔기에 그 나이에 그 마음을 봤을까, 목경은 아찔해지곤 했다.

"실뜨기에서 실을 꼬집어 올리는 것처럼요, 이렇게."

동생이 손집게를 우아하게 올리며 말했다.

두 사람은 아직도 카페에서 집에 간 친구, 세번째 여자를 기다리고 있었다.

"단편소설에서 결정적인 순간을 만든다는 것은 어떤 한 포인트를 융기시킨다는 것을 의미해요. 그 불쑥 솟은 한순간 아래 모든 문장과 장면이 깔리게 되는 거죠. 좀 비민주적이지 않아요?"

"너를 어쩌면 좋니." 언니가 웃으며 말했다. "그나저나 얘는 왜 이렇게 안 와? 맡아봐. 쉬었니?"

"완전 갔어요."

동생이 머그잔을 치우며 말했다.

목경의 자리까지 생고기 쉰내가 풍겼다.

동생은 소설에 대해 말하고 있었지만, 목경은 동생의 말을 따다 자기 상황에 대입해보았다. 특히 불쑥 솟은 한순간과, 그 아래 깔린 시시한 것들에 대해. '한 방'이 지닌 특권에 대해.

고모가 언니를 딸로 임명했을 때 목경은 무엇보다 분했다. 고모를 사랑한 것은 자신이었다. 고모와 시간을 보낸 것은 자신이었다. 고모와 살을 비비고 땀을 핥은 것은 언니가 아니라 자신이었다. 그러나 두 사람은 한순간 깊이 닿았고, 고모가 죽기 직전 떠올릴 한순간을 골라야 했다면 언니와의 기억을 택했을 것이다. 이 얼마나 분한가!

그러나 목경은 또한 알고 있었다. 어떤 기억은 통으로 온다. 가슴을 빠개며 기억의 방이 통째로 들어온다. 장의사가 고모의 발에 씌운 삼베 버선 끝에 맺힌 기억도 그랬다.

오래전 어느 날, 모래 고모와 목경과 무경은 목욕탕에 갔다. 세 사람이 들어간 탕은 수온이 적당해 사람이 많았다. 어떤 엄마와 아이가 탕에 들어왔다. 처음에 목경은 아이가 버르장머리 없이 자란 아이인 줄 알았다. 아이는 손으로 코를 풀어 탕 속에서 비볐다. 그짓을 계속했다. 아이의 콧물로 물이 더러워졌다. 아이 엄마는 고개를 외로 꼬고 못 본 체했다. 장애가 있는 아이였다.

사람들이 다른 탕으로 가기 시작했다. 거리낌없이 일어나 엉덩이 주변으로 물을 튀기며 하나둘 열탕으로 옮겨갔다. 목경도 사람들을 따라 일어섰다. 마침내 탕에서 빠져나왔을 때, 목경은 뒤에 아무도 없다는 것을 알았다.

목경은 사람들이 모인 열탕을 지나 그대로 샤워부스로 갔다. 샤워기 옆 거울에 기증 단체명이 적혀 있었다. (증)둥지협동조합. 거울이 수증기에 젖어 흐렸다. 목경이 팔로 거울을 문질렀다. 짧은 순간, 뒤가 비쳤다. 고모와 언니가 보였다. 아이와 아이 엄마도. 그들은 그대로 탕 안에 있었다. 수증기가 밀려왔다. 고모와 언니는 (증)둥지협동조합과 함께 다시 흐려졌다.

혁명의 투시도

전승민(문학평론가)

1. 역습

　이미상의 소설은 동시대인의 소설이다. 동시대인은 시대의 어둠을 보는 자이다.[1] 혁명(#Me_Too) 이후 우리 시대는 전에 없던 빛으로 가득찼다. 많은 이들이 박수를 쳤고, 웃었고, 그리고 울었다. 그러나 긴 어둠이 빛을 가지고 왔듯 빛도 어둠을 데리고 왔다. 광장의 시간이 지나갔다는 무력과 자조로 때 이른 후일담을 만들려 하는 이들이 생겨났고, 혁명이 가져온 윤리의 새로운 차원은

---

1) 조르조 아감벤, 「동시대인이란 무엇인가?」, 『장치란 무엇인가? ―장치학을 위한 서론』, 양창렬 옮김, 난장, 2010.

그를 지켜내고자 하는 의지의 과잉으로 도리어 억압으로 변질되기도 했다. 요컨대, #문단_내_성폭력 고발 이후로 거의 사라진 여성 혐오적 재현은 문학의 정화를 가져왔지만 동시에 어떤 경우에도 '그런' 재현은 용납될 수 없다는 윤리적 강박이 되기도 했다. 지금의 한국문학은 재현에 관한 이러한 딜레마에 교착된 상태다. 언론 보도에서는 여자를 죽이는 남자들의 이야기가 여전히 차고 넘치는데 소설 속 현실은 그보다 평온하다. 이미상은 어쩌면 '반시대성'이라고 불릴 수도 있을 이 시차가 낳은 어둠을 본다. 그는 평온한 것으로 '믿어지는' 빛의 현실을 갈기갈기 찢어버린다.[2] 지나치게 강한 빛은 시야를 가리고 만다는 것을, 소설과 윤리가 교

---

2) 이 책에 재현된 인물들을 임의로 적어보면 다음과 같다: 부모의 감시를 피해 섹스할 곳을 찾다가 빈 옥상을 발견하고 "여기는 착한 사람들이 산다! 사마리아인의 후예가 산다!"(263쪽)라고 외치는 가톨릭 청소년들(「무릎을 붙이고 걸어라」), 강간의 시한폭탄이 언제 터질지 몰라 조마조마하게 떨고 있는 젊은 여자(「모래 고모와 목경과 무경의 모험」), 대중교통 안에서 여자를 보며 살인 충동을 품고 있는지도 모르는 남성(「여자가 지하철 할 때」), 여성 직원의 얼굴에 분무기로 물을 뿌리는 병원 원장과 애인의 메일함을 뒤지는 남자(「티나지 않는 밤」), 제 아기를 죽인 엄마들(「살인자들의 무덤」), 지능발달장애를 겪는 딸을 떠올리며 "딸의 자격, 나의 딸감"(21쪽)이라고 중얼거리는 아빠, 그리고 출산으로 그의 기대를 모조리 저버리고 마는 딸(「하긴」), 아내와 함께 다니는 모임에서 만난 여자와 섹스 후 동영상까지 찍고 육아와 살림을 버거워하는 아내를 보며 독하다고 욕하는 남자(「그친구」), 그리고 이른바 '소설의 윤리'를 위반하여 문단에서 거의 추방당한 소설가, 문하생들을 후려치며 남루한 자존감을 겨우 채우면서 살아가는 소설 선생(「이중작가 초롱」).

차하며 생산하는 단어가 자유가 아니라 제약일 때 문학은 약해진다는 것을 그는 알기 때문이다.

그의 소설은 서사의 복잡계complex systems다. 진실한 인물들은 핵심을 곧장 말하지 않고, 여러 부가 텍스트paratext를 껴안은 서사는 거듭 반전되는 이중 삼중의 중층구조로 겹쳐져 있으며 서로 다른 작품 속 동명의 인물들과 상호 텍스트성을 발생시킴으로써 복수plural의 가능세계를 연결한다. 그가 구사하는 실험적 기법들은 서사가 하나의 주제를 향해 달려가게 하면서도 그 운동의 마디마다 삐져나오는 다양한 사회·정치적 문제의식과 그것들의 경합을 흥미롭게 의미화한다. 특히 그가 직조하는 밀도 높은 상호 텍스트성은 『이중 작가 초롱』을 개별 소설들의 기계적 묶음이 아니라 하나의 유기적 세계로 완성해 사실로 구성된 현실보다 더욱 진실한 현실의 차원으로 올라서게 한다. 가령, 「하긴」에서 등단한 소설가 초롱은 「이중 작가 초롱」에서는 문단에서 거의 퇴출당하고, 그의 선생이 쓴 문제적 소설 「대공분실」의 바탕은 「하긴」의 주인공 '나'의 친구 문의 이야기임이 드러난다. 「이중 작가 초롱」 속 초롱의 소설 「이모님의 불탄 진주 스웨터」에서 청소년기를 보낸 수진은 「여자가 지하철 할 때」에서는 사무실에 나가고 「티나지 않는 밤」에서는 밤마다 소설을 쓴다. 「살인자들의 무덤」에서 '나'와 보이가 전전하는 교회의 '부침개 전도회'는 「모래 고모와 목경과 무경의 모험」의 고모가 숨을 거둔 지역의 작은 생활공동체다. 이 거대한 세계는 혁명이 시작된 이후의 오늘, 동시대를 투과하는 한 장의 투시도다. 혁명의 불빛 이면에 가리어진 것, 혹은 혁명을 위한다는 명분으로 우리가 묵과하거나 외면했던 것들을 이미상은 거침없이 드러낸다.

무엇보다 그는 여성이 처한 현실과 그들에게 겨냥된 항상적·잠재적 폭력을 탁월하게 문제화한다. 그는 미투 혁명이 적발해낸 '적'들의 얼굴과 폭력적 힘의 메커니즘, 그리고 그 모든 일의 핵심이 생물학적 정체성이 아님을 밝히고, 나아가 그 안에서 문학장이혁명 이후 겪어온 예술과 윤리의 딜레마를 적시한다. 그러니, 혁명의 불은 꺼지지 않았다. 불은 계속 타오른다.

2. 공포의 대관식, 여성의 동성 사회성

한 젊은 여자가 여자아이 둘과 겨울 산속 묘지에서 나란히 햇빛을 쪼이고 있다. 모래 고모와 그녀의 조카들이다. 두 아이 중 누군가는 사냥총을 든 여자의 '딸'이 되고, 누군가는 되지 못한다. 그러나 상징적 모녀 계보의 "대관식"(308쪽)—여성 동성 사회성의 구성에 참여하는 것은 결국 세 여자 모두다. 오랜 부모 봉양과 조카 돌봄 노동을 해온 고모는 현재완료형으로, 방대한 독서력을 통해 삶과 세상의 이치를 이미 깨달아버린 무경은 현재형으로, 그리고 이 모든 이야기를 독자에게 전해주는 목경은 가장 나중인 미래에 대관식을 치른다. 이 엄숙한 의례에 참여할 수 있는 조건은 고모의 비밀 원칙("할 순 있지만 정말 하기 싫은 일", 같은 쪽)이 무엇인지 알아내는 것이다. '원칙'은 여성의 선택이 욕망과 능력을 변수로 갖는 부등식 안에서 산출된다는 것이며, '비밀'은 그 선택─'하기'(A)와 '하지 않기'(B) 앞에 사실은 몇 개의 문장들이 각각 숨어 있음을 뜻한다.

하기(A)	① 능동적 행위	하고 싶고 할 수도 있는
	② 수동적 행위	하고 싶지 않지만 할 수도 있는
하지 않기(B)	① 정직한 거절	할 수 있지만 하고 싶지 않은
	② 단호한 거절	할 수 있고 하고 싶지만 하지 않는
	③ 강한 거부	할 수도 없고 하고 싶지도 않은
	④ 겸손한 사양	하고 싶지만 할 수 없는

고모의 비밀 원칙은 다른 여성 인물들에게도 내려진 거스를 수 없는 신탁이다. B-①은 여성의 욕망이 남성의 그것과 일치하지 않거나 남성을 대상으로 하지 않을 때 폭력적 남성성에 의해 거칠게 거부되고 처벌당한다. B-①을 드러낼 수 없는 상황에서 여자가 내리는 (강요된) 선택은 처벌을 받아들이거나, 혹은 (「여자가 지하철 할 때」의 수진처럼) 욕망을 숨기고 B-④로 옮겨가는 일이다.

욕망의 자유가 인정되지 않고 그저 '가능'한 것만을 욕망해야 한다면, 그리하여 남성이라는 타자의 욕망에 굴종해야 생존할 수 있다면, 여성에게 삶은 무력의 내면화 과정일 따름이다. 여성이 아무리 능력을 발휘한들 거기에는 자신의 욕망을 부정할 것이 전제되어 있고, 그 끝에 돌아오는 것은 그래서 '수치심'일 수밖에 없다("왜 할 수 없는 일보다 할 수 있다고 믿는 일이 사람에게 더욱 수치심을 안겨주는 것일까", 310쪽).

남성의 동성 사회성homosocial이 여성을 혐오와 배제의 논리 속에서 구성적 외부로 삼아 결집하는 것과 대칭적으로, 대관식을 통해 형성되는 여성의 동성 사회성은 폭력적 남성성의 경험을 구성적 '내부'로 삼아 극도의 공포와 트라우마를 경험하면서 만들어진다. 소원한 사이이던 고모와 무경은 그 겨울밤의 사건 이후로 언어를 초월한 강렬한 생의 공감을 나누며 '비밀 원칙'을 아는 여자들의 계보 위에 함께 선다. 고모의 '덕배'(더블 배럴 샷건)를 그녀 다음으로 손에 쥔 것도 목경이 아니라 무경이다.

한편, 이미상이 보여주는 흥미로운 기법 중 하나는 소설 안에 소설론을 삽입해둔다는 것이다. 이 소설론은 승인되기도 하고 위배되기도 하면서 전통적인 플롯의 구조, 예측 가능한 서사적 흐름에 대한 기대를 깨버린다. 「모래 고모와 목경과 무경의 모험」에 등장하는 소설론은 다음과 같다.

제 소설에는 '한 방'이 없다고들 하잖아요. 단편소설 특유의 좁은 지면 탓에 문장을 아껴 쓰며 굽이굽이 나아가다 순간 탁, 터뜨리는 에피파니라고 해야 할까요, (……) 여하튼 결정적인 한 장면, 사람의 마음을 쥐고 흔드는 한순간, (……)(276쪽)

「모래 고모와 목경과 무경의 모험」은 세 겹의 서사로 이루어져 있다. (1)은 그 겨울의 사건을 복기하는 현재의 목경, (2)는 어린 시절 고모와 목경과 무경의 이야기, (3)은 '그 겨울'과 고모의 죽음까지 모두 끌어안은 '이후'의 목경을 담는다. (2)에서 대관식을 치른 여자는 두 명이지만 과거를 복기한 후 (3)에서 목경은 저도 모르게 대관식을 거행한다. "최소한의 양심이 저주처럼 느껴졌을 때, 차라리 불능이길 바랐을 때 (……) 상대가 가장 바라는 것을 해준다는 것이 고모에게는 어떤 의미였을까"(309쪽)라고 읊조리는 목경은 고모의 비밀 원칙을 이해한 후다.

이렇게 서사를 세 겹의 주름으로 만들면 작품 전체의 결정적인 '한 방'이 아니라 각 주름마다의 '한 방'들이 생겨나고, 이 세 개의 '한 방'이 전체의 '한 방'을 속편처럼 빚어낸다. 엔딩의 목욕탕 장면을 보자. 이 장면은 아직 신탁을 이해하지 못한 어린 목경의 시선에서 바라본, 모녀 계보에 나란히 기입된 두 여자의 모습을 담는다. 혼자 샤워부스에 있는 목경과 달리 폭력적 남성성('할 순 있지만 정말 하기 싫은 일'을 강요하는 힘)을 구성적 '내부'로 경험한 두 여자가 탕에 함께 들어 있는 것을 씁쓸하게 바라보며 슬픔을 느끼는 어린 시선이다. 자신의 소설론을 위배하여 동시에 승인하기도 하는 이 양자quantum적 쓰기가 궁극적으로 말하는 바는 여성 욕망의 긍정이다. "저는 '한 방'을 못 치기도 하지만 안 치고 싶기도 해요"(277쪽)라는 말은 불가능의 자리에서도 주체의 욕망을 이중부정을 통해 긍정하겠다는 말이다. 능력 없음이 오히려 '안' 치고 싶다는 욕망을 지지하고 강화한다.

3. '섹'스러운 성지순례

「모래 고모와 목경과 무경의 모험」이 세 개의 사슬처럼 나란히 이어진 서사 구조를 지닌다면 「무릎을 붙이고 걸어라」는 서로 다른 세 개의 동심원이 포개어진 공간적 구조를 가진다. 동유럽의 시골 마을 M으로 성지순례를 떠난 '우리'가 묵게 되는 숙소 "중앙이 뚫린 이층집"(223쪽)과 정확히 맞물린다. 제일 바깥의 큰 원은 현재 독자에게 말을 건네는 '나'의 이야기, 그 안쪽으로는 성지순례를 하는 '우리'의 이야기, 가장 안쪽에는 '율리'의 이야기가 있다. 소설 구조를 인물의 거주지 설계도와 같은 구조로 설정하고 독자들에게 이를 슬그머니 알리는 이미상의 능청스러움은 여기에서 그치지 않는다. 이 소설의 말미에 부록처럼 붙어 있는 '작가의 말' 속 독자 J의 항의 편지는 작품 전체의 유기성을 끌어올리는 강력한 '한 방'으로, 소설의 안과 밖을 직접적으로 동기화시킨다.[3]

「무릎을 붙이고 걸어라」의 제목은 짐작대로 여성의 섹슈얼리티를 단속하는 명령을 뜻한다. 성난 독자 J는 소설이 주장하는 성性의 해방이 인류의 성 해방이 아니라 오직 여성만의 그것이라고, 그리고 여성의 그 '육적인 해방'이 강간과 같은 성폭력을 향해 '다리를 벌리는' '위험한' 의사 표현과도 같다고 일갈한다. 필리핀에서 어학연수 강사에게 성희롱을 당했던 경험으로 미루어보건대, 이를테면 J는 「모래 고모와 목경과 무경의 모험」의 고모의 비밀 원칙 중 B-③을 선택한 사람이다. 문제는 그 거부가 향하는 대상이 폭력적 남성성이 아니라 자기 자신이라는 점이다. 폭력적 남성성은 여성이 그들의 섹슈얼리티를 스스로 단속하고 감시하게 한다. 가장 강력한 지배는 이처럼 억압자가 없는 공간에서도 피억압자가 억압자의 힘을 대타자로 삼아 그에 복종하게 하는 것이다.

그러나 「무릎을 붙이고 걸어라」는 이러한 위협 속에서도 인간의 섹슈얼리티라는 것이 폭력적 규범의 내면화나 물리적 외력

---

3) 소설 속에 삽입된 소설론은 이 작품에도 있다. "율리는 자신의 이야기에서 가장 중요한 것, 듣는 이의 마음을 뒤흔드는 것, 알고 나면 이전 것들이 바뀌는 것, 그 비장의 핵(核)을 맨 마지막에 배치했다."(242쪽) '작가의 말'은 그 비장의 핵을 담당한다. '문학3'은 2017년 출판사 창비에서 창간한 온오프라인 연계 문학 플랫폼으로 이 작품이 실제로 연재되었던 공간인데, 이 사실이 밝혀지며 소설의 허구는 순수한 가상이 아니라 실제와 가상을 중첩시킨 소설적 허구로 올라선다.

에 의해 억압될 수 없음을 여실히 보여준다. 가톨릭 신자와 그 자녀들을 주요 인물로 하는 이 소설에서 성스러움은 실상 '섹'스러움이다. 부모들은 마치 귀신 잡는 해병처럼 "사춘기 잡는 성령!" (220쪽)과 아이들을 조우하게 하고 싶었으나 아이들은 몸을 뒤집고 뒤로 기어가며 오히려 악마가 된다. 복수의 청소년 주인공 '우리'는 제목의 당위를 걷어차고 섹슈얼리티의 역동성에 자신을 온전히 내맡긴다. 이 소설은 육체에 대한 욕망이 범람하는 청소년기에 '육적 해방'의 각성을 향해 돌진하는 '우리'의 궤적과 그 장소들을 성소sanctum로서 제시한다. 성스러움sexual, 즉 섹슈얼리티의 긍정과 자유로운 실천이 성스러움holy이라면 불경스러운 것은 오히려 세속화된 계곡에서 노는 어른들이다.

발칙하게 지구 곳곳을 뛰어다니며 성적 욕망의 씨앗을 거침없이 뿌리는 단속 불가능한 아이들은 섹스리스 부부나 스와핑을 하는 부모들뿐 아니라 삭발한 율리와도 대립항을 이룬다. 긴 머리는 여성 섹슈얼리티의 전통적 상징이다. 율리는 직접 머리를 깎아 스스로의 섹슈얼리티를 차단하고 그것을 속죄로 여기며 산다. 특정 연령에 도달한 인간 개체들에게는 자유롭고 안전하게 섹스할 '가나안 땅'이 필요한 때가 온다. 율리의 삭발은 그곳에 얽힌 남모를 죄의식의 거행이다. 율리의 '가나안'이던 고가도로 아래에서 탱크로리가 폭발하며 그녀는 친구들을 잃는다. 발각의 불안과 일탈의 감각 속에서 피어나던 청소년의 섹슈얼리티는 불의의 사고와 함께 남은 생을 옥죄는 족쇄가 되고 율리는 대속의 화신이 된다("내 큰 탓이로소이다, 메아 쿨파Mea Culpa", 251쪽). 마치 가톨릭 성인처럼 아이들에게 '죄의 항상성'—죄의 크기로 비유되는 '바퀴'는 그녀의 죄의식이 탱크로리 사건에서 비롯한 트라우마의 일부임을 알려준다—에 대하여 말해주던 율리에게 '나'는 그녀가 짊어지고 있는, 실상의 죄를 훨씬 더 초과하는 죄책감이 잘못된 것임을 이제는 안다고 고백한다.

4. 나의 밤을 건드리지 마라

여자아이는 세계에 항상적으로 도사리고 있는 폭력적 남성성의 공포를 경험하고, 그에 저항할 경우 가해지는 폭력을 피하기 위해 자신의 순수한 욕망과 그 포기를 어떤 식으로든 합리화하는 통과의례를 거치지만[4] 단속되지 않는 그 생의 활력은 밤마다 소생한다. 「티나지 않는 밤」의 수진은 밤에만 소설을 쓴다(이미상의 소설

---

4) 남자아이에게 사춘기가 성인 남성으로서 사회의 정치·문화·경제적 기득권으로의 성공적 진입을 향한 통과의례라면, 여자아이에게 사춘기는 정반대의 벡터로, 자신의 남성성과 여성성 모두를 사회가 제시하는 규범 안에서 억압하고 스스로 단속하는 순응을 배우는 시기다. 주디스 핼버스탬, 『여성의 남성성』, 유강은 옮김, 이매진, 2015, 31쪽.

에는 글쓰는 인물들이 자주 등장한다[5]). 누구에게도 알리지 않고 혼자 꿋꿋이 소설을 쓰는 그녀에게도 편집자(이자 유일한 독자)가 있는데, K출판사 편집자[6]의 피드백 속 주옥같은 문장들은 수진에게 체화된 "**암묵지**"(177쪽)가 되어 시도 때도 없이 귓가에서 재생된다. 폰트의 기울임과 강조 표시를 통해 수진의 현실에 다른 목소리들과 함께 나란히 틈입한다.

그때 수진의 앞에 앉아 있던 남자가 갑자기 일어나 낙망한 소리를 내더니 ***좋은 부사란 힘주지 않은 스핀으로 크게 꺾이는 변화구 같은 것*** 그대로 몸을 돌려 수진에게 차비 좀 꿔달라고 했다.(159쪽)

기울여 강조 처리된 부분은 앞의 '낙망한 소리를 낸다'는 서술과 연동되어 마치 남자의 입에서 나온 말처럼 읽힐 수도 있겠으나, 이 문장은 남자가 갑자기 일어나 수진에게 몸을 돌려 말하는 그 찰나에 수진에게 들린 목소리다. 한편, 연인 간 스토킹 범죄로 고소된 적도 있는 이 남자는 '사생활 침해'의 개념을 이해할 수 없다("누나는 그냥 매개였는데 아무리 말해도 이해를 못하더라고", 163쪽).

---

5) 「하긴」의 화자는 칼럼을 쓰고 「이중 작가 초롱」에는 소설가 초롱을 비롯한 문학 인들이 등장한다.

6) K출판사는 미등단자의 투고를 받아주는 출판사이고, 그 편집자는 수진의 투고작을 읽고 답신을 보내는 남성이다.

남자들은 고유하고 독립적인 한 인격체로서 마땅한 존중과 보호를 받아야 할 개인의 영역을 침범하고도 그 침범이 상대 여성에게는 어떻게 위협과 불안, 두려움을 일으키는지 전혀 알지 못하고 (능력) 알더라도 알고 싶어하지 않을(욕망) 수 있다. 여자들이 받아든 '신탁'에서 능력이 욕망을 집어삼키는 중력에 붙들리는 것과 달리 남자들에게 능력과 욕망은 언제나 일치하는 등식이거나 오히려 욕망이 능력을 압도하는 역전된 부등식으로 나타난다. 「모래 고모와 목경과 무경의 모험」에서 빨간 남방 남자가 빨간 티코 여자의 떠남이 단순한 심경 변화가 아니라 '탈출'이었음을 영원히 모를 운명인 것처럼, 남자 역시 자신이 수진의 '밤의 베란다'—가사노동과 병원에서 근무하는 시간을 제하고 그녀에게 허락된 유일한 자유의 시간, 쓰는 시간을 침범했음을 영원히 모른다.

이미상이 페미니즘 의제를 소설의 강력한 주제로 삼고 있는 것은 분명하지만, 그렇다고 이미상 소설의 주제가 여성에 국한된 것은 아니다. 페미니즘이란 여성의 배타적 권익을 주장하는 목소리가 아니라 한 인간이 살아가는 사회의 모든 영역에 걸쳐 있는 불평등과 억압, 그 구조적 차원과 개인적 차원 모두가 바뀌어야 한다고 외치는 목소리이기 때문이다. 이미상 소설의 문제의식은 (그의 서사가 여러 개의 '한 방'을 갖는 것처럼) 한 여성 인물에게만 정박하지 않고 그녀가 서 있는 좌표의 구성, 사회·경제·문화·정치적

축을 모두 건드린다.[7] 수진의 '티나지 않는 밤'의 다른 쪽에는 K출판사 편집자의 알려지지 않은 야간 노동이 있다. 편지 끝마다 적혀 있는 미스터리한 숫자 "157:30, 320:13, 78:59"(175쪽)는 그가 작품을 읽고 답장을 보낸 '시간:분'의 비율인 것으로 밝혀진다. 자신만이 해독할 수 있는 이 비례식은 비가시화된 노동의 기표다. 노동은 적어도 행위하는 자신에게만큼은 정직한 몸의 감각으로 신체에 각인된다. 이 신체감각이 사회적으로 인정받지 못할 때, 그래서 그로 인한 정당한 보상이 이루어지지 않을 때 몸은 자발적으로 그만둔다. 그는 수진을 만나러 가서 스스로를 두고 "과로사했어요"(176쪽)라고 말한다.

수진의 글쓰기와 편집자의 읽고 쓰는 노동이 이루어지는 밤의 대척점에는 이상한 행동을 아주 '티나게' 하는 원장의 낮이 있다. 원장은 매일 수진과 수미의 얼굴에 물을 칙칙 뿌리고 지나간다. 이유조차 없는 이 기괴한 습성은 "꼴"(155쪽)대로 살지 않는 여자에 대한 응징, 조용한 살인이다. 분무기로 방아쇠를 당겨 물을 분사하는 행위에서 총의 방아쇠를 당기는 행위를 연상하는 것은 그

---

7) 「무릎을 붙이고 걸어라」에서는 가톨릭 신자들 사이의 경제적 계급의식이, 「하긴」에서는 학생운동에 투신했던 586 세대들의 정치·문화적 계층성이 남성과 여성의 섹슈얼리티와 맞물려 다층적으로 드러난다. 이미상의 작품들을 능력과 공정주의로 읽어낸 비평이 궁금하다면 박서양, 「공정과 인정, 그리고 감정 — 이미상 소설을 중심으로」(문장 웹진, 2021년 7월호)를 참고하라.

리 어렵지 않다. 얼굴에 물을 뿌리는 것만큼 모멸감을 주는 행위가 또 있을까.

　"소설 써요."
　"소설?"
　"네, 밤에요."
　원장이 고개를 확 꺾었다. 그는 정말 싫어하는 건 아예 볼 수가 없었다. 시야에서 사라지게 해 눈으로라도 죽여야 했다. 이제 그의 시야에서 수진이 죽었다.(172쪽)

읽고 쓰는 일이 예술 창작 활동으로서, 정당한 보상을 받는 노동으로서 '티나지 않는 밤'의 시간으로 비가시화된 것과 달리, 원장의 여성 혐오 발사는 '티나는' 일상의 습속으로 자리해 있다. 수진이나 편집자가 원장과 같은 자본가에게 월급과 해고로 종속되어 있을 때 원장은 바로 그 물적 조건 위에서, 그 어떤 제재와 위협도 없는 안전 속에서 혐오를 일삼는다. 수진은 '밤'의 시간에 살고 있는 편집자를 향해 투명한 연대감을 어렴풋이 느끼고("그는 아무도 모르게 저항중이었다. 수진은 그의 저항을 이해한 유일한 사람이 되었다", 178쪽) 그녀의 고막에 달라붙은 편집자의 소설론은 수진의 소설을 만든다("그해 여름, 수진이 쓰다 만 소설의 제목은 '아포리즘으로 남은 사나이'였다", 같은 쪽). ***"제목이란 없으면 글의 반토막***

이 날아갈 정도로 결정적이어야 합니다"(같은 쪽)라는 또하나의 원칙은 「아포리즘으로 남은 사나이」와 「티나지 않는 밤」을 메타적으로 동시 겨냥하며 독자들에게 씁쓸한 웃음을 선사한다.

5. 매일의 탈출기, 여성 혐오의 메커니즘과 그 방어술

편집자가 스스로 과로사를 천명하고 사라진 뒤, 수진은 어떻게 됐을까? 지하철에 자리가 나도 서서 가는 수진은 오늘도 계속 출근중이다. 「여자가 지하철 할 때」는 마치, 예정된 원장의 분무를 미리 방어하려는 듯한 주술을 행하는 수진의 장면으로 시작한다 ("수진은 매일 얼굴에 세로선을 긋는다", 111쪽). 소설은 지하철이라는 열린 공간이 여성에게 어떻게 폭력적 남성성에 꼼짝없이 노출되는 닫힌 장소로 작용하는지, 그 위협으로부터 여성이 탈출하기 위해 어떠한 방어술을 펼칠 수 있는지, 한편으로 그 방어가 얼마나 무력한지를 이미상 특유의 예리한 언어적 민감성과 정동의 포착을 통해 보여준다. 자기 얼굴을 갈라 두 개의 다른 얼굴[8]을 태어나게 하는 도입부부터, 수진이 무사히 지하철에서 내리며 크게 안

---

8) 얼굴 I·II는 지하철의 위험도를 파악하고 무사히 하차하기 위해 수진이 만들어낸 정찰병들이다. 페르소나(persona)가 '얼굴'을 뜻하기도 하듯, 수진의 신체 일부인 얼굴 I과 II는 그녀 자아의 일부다.

도하는 결말까지, 세계의 물리적 표면에서는 감지되지 않지만 그 내부에 분명히 실재하는 위험을 형상화한 이 스릴러는 여성이 일상에서 수없이 감지하는 남성의 폭력을 적확한 언어로 설명하기 힘든 이유를 제시하는 동시에, 바로 그렇기 때문에 피해자의 당사자성과 목소리를 듣는 것이 그토록 중요함을 역설한다.

수진은 이번에도 (자리가 있어도) 서서 간다. 불안하기 때문이다. 지하철 이용자들은 모두 알 것이다. 그 안의 사람들이 서로의 문제에 대해 얼마나 의도적으로 무관심하려 하는지, 그 멀뚱한 시선이 얼마나 배타적이고 서늘한지 말이다. 3-1칸 안에는 염산과 칼을 소지했을지도 모르는 남자가 있다. 팩트를 꺼내 얼굴을 살피는 수진은 두렵다. 대중교통 안에서 화장 고치는 여자를 보면 남자는 무시받았다는 (여성의 수치심과 전혀 다른 종류의) 수치심과 모멸감으로 분노를 키워나간다. 전통적으로 남자는 여성의 외모 꾸미기를 자신을 향한 구애의 표현으로 해석해왔다. 그렇기 때문에 여성의 꾸밈의 과정과 그 이전의 모습은 철저히 숨겨져야 하고 오직 그 결과물만을 제공받기를 원한다. 이러한 무의식을 탑재한 남성은 화장을 고치는 익명의 여자를 보며 (대중교통에서 마주치는 사람들 사이에 강렬한 욕망의 구도가 생기는 것은 아주 특이한 일인데도) 그녀가 자신을 욕망의 대상으로 전혀 보지 않는다는 '수치스러운' 사실을 전송받는다. 위축된 자신의 남성성을 마주한 그는 분개하며 익명의 여성에게 폭력을 행사한다. 개별 사건들을 인용할 필요도 없이 우리는 '무차별'이라는 수식어가 붙은 수많은 여성 살해와 염산 테러를 이미 안다. 이때 발휘할 수 있는 여성의 방어술은 공격을 통한 적극적 자기방어가 아니라 사력을 다한 탈출이다("절대 당신을 피하는 게 아니랍니다", 122쪽).

그런데 이 목숨 건 방어술은 여성을 커다란 오인의 구덩이로 몰아넣는다는 점에서 역설적으로 위험하다. 상황을 자신이 주도한다는 착각 속에서 극단의 수동성을 내면화하게 되기 때문이다. 여성은 이 '탈출'이 다만 주체적인 여성성의 발휘라고 오판한다. 남자를 자극하지 않고 그가 폭력을 행사하지 않게 **만들 수 있다**는 생각("저 남자, 무슨 생각 하고 있을까? 틀린 질문. 옳은 질문은 이거야. 저 남자에게 무슨 생각을 심어줄까?", 125쪽). 타인의 머릿속에 생각을 심을 수 있다는 믿음은 겉으로 능동적인 자각처럼 보이지만 사실은 가정폭력 피해자, 가령 가스라이팅을 오래 당해온 아내들에게서 발견되는 착각이다. 그들은 자신이 처한 상황을 스스로 해결할 수 있다고 생각한다("저 남자의 마음은 너에게 달렸어. 네가 저 남자의 마음을 가지고 노는 거야", 같은 쪽). 이는 피해자가 가해자의 힘으로부터 벗어날 수 없을 때 단지 생존하기 위해 자신의 모든 판단과 행동을 가해자의 인격에 맞추려는 최후의 몸부림이다. 얼굴 I은 수진이 자존심 때문에 스스로를 계속 위험에 빠뜨린다고, 그 자존심을 내려놓으라고 야단친다. 그러나 그것은 자존심이 아니라 자존감, 자기 존립의 정당한 근거다. 인간이 독립적 인격체로 존재하기 위한 최소한의, 그리고 절대적인 조건을 내려놓아야만 생명의 위협에서 놓여날 수 있다면 그 내려놓음은 실존을 향해 가해지는 또하나의 폭력이다.

위선의 주체성은 소설의 제목이 이미 암시하고 있다. '지하철 하다'라는 말은 '사물+하다'라는 특이한 구조를 갖는다. 이는 주체가 사물이 '된다'라는 말과 다르다. '지하철 한다'는 지하철이라는 특정한 시공간 속에서 주체가 당위적으로 해야 할 행위들이 정해져 있고 그를 따른다는 뜻이다. 이때 '지하철'은 일종의 행위 지침을 내포한 사물이다. '지하철 하기'는 폭력적 남성성을 피하기 위한 노력이지만 그러한 노력으로는 폭력 자체에 저항할 수 없다. 결과적으로 그것은 주체성 상실의 심화를 야기하는 자가당착의 역설적 방어술일 뿐이다("들숨에 자기 자신을 자신으로부터 떼내고, 날숨에 자신을 상대에 포갠다. 이제 그의 눈으로 세상을 볼 수 있다. 그의 마음을 느낄 수 있다", 147쪽).

한편, 작품에서 눈여겨볼 다른 한 가지는 "안평대전"(128쪽)이다. '안전파'와 '평등파'는 최근 한국 넷페미니즘에 등장한 '랟펨'과 '쓰까페미'[9]로도 읽을 수 있는데, 그들은 여성의 안전을 지켜

---

9) '랟펨'은 '래디컬 페미니스트'의 준말로 생물학적 여성의 페미니즘을 주장하고 '쓰까페미'는 교차성 페미니스트를 지칭하는 말로('쓰까'는 '섞다'의 부산말로 생물학적 여성의 권리 외에도 다른 소수자의 권리를 의제에 포함하자고 주장한다).

내기 위해 '위험한 사람'에게 공동체의 입회권을 주지 말자는 주
장을 두고 격렬히 토론한다. 흥미로운 것은 이 전쟁에 페미니스트
남성이 참가한다는 것이다. 애석하게도 이들은 이곳에서조차 너
무나 '남성'스럽다. (1)과 (2)를 보자.

(1)

"우리〔남성—필자〕의 공포는 여기, 이 사무실에 국한돼. 우리는
사무실을 떠나며 공포도 두고 가. 하지만 여자들은 공포를 간이나
췌장처럼 몸에 지니고 다녀. 떨구고 갈 수 없어. 어디로 갈 수 있겠
어? (……) 여자들에게 사무실 밖은 사무실 밖 나름의 수천 가지 **형
태**가 피어나는 또다른 사무실인걸. 여자들의 두려움에는 역사가 있
어. 켜켜이 쌓인, 뭐랄까, 지층적 두려움이라고나 할까? 우리의 얇
고 호들갑스러운 두려움과는 완전히 다르다고."(135쪽)

'안(파)남'의 자부심 넘치는 설명이 끝나자 '안(파)녀'가 소리
친다.

둘은 특히 트랜스 여성을 페미니즘의 성원으로 인정할 것인가에 관한 문제로 대
립각을 세운다. 한국의 '랟펨'은 호주의 래디컬 페미니스트 쉴라 제프리스(Sheila
Jeffreys)에게서 많은 영향을 받은 것으로 보인다.

(2)

"저기."

안파 쪽 여자가 불렀으나, 남자는 흥분에 젖어 듣지 못했다.

"야!"

그제야 남자가 돌아봤다. **엄마의 칭찬을 바라는 순진무구한 아이**의 미소를 지으며.

"너 그만 말해."

"응?"

"네 말 다 맞아. 근데 맞는 말도 하지 마."

안파 쪽 남자가 당황해 얼른 고개를 끄덕였다. 그러나 얼굴에서 삐친 기운을 완전히 지우진 못했다.

"그러게 왜 네가 우리 선언문을 쓰냐. 그리고 부탁인데."

평파 쪽 여자도 합세해 남자를 구박하기 시작했다.

"시도 때도 없이 네 맘대로 나를 **여자 박스**에 넣지 말아줄래? 내가 들어가고 싶을 때 알아서 들어갈 테니까, 오케이?"

이제 남자는 완전히 기분을 잡쳤다. 그러자 속에서 '**평대스러움**'이 조금 스멀댔다.[10] (135~136쪽)

이 대목은 이미상의 소설세계가 담지하는 여성성과 남성성, 그

---

10) (1)과 (2)에서 강조는 필자.

리고 당사자성을 함축하는 중요하고 핵심적인 장면이다. (1)에서 페미니스트 안남의 유려한 설명은 여성의 공포에서 자신은 완전히 배제되어 있음을 아무렇지 않게 전시하고 있으며, 여성의 공포가 (자신에게도 있을지 모르는) 폭력적 남성성에서 비롯한다는 것을 잘 알고 있고 그것을 언어화할 수 있음에도 불구하고 그에 관한 죄책감이나 여성 문제에 함께 연루되어 있다는 당사자성은 조금도 내비치지 않는다는 점에서 문제적이다. 안녀가 안남의 말에 제동을 거는 것은 그가 틀린 말을 해서가 아니다. 그가 여성 문제를 바라보는 위치와 태도 때문이다. 여성을 또다시 젠더의 이분법적 대립항에 고정시켜 '여자 박스'[11]에 가두므로 또 한번 문제다. 한 인간 안에는 다양한 여성성과 남성성이 공존하며 각각은 서로를 상호적으로 구성한다. 순수한 젠더, 절대적으로 분리시켜 말할 수 있는 순수한 여성성/남성성은 없다. '여자 박스'는 여성성을 '여자'라는 성차의 기표 안으로 구속시킴으로써 그것의 본모습을 박탈시킨다.

페미니즘이 사회에 작용하는 하나의 거스를 수 없는 힘이 된 후로 종종 남성은 그 힘으로부터 인정받기를 욕망한다. (물론 이 인정

11) '여자 박스'는 '맨박스(manbox)'를 비튼 용어로 토니 포터의 『맨박스─남자 다움에 갇힌 남자들』(김영진 옮김, 한빛비즈, 2019)에서 비롯된 말로 보인다. '남자다움', 남성성에 대한 남자들의 강박은 여성성을 해로운 것으로 타자화하는 동시에 자신의 남성성을(물론 여성성도) 억압하고 구속한다.

욕망은 어떤 여성들에게도 작용한다. 페미니즘과 퀴어 앨라이ally의 정체성이 '진보'의 트렌디한 아이콘처럼 확산되고 있는 최근의 문화적 동향 속에서 더욱 그러하다.) 누군가에게는 삶 전체와 생존을 건 투쟁인 페미니즘이 남성에게는 페미니스트 여성들로부터 '정치적으로 올바른 더 나은 남자'라는 명찰을 수여받기 위한 인정투쟁의 수단일 수도 있는 것이다. 안남은 자신을 칭찬해주리라 기대했던 안녀들이 오히려 입을 막으려 하자 속에서 스멀거리는 '평대스러움'을 느낀다. '평대'는 '평등의 대가'를 줄인 말로 '평대스러움'은 지하철 3 – 1칸에 앉아 있던 남성과 안남이 공유하는 공통된 정동, 수치와 분노다("어둠 저 끝에서 돌진해오는 공포를, 과거의 평대와 미래의 평대들을, 평등의 대가인 그들을 또렷이 응시할 것이다", 151쪽). 여성이 샷건을 들고 산을 누비고, 소설을 쓰고, 지하철에서 화장을 하거나 자리를 옮길 그 모든 권리를 제약하고 막아서려는 억압의 심리가 각종 언어적·물리적 여성 혐오와 범죄로 발현된다. 소설이 이를 두고 평등의 '대가'라고 한 것은 의도된 아이러니다.

안남의 말 앞에서 안녀와 평녀는 베란다로 나가 사이좋게 담배를 피우며 연대한다. 이미상의 여성 인물들은 언뜻 이성애자 시스젠더 여성성으로 단일하게 수렴하는 것처럼 보이지만 그렇지 않다. 그녀들은 모두 다르다. 외양과 나이, 결혼 여부, 성장 배경, 계급, 성격, 욕망 등 무엇 하나 같은 것이 없다. 그런 그녀들 모두가 경험하는 공통 세계가 폭력적 남성성인 것이다.

여성들이 삶의 날개를 활짝 펴려 할 때 곧장 등뒤를 내리치는 '평대'라는 이름의 칼. 소설에서 감지되는 공통의 여성성은 그 칼 앞에 게릴라처럼 집결한 여성성이다. 칼을 휘두르는 평대들은 현실의 개별적 남성이지만 이미상의 소설과 페미니즘이 치르고 있는 전쟁의 적은 개체가 아니라 힘, '추세'다. (도대체 언제까지 '모든 남자가 그런 것은 아니지만'을 보호 장치로 붙여 말해야 할까.) 이미상의 여성 인물들은 이 '추세'와 직면했을 때 그를 피하고 막아내기 위해 발휘되는 여성성을 보여준다. 이 여성성의 자리는 개인이 고유한 인격체로 설 수 없게 막아서는 폭력 앞에서 모두가 서게 되는 공통 좌표다. 가령, 「살인자들의 무덤」에서 일곱 명의 남자를 쏴 죽인 레즈비언 에일린 워노스는 영아 살해자인 다른 여자들과 함께 묻힌다. 그녀는 분개한다("22구경 리볼버로 남자 일곱을 쏴 죽인 내가, 이런 하찮은 살인자들 옆에 묻히다니! 단지 여자라는 이유만으로!", 188쪽). 요컨대 그녀의 레즈비언 섹슈얼리티는 평녀가 말한 '여자 박스'에 봉인된 것이다. 이처럼 소설은 경험의 직접적인 당사자성과 고정된 정체성, 공통 경험의 유무에 천착하지 않는다. 연대의 조건은 같은 정체성이나 공통의 질적 경험이 아니라 세계를 무너뜨리는 폭력의 힘을 보고 느낄 수 있는 공통 감각이라는 것을, 우리는 이미상의 소설들을 통과하며 알게 된다.

6. 혁명 이후, 메타 픽션의 힘

표제작 「이중 작가 초롱」은 이미상 특유의 언어 비틀기와 서사의 중층구조, 상호 텍스트성이 한꺼번에 폭발하며 빚어낸 빛나는 수작이다. 평소에 문학을 사랑해온 독자라면 흥미진진하게 페이지를 넘기겠지만 동시에 꼭 그만큼 속도가 느려지는 모순에도 처할 텐데, 그 이유는 독자가 소설이 제기하는 크고 작은 문제들에 대하여 나름의 해석을 내리는 순간 정치적·윤리적 견지가 명료해지기 때문이다. 다시 말해, 독자는 이 작품을 읽기 위해 자신의 정치적·윤리적 입장을 (일시적일지라도) 천명해야만 한다. 이 소설을 끝내 제대로 완독하고자 한다면 작품이 담고 있는 도발적인 물음표들을 피할 길은 그 어디에도 없다. 그러니 나는 독자들에게 요청한다. 적어도 이 작품만큼은 자신의 목소리를 회피하지 말고 읽어나가기를.

소설에는 초롱을 중심으로 한 여섯 개의 서사 층위가 존재한다. 문단이라는 시스템과 웹 공간('초롱조롱파인드닷컴'), 습작 동기 영군과의 시절, 소설을 배운 '선생'과의 관계, 그리고 초롱의 습작품 「이모님의 불탄 진주 스웨터」와 데뷔작 「테라바이트 안에서」라는 두 텍스트가 그것이다.

문학(성)과 문학장 전체, 개별 작품을 모두 심문하는 이 소설은 지금 이 글을 읽고 있는 독자 당신 또한 포함하고 있다. 독자를 '쓰는' 위치로 전치시켜 독자가 소설을 쓰게 하는 역설에서 작품은 출발한다("초롱의 논리에 따르면 이제 우리, 독자이자 아마추어 비평가인 우리는 (……)", 82쪽). 소설에서 서술자가 내리는 해석과 가치 판단은 '독자'의 이름으로 말해진다는 것을 염두에 두고 작품을 읽어나가야 한다(이는 특히 소설의 마지막 '한 방'을 읽을 때 중요하게 작용한다).

쓰는 사람과 읽는 사람, 그리고 비평까지 등장하는 이 '문학적인' 소설은 글에 대한 불신을 전제로 시작한다. 전 세계적으로 일어났던 미투 운동과 함께 시작된 2016년의 #문단_내_성폭력 고발을 지시하는 "문화혁명"(74쪽)이 '불신'의 시원이다. 가령, 셀프 고발남 사건은 피해자의 경험과 고발을 담은 '글'에 대한 믿음을 뿌리째 흔들고, 초롱이 등단을 기점으로 하여 소설가로서의 윤리적 좌표가 바뀌었다며 독자들이 배신감을 느낀 것도 모두 '글'에 대한 신뢰가 붕괴되는 현장이다.

초롱의 위기는 아이러니하게도 등단 제도에 대한 초롱의 비판적 태도와 '정치적으로 올바른' 말 때문에 발생한다("등단을 기점으로 이제부터 너는 작가, 이 글부터 진짜 글, 하는 거 이상하지 않아요? 저는 그때도 작가였고 지금도 작가예요. 모든 글이 같은 글일 따름이고요", 81~82쪽). 그러나 습작품과 등단작이 '다른 글'이므로 초롱이 '이중 작가'라는 독자의 판정에 대하여 우리는 하나의 이의와 하나의 의문을 제기할 수 있다. 문제는 독자의 지적이 소설가의 정체성과 그의 소설세계가 변화할 수 없고 그래선 안 된다는 당위로 나아갈 위험을 내포한다는 것, 그리고 과연 초롱의 습작 소설이 정말로 작가의 "깊이 숨겨둔 썩어빠진 정신을 본의 아니게 드러"(78쪽)내는, "피해자의 괴로움을 남의 일로 보는 (……) '강 건너'에 있는 사람이 쓴 소설"(79쪽)인가 하는 것이다. 요컨대, 피해자와 그 고통의 재현 방식과 범위는 마땅히 따라야 하는 어떤 당위에 구속되어 있는가? 혹은 그 재현의 권리가 실재한다면, 그것은 당사자성에서만 비롯하는가?

우리, 독자는 이 문제적인 「이모님의 불탄 진주 스웨터」를 소설 속에서 얼마간 읽어볼 수 있다. 이 작품이 불편한 이유의 핵심은 재현된 두 피해자가 '피해자다움'을 내보이지 않아서일 테다. 「테라바이트 안에서」를 꽉 채웠던 피해자의 울분과 혼란스러운 고통, 무너짐은 이 작품에서 전혀 찾아볼 수 없다. 가령, 수진은 명자의 손을 믹서기에 넣으며 도리어 협박하고, 명자는 돌보는 아이 주변에 가학적으로 보일 정도로 많은 양의 미역을 뿌려놓는다. 그러나 이 '미역 놀이' 에피소드는 재현된 텍스트에 있어서 그것의 표면적 사실들만 가지고서는 실제의 정황과 행위들의 정확한 의미를 알기 어렵고, 심지어 얼마든지 왜곡되고 실제의 맥락으로부터 탈락될 수 있음을 보여준다. CCTV 영상은 현장의 완벽한 사본이 아니라 하나의 재현물이다. 소설 역시 하나의 언어적 재현물이기에 재현이 지닌 이러한 부담을 떠안고 있는 예술이다. 중요한 것은 표층으로 드러난 물적 증거들이 아니라 그것이 서사화하고 있는 입체적인 맥락이다.

게다가 애당초 마땅한 '피해자다움'은 과연 존재하는가? 그것은 법정에서 가해자에게 승소하기 위해 조금이라도 유리함을 보태려는 연출법 아닌가? 문학의 세계는 재판정이 아니다. 법정에서 이기기 위해 내보이는 진실과 소설이 삶 속에서 건져올린 진실의 모습은 다르다. 그러니 소설 속 독자들이 초롱의 습작품을 겨냥한 비판들은 정당하고 '올바른' 것으로 승인된 '안전한' 가치만을 그려내야 한다는 강요, 소설의 자유를 구속하는 겁박인 것이다.「여자가 지하철 할 때」에서 안파와 평파가 '안전'을 두고 다투었던 것처럼, 초롱의 위기는 소설의 재현 범위와 각도를 '안전'이라는 명분으로 축소시키는 딜레마를 전면 부조한다.

선생이 쓴「대공분실」은「하긴」에서 인물 문이 겪은 남영동 대공분실로 연결된다(지금 우리가 보는 초롱의 세계는 문의 딸, "중학교를 중퇴하고 삭발하고 사르트르 따위를 읽다가 최연소로 등단해 검정고시를 거쳐 국공립 예술대학에 들어"(14쪽)간 바로 그 초롱의 세계다. 선생에게 반말로 "너니?"(99쪽) 하고 맞서는 날렵한 성격을 보건대 더욱 확실하다). 분명 문의 경험담과 선생의 소설은 어느 하나 겹치는 부분이 없는데, 왜 선생은 살해 협박을 당했나? 그는 친구의 이야기를 그대로 옮기지 않았다. 선생은 말한다. "친구는 단지 내가 인정하기를 바랐어. 내가 실은 자기에 대해 썼다는 것을."(99쪽) 재현의 문제에서 중요한 것은 현실 표면의 사실들이 소설 속으로 얼마나 그대로 옮겨졌느냐가 아니라 어디까지나 그 사실들을 연결하고 있는 서사적 맥락이다.

　이미상만의 독특한 자기 지시적 아이러니, 가령 소설 속 소설론이 자기 작품을 향하게 하면서 작품이 그를 위배하거나 승인하는 서사의 입체성은 「이중 작가 초롱」에서 전면 극대화된다. 만일 소설 속 소설인 「이모님의 불탄 진주 스웨터」에서 주인공 수진이 명자를 죽였다면, 죽어서 봉쇄수도원 인근 야산에 시신을 암매장했다면, 그렇게 성 억압자이자 불법 촬영범인 명자를 처벌했다면 초롱은 무사했을 것이다. 초롱의 소설은 유출되지도 비난받지도 않았을 것이다. 그러나 초롱은 수진과 명자를 화해시켜버린다.
　수진이 명자를 죽이지 않고 유사한 피해 경험에 대한 당사자성을 확인하며 연대하는 것은 '혁명' 이후 문학장의 에피스테메로 자리한 반폭력적 윤리와 정치적 올바름에 의한 결말이라는 의혹을 지울 수 없다. 그런데 이 문학적 정의로움은 도리어 소설가를 소설가로서의 삶이 끝날 만큼의 위기 앞으로 데려간다. 초롱은 수진이 명자를 죽이는 결말, 윤리적으로 '올바르지 않은' 결말을 썼다면 자신이 무사했을 것이라고 후회하지만 아마 시간을 돌린다 하더라도 초롱은 그런 결말을 쓰지 못할 테다. 왜냐하면 그녀에게는 "모든 소설을 죽이러 갔다가 악수하고 돌아오는 것으로 끝내는 버릇"(103쪽)이 있기 때문이다. 눈여겨볼 것은 이것이 소설가의 '버릇', 습관이라는 점과 글자들 위에 찍힌 방점이다. 이미상이 텍스트의 질감을 변화시키는 부분(굵게 표시하고 기울이고 방점을 찍는 등)은 상호 텍스트성의 표지다. 가령, 「티나지 않는 밤」에서 K출판사 편집자의 소설론은 모두 굵게 기울임 처리되었고 해당 문장들은 작품을 메타적으로 지시한다. 방점이 찍힌 문장 또한 다시 작품 자체를 향한다고 볼 수 있는데, 이러한 문장은 초롱과 영군이 만나는 장면에서 재등장한다("두 사람은 악수하고 헤어졌다", 86쪽). 아니나다를까 초롱이 영군에게 무슨 일이라도 저지를까봐 불안해하는 영군의 선배를 초롱이 안심시킨다("아무것도 없어요. 안 죽여요, 안 죽여", 같은 쪽). 요컨대 소설 속 인물이 누군가를 죽이러 갔다가 악수하고 돌아오는 것으로 서사를 마무리한다는 이 습관은 누군가가, 특히 여성이 살해되는 장면을 소설에서 어떤 식으로든 재현하지 않는 것을 암묵지로, 규약으로 삼았다는 뜻으로 읽힌다. (그렇다면 초롱은 영군을 죽일 수도 있는 마음으로 찾아갔으나 용서하고 돌아온 것일 테다.) 영군과의 대목은 초롱에게 실제 현실의 장면일 텐데 독자는 이쯤에서 이 대목이 그녀 삶에 펼쳐진 객관적 사실에 해당하는지, 혹은 초롱이 만들어낸 또다른 소설의 대목이 아닌지 헷갈리게 된다. 그래서 이 소설의 서술자를 상기해보고, 그것이

다름 아닌 '우리, 독자'로 설정되었다는 것을 인지하면서 결국 초롱이 영군을 죽이지 않고 악수하고 사이좋게 헤어진 장면을 만든 것은 초롱이 아니라 서술자, 곧 '독자'라는 결론과 마주하게 된다.

「이모님의 불탄 진주 스웨터」는 "악하기는커녕 관습적인 소설이다. 아마 읽는다면 실망할 것이다"(74쪽)라고 초롱은 스스로 평가하지만, 후반부에 제시되는 이야기의 내용은 그와 달리 몹시 흥미진진하다. 성폭력 피해자들이 '피해자다움─박스'에 갇혀 있지 않고 그 바깥으로 살아 역동한다. 그런데도 왜 초롱은 이를 두고 '관습'적인 소설이라고 했을까? 이 '관습'은 아마 그녀의 습관, 살의를 갖고 떠난 인물이 반드시 화해와 용서를 경험하고 돌아오게 하는 '습관'을 지칭하는 것일 테다(이미상의 아이러니는 서사 단위가 아니라 단어의 층위까지 내려온다).

서사의 마지막에 이르러 초롱은 「이모님의 불탄 진주 스웨터」가 받은 비판, "붙여서는 안 될 것을 붙였다"(78쪽)는 말에 대한 깨달음을 얻는다. 이 각성 또한 하나의 아이러니인데, '붙여서는 안 될 것을 붙였다'는 독자층의 비판은 초롱이 깨달은 의미와는 실상 정반대의 것으로 짐작되기 때문이다. 그러나 수진이 명자를 죽였어야 한다고 후회했던 초롱은, 그들이 화해해서도 안 되었다며 그 깨달음을 심화해나간다. "수진은 명자를 그렇게 씩씩하게 찾아갈 수 없었을 것"(106쪽)이기 때문이다. 그러나 초롱이 남긴 최후의 물음, "그러니 제3의 원은 무엇이었나?"(107쪽)는 아직 해결 전이다. 초롱과 선생의 팽팽한 대결 속으로 가보자. 선생은 초롱이 자기가 「대공분실」을 쓸 때 했던 짓과 똑같은 짓을 한 것이 문제라고 말한다.

> "「이모님의 불탄 진주 스웨터」를 쓸 때 저는 아무도 떠올리지 않았어요."
>
> (……)
>
> "그러니까. 너는 아무도 떠올리지 않았지. 「이모님의 불탄 진주 스웨터」를 쓸 때."(99쪽)

선생이 말하는 '짓'은 '하지 않음'이다. 초롱의 데뷔작이 피해자의 당사자성을 반영한 소설이었던 반면, 습작품은 그 당사자성이 전혀 감각되지 않았기 때문에 당사자로서의 진정성을 상실하여 '가짜'가 된 것이 문제라는 의미다("등단하기 위해 피해자인 척 가장해 알량한 글솜씨로 피해자가 쓸 법한 일기 같은 소설을 써서 (……)", 80~81쪽).

이 소설은 피해자 재현의 권리를 오직 직접적 당사자에게만 양도하는 독자성readership을 문제삼는다. 그러나 이러한 독자성은 독자 주체들에게서만 나오는 것은 아니다. 독자성의 생성은 '혁명'과 그에 연루된 모든 주체들에 의해 만들어진다. 그러므로 "초롱이 그렇게 된 데에는 초롱 자신뿐 아니라 혁명에도 얼마간 책임이 있었다"(73쪽)는 말은 서사의 종결 이후에 우리에게 새로운 의미로 다시 전송된다. 「이중 작가 초롱」은 문학에 관련된 모든 주체를 소환하여 심문한다. 문단의 혁명, 그 주체는 소설가와 시인, 비평가, 출판 관계자, 그리고 무엇보다 독자가 아니었나. 이미상의 소설은 독자로 하여금 계속해서 비판적 독해를 제기하고, 깽판칠 것을 요구하며 새로운 독자성을 촉구한다. 독자들의 불신은 문학에 대한 회의라기보다 오히려 혁명 시작 이후의 자연스러운 증상이며, 이로 인해 혁명의 **모든 주체**가 문학장의 문제에 함께 연루된다.

정치적으로 올바르지 않다고 판단되는 재현물을 흔적 없이 말소시켜버리는 캔슬 컬처의 실행이 소비자-독자의 정치적 의사를 표현하는 최선의 수단처럼 여겨지는 최근의 현상 또한 혁명 이후 시대의 증상이다. 이미상의 소설은 독자가 소비자 정체성으로 완전히 환원될 수 없고, 정치적 올바름을 추구하는 명목으로 문학과 문학성, 그리고 작가의 재현을 구속하는 일에 질문을 던지는 듯하다. 작가를 절필'시키는' 일이나 해당 작품을 절판시키는 것으로 문학을 단죄할 수 있을까? 예술은 표현의 자유에서 출발했고 그것은 변하지 않을 핵심적 가치다. 그러므로 더 많은 '안평대군'이 벌어지기를 기대한다. 문학에서 감지되는 무언가 '위험'하고 '이상한' 것들을 그저 재빠르게 말소시키는 것이 능사가 아니다. 오히려 그에 반발하고, 저항하고, 입을 열어 이질적인 목소리들이 터져나올 수 있게 해야 한다. 문학은 현실을 뒤따라가며 '올바르게' 반영하고 재현하는 기록물이 아니다. 과거와 현재를 재맥락화하고 지나간 시간 속에서 보지 못했던 빛과 어둠을 찾아내며, 다가올 미래의 가능태를 그려낸다. 이미 합의된 가치관을 지지하는 '안전'한 재현만이 문학일 수는 없다. 시대를 이끌어온 모든 예술은 당대에 이미 불온했다. 소설이 지닌 힘이란 바로 이런 문학적 상상력, 발칙하고 도발적이며 독자들을 불편하고 난처한 처지로 몰아넣음으로써 그 누구보다 동시대 속에서 살아내게끔 추동하는 힘이다. 혁명하는 힘이다. 소설집을 덮고 깨닫는다. 이미상의 소설이야말로 그간 내가 기다려온 소설이다. 나는 이런 소설을 정말로 기다려왔다. "문학은 자유다."[12]

---

12) "문학의 임무 가운데 하나는 사람들을 지배하는 경건함에 질문을 던지고 반대 진술을 만들어내는 것입니다. 예술은 무언가에 반대하는 경우가 아니더라도 대립적인 것으로 쏠리는 경향이 있습니다. 문학은 대화이고 반응입니다. 문학은 문화가 진화하고 상호작용하는 과정에서 무엇이 살아 있고 무엇이 죽어가는가에 대한 인간의 반응의 역사라고 설명할 수 있습니다." 수전 손택, 『문학은 자유다』, 홍한별 옮김, 이후, 2007, 269쪽.

작가의 말

　십 년도 더 된 이야기인데, 이모가 이런 말을 한 적이 있다. 당시 나는 학교를 졸업하고 막 직장생활을 시작해 한창 헤매고 있었고 혹여 남들이 나를 만만하게 보지 않을까 신경이 곤두선 채 지냈다. 나의 하소연을 듣던 이모가 "그래도," 단서를 붙여 말했다.

　"그래도, 다른 사람이 너를 무서워하는 것보다는 만만하게 보는 것이 낫지 않니?"

　이 말에는 여러 맥락—이모와 내가 공유하는 우리 집안의 역사나 직업의 특수성 같은—이 생략되어 있다. 그리고 대체로 쉽게 보여 부당한 대우를 받느니 차라리 상대를 오들오들 떨게 만드는 편이 나을 것이다. 그럼에도 인간이 풍길 수 있는 인상을 단 두 가지, 무서움과 만만함 중에서 골라야 한다면, 원칙적으로 후자가 낫다는 것을 이모는 말하려 한 것 같다. 왜냐하면 다른 사람의 머릿속에 두려움을 심는 일이 너무 나쁘기 때문이다. 두려움은 사람을 얼고 굳고 작게 만들며 '나까짓 것이 무슨' 하는 자조와 포기를 품게 한다.

사 년간 쓴 소설들을 다시 읽고 고치며 이모의 말을 자주 생각했다. 소설을 쓸 때보다 그것을 묶어 책으로 내려고 하는 지금, 압박감에 글을 쓰는 일이 몹시 무섭다. 더 잘 썼어야 했다는 후회, 더 잘 쓸 수 없었다는 한계에 대한 자각이 한데 엉켜 원고를 가만히 들여다보다 이걸 책으로 내도 되나 싶은 생각까지 갔다. 그럴 때 열심히 떠올렸다. 무서운 것보다는 차라리 만만한 것이 낫다.

문학을 너무 크고 위대하게 생각하면 글쓰기가 무서워진다. 그런데 글은 그런 무서운 게 아닌 것 같다. 적어도 나에게는 그렇다. 유치한 표현이지만 나는 글이 '그래도' 친구 같다. 많은 사람이 그랬듯 나도 트위터가 생기기 전까지 헤비 블로거였다. 읽는 사람이 열 명이 안 되는 블로그에 밤을 새워 글을 쓰곤 했다. 지금도 즐겨찾기 해둔 (몇 안 남은) 블로그에 새 글이 올라오면 설렌다. 그러고 보면 내 글의 뿌리는 문학이 아니라 '포스팅'인 듯하다.

나는 나뿐 아니라 다른 사람에게도 글이, 소설이 이렇게 만만해지면 어떨까 상상한다. 우리가 공유하는 문자라는 툴tool을 이용해 오늘 떠오른 생각을 사실적으로 기록하고, 상상을 덧붙여 비약하고, 무의식적으로 거짓말하고, 심심한 문장을 화려하게 살리고,

한껏 꾸민 문장을 싱겁게 씻어내며 생각이 글을 짓고 글이 생각을 바꾸는 무한 루프 안에서 골똘해지는 경험, 뺨을 달아오르게 하는 기쁨이 이 책에 담겨 전달되면 좋겠다.

첫 책이니까 감사의 말을 남겨도 이해해주시길.

지켜봐주신 부모님과 동생, 그리고 친구들—혹시 자기 이름이 있지 않을까, 책을 뒤에서부터 읽은 당신을 나는 100퍼센트 떠올렸다—고맙다.

특별히 책임 편집자인 정민교님께 깊은 감사를 표한다. 편집자의 일이 원고를 살피고 손보는 것부터 다양한 관계자의 일정과 상황을 조율하는 것까지 업무의 가짓수가 (이래도 되나 싶을 만큼) 많다는 것을 알았다. 아마 내가 아는 것보다 더 많은 일을 하셨으리라. 해설과 추천사를 써주신 전승민 평론가, 강화길 소설가, 김하나 작가께도 감사를 전한다. 또한 대부분의 소설의 첫번째 독자였던 박준석 평론가에게 고마움을 전한다.

소설 쓰는 동안 알은체 안 하고 묵묵히 설거지하고 안마해준 배우자, 고맙다. 그리고 두 이모. 우리는 서로 사랑하고 함께 살아간다. 힘들 때도 있지만 서로에게 감동도 자주 받는다. 때로 서로를 생각하며 몰래 울지만 주로 '즐럽게'—'즐럽다', 이 말은 우리들의 암호이다—살려고 노력한다. 어릴 적 나는 외갓집에 놀러가면 방문을 확 열고 튀어나오는 이모들을 향해 "우리 오늘 한번 '즐럽게'

놀아보자!" 외쳤다고 한다. 그때부터 지금까지 이루 말할 수 없이 많은 것을, 전부를, 두 이모에게서 받았다.

예전부터 내 소설을 시간 내어 읽어준 독자분들께 전하고 싶어 아껴둔 말이 있다. 단편소설의 핵심을 설명하는 조지 손더스의 '압축은 예의이자 친밀감의 한 형태이다'[*]라는 말이다. 이 책에 담긴 여덟 편의 소설을 쓰며 단편소설이란 미술시간의 접이식 물통 같다고 생각했다. 쓰는 사람은 마음에 품은 긴 이야기를 짜부라뜨려 압축한 소설로 건네고, 읽는 사람은 그 소설을 펼쳐 가려져 있던 주름의 이야기를 읽는다. 아니, 주름에 자신의 이야기를 써넣는다. 함께 아코디언을 접고 펼치며 노래하는 친근한 공간을 상상해주신 독자분들께 감사하다.

2022년 크리스마스를 기다리며
이미상

---

[*] "Compression, he says, is a 'courtesy', as well as a 'form of intimacy'." The Guardian, 2013.1.12. https://www.theguardian.com/books/2013/jan/12/george-saunders-interview-tenth-of-december

| 수록 작품 발표 지면 |

하긴 …… 웹진 비유 2018년 4월호

그친구 …… 『문학동네』 2019년 겨울호

이중 작가 초롱 …… 『에픽』 2021년 7/8/9월호

여자가 지하철 할 때 …… 문장 웹진 2020년 9월호

티나지 않는 밤 …… 웹진 비유 2018년 12월호

살인자들의 무덤 …… 웹진 비유 2019년 9월호

무릎을 붙이고 걸어라 …… 문학3 웹사이트 2021년 3월

모래 고모와 목경과 무경의 모험 …… 『문학과사회』 2022년 봄호

문학동네 소설집
이중 작가 초롱
ⓒ 이미상 2022

1판 1쇄 2022년 11월 8일
1판 5쇄 2023년 4월 24일

지은이 이미상
책임편집 정민교 | 편집 김정현 정은진
디자인 강혜림 최미영 | 저작권 박지영 형소진 오서영
마케팅 정민호 김도윤 한민아 이민경 안남영 김수현 왕지경 황승현 김혜원
브랜딩 함유지 함근아 박민재 김희숙 고보미 정승민
제작 강신은 김동욱 임현식 | 제작처 영신사

펴낸곳 (주)문학동네 | 펴낸이 김소영
출판등록 1993년 10월 22일 제2003-000045호
주소 10881 경기도 파주시 회동길 210
전자우편 editor@munhak.com | 대표전화 031) 955-8888 | 팩스 031) 955-8855
문의전화 031) 955-2696(마케팅) 031) 955-2675(편집)
문학동네카페 http://cafe.naver.com/mhdn
인스타그램 @munhakdongne | 트위터 @munhakdongne
북클럽문학동네 http://bookclubmunhak.com

ISBN 978-89-546-9900-6 03810

* 이 책은 서울문화재단 '2020년 첫 책 발간 지원사업'의 지원을 받아 발간되었습니다.

잘못된 책은 구입하신 서점에서 교환해드립니다.
기타 교환 문의 031) 955-2661, 3580

www.munhak.com